青雲臺
第二部 不見青雲
上卷
沉筱之 著

目錄
CONTENTS

第一章　我的

五日後。

上京，紫霄城。

「……真沒想到會出這樣的事，當年竹固山山匪一死，朝中其實有人提出過異議，不過……官家知道的，沒顧得上，加之剿匪令一年前就下了，剿匪兵馬師出有名，朝廷便沒有過多追責。」

宣室殿上，大理寺少卿孫艾向趙疏稟道。

上溪縣令驟死，師爺帶兵與巡檢司發生衝突的消息昨日一早就傳到京裡了。乍聞此事，滿朝文武俱驚，連著兩日早朝都等著嘉寧帝詰問，這位年輕的皇帝卻比任何人都沉得住氣，一直到今天下午，才召集了一干重臣於宣室殿中議事。

「好在玄鷹司趕到及時，死傷多是縣衙中的暴徒，有昭王殿下在，善後無須擔心。」孫艾繼續說道，他沒提昭王殿下為何出現在陵川，也沒有過多揣測玄鷹司此行的意圖，玄鷹司本就是天子近衛，他們行事的道理就是天子的道理，只要不曾逾制違律，言官都不會多說兩句，更莫提他們這些臣下了，「只不過，洗襟臺重建伊始，附近的上溪卻出了這樣的亂子，影響終歸不好，臣以為，雖有玄鷹司、巡檢司善後，各部衙還應當從旁幫協才是。」

趙疏頷首，問道：「章蘭若、張忘塵近日都在柏楊山中？」

「回官家，正是。」章鶴書已猜到趙疏的意思，先一步答道：「洗襟臺重建公務已逾一月，臣以為，可調二位大人中其中一人前往東安府，協助昭王殿下及陵川齊州尹辦案。」

今年開春，章庭卸任大理寺少卿，擢升工部侍郎，而自回京一直賦閒的張遠岫被御史大夫親點，入御史臺就任侍御史一職，又三月，因外出辦案有功，被破格提拔為御史中丞，躋身年輕一輩朝官的翹楚。

章鶴書說到這裡，有些猶豫：「不過出事前夜，左驍衛校尉伍聰擅自離開上溪，以至縣衙發生衝突時，調配人手不足，險象環生。臣已寫好急函發去東安，以樞密院之名問責左驍衛，昨日收到中郎將的手書，稱伍聰離開上溪事出有因，已將內情奏明官家，不知有此事否？」

趙疏道：「這事樞密院不必管了，內因朕知道，左驍衛並無瀆職之過。」

「官家！請官家責罰——」這時，曲不惟越眾而出，逕自跪下。

「曲侯這是何意？」

「官家，臣教子無方，這回去上溪查鬧鬼案子，是官家給犬子的機會，沒想到……沒想到竟出了這樣的岔子！臣不用問都知道，上溪能亂成這樣，定是那不世出的殺才成日怠忽職守，若他及早覺察到上溪縣衙的端倪，何至於驚動了玄鷹司，驚動了官家！」

這話出，趙疏還未開口，一旁的幾名大員就勸道：「曲侯何必自責，上溪縣衙的暴徒正是令公子帶著巡檢司剿滅的。」

「是啊，曲校尉半年來長進了不少，官家想必都看在眼裡，曲侯這是愛之深，責之切。」

趙疏說道：「今早朕接到了老太傅回京的消息，想必亦為上溪所驚。老太傅避居慶明已久，頤養天年，不應為此間事生慮，眼下張忘塵不在京中，諸位愛卿若有閒暇，還望去太傅府勸解一二。」

「是。」

趙疏於是道：「今日便這樣，諸位回吧。」

言罷，先一步離開蟠龍寶座，殿中的大員們立刻分列兩旁，躬身垂首。

不過半年時間，這個曾經游離於深宮宦海邊緣，足踏浮萍的帝王已不必如從前那般如履薄冰。

何氏傾倒，留下來的坑被趙嘉寧迅速填上自己的人，他甚至沒有對何氏趕盡殺絕，反倒施恩於何家的旁支小輩，知人而用。

天恩澤被之下，朝野新貴如雨後春筍一般冒出，加之何氏一案後，趙疏的做法收穫士大夫的青睞，深宮之中，再無一人敢輕視這一位大器初成的帝王。

日暮將近，天際先時還覆著層層疊疊的雲霾，看著是要下雨，等曹昆德取了傘回來，漫天雲霾被暮風一吹，竟是要散去的架勢。

曹昆德等在拂衣臺下，看趙疏出來，迎上前說：「官家這是要回會寧殿了？」

趙疏的步子頓了一下，說：「去元德殿。」

元德殿是皇后的宮所。

四月芳菲盡，頭先幾日還涼爽，到了四月中，入夏幾乎是轉瞬之間，一陣潮悶一陣雨，叫人心裡直發慌。

章元嘉幾日前就傳出身子不適，無奈趙疏實在繁忙，幾乎夜夜看奏疏看到天光將明，加上上溪又出了事，一直拖到今日才得閒。

還在殿外，只聽宮院內傳來一陣銀鈴般的笑聲，趙疏順著宮門看去，院中花圃邊，一襲紫衣身影如翩躚的蝶，望見他，一雙杏眼流露出欣喜之色，快步過來行了個禮，「官家是來看娘娘的？」

此女姓趙名永妍，趙疏的堂妹，乃昭化帝的胞弟裕親王之女。

裕王生前身子不好，平生只得一女，視若明珠，昭化帝還在世時，就賜了趙永妍郡主封銜，封號仁毓。後來昭化帝過世，趙永妍隨著母親遷去大慈恩寺為國祚祈福，這幾年頻繁往來寺廟與王府，宮裡倒是來得少了。

想來今日章元嘉病了，趙永妍進宮探望她。

趙疏「嗯」了一聲。

趙永妍粲然一笑，「娘娘知道官家來，定然高興！」

她說著，很快行了個辭別的禮，「那官家快些去看娘娘，仁毓就不多打擾了。」言罷，領著自己的侍女在宮門口向趙疏揖下，儼然一副不看著他進去就不走的意思。

她年紀小，還不到十七，兼之養在宮外，做事多少有些不合禮數，可貴在天真爛漫，趙疏於是不多與她計較，邁進宮門。

元德殿裡的人聽到外間動靜，知道是嘉寧帝到了。

芷薇已帶著一干侍婢迎在宮外，趙疏逕自進了內殿，見章元嘉正掀了被衾，要下榻來與他見禮，伸手將她一扶：「妳我之間何必拘禮。」

他在榻邊坐下，見榻前小几上的丹荔動也未曾動過，不由得詫異。

剛入夏，荔枝尚是少見，章元嘉殿中的這一盤是貢果，從南國快馬加鞭運來的。她自來喜歡丹荔，每年一入夏，都要伸長了脖子等著，趙疏還是太子時，總把東宮的那份偷偷藏起來給她，後來做了皇帝，也沒忘記這事，叮囑內侍省每年丹荔一到，頭一份就給元德殿送去。

玉盤裡的丹荔該是今早送到的，她竟一顆沒吃？

趙疏看向章元嘉，她的臉色很不好，天明明有些熱，身上卻搭著條被衾。

「太醫院那邊說了嗎？皇后是什麼病症？」趙疏知道章元嘉報喜不報憂的脾氣，逕自問芷薇。

「回官家，娘娘沒什麼大礙，前陣兒天一轉熱，娘娘有些不適，夜裡總也睡不著，吩咐下頭的淩人上冰，不承想受了風寒。」

趙疏聽了這話，微鬆一口氣，「妳也是，到底不是小姑娘了，怎麼還學小時候貪涼？」

章元嘉只稱官家垂訓得是。

她身子不適，心裡又裝著事，思來想去，到底還是問出口：「臣妾聽說日前陵川那邊一個縣城鬧事，表兄帶兵過去，遇到危險，跟在他身邊的護衛還落了崖，不知眼下是怎樣了？」她頓了頓，不待趙疏回答，又解釋道：「臣妾病了，裕王妃讓仁毓進宮來探望，清執表兄也是她的表兄，這事臣妾是從她那裡聽來的。」

趙疏似乎沒覺得什麼，只道：「表兄安好，至於他身邊那護衛，叫……」

「官家，叫朝天。」曹昆德在一旁接話道。

「是，朝天，聽說受了重傷，他命大，找到的時候尚有一息，眼下怎麼樣了，朕卻是不知。」

章元嘉頷首，「那表兄去陵川……」

「妳倒是提醒朕了。」不待她把話問完，趙疏很快道：「曹昆德，命中書那邊備筆墨，去信東安，問問朝天的傷勢。」

曹昆德端著拂塵應諾，笑著道：「這孩子，受個傷竟得官家親自過問，真是好大的福氣。」

趙疏也笑了笑：「他怎麼說都是長渡河遺孤。」

他看章元嘉一眼，溫聲道：「妳是不知道，跟在表兄身邊的兩個人，一個德榮，一個朝天，他們的父親原先都是長渡河戰亡的將士，這二人後來被中州一名顧姓商人收養，在戶籍上，其實都姓顧，喚作顧朝天，顧德榮。」

他不著痕跡地將話頭岔開，章元嘉起先想要問的，卻是無從問起了。

兩人間又沉默下來。

其實到了這等境地，趙疏早該辭說一聲尚有政務離開了，但他今天有心多陪她，又在她身邊多坐了一會兒，待到霞光染就窗櫺，才起身說：「妳近日好生養著，別的事不必憂心，朕明日有了閒暇再來看妳。」

「官家。」趙疏還沒走到宮門口，便聽章元嘉喚道。

趙疏回過頭：「怎麼？」

章元嘉道：「適才仁毓來探望臣妾，臣妾想起來，仁毓也到了年紀，是時候該議婚嫁了，此事裕王妃早也託付過臣妾，臣妾是以想問一問官家的意思。」

「裕王妃託付過妳此事？」

章元嘉「嗯」一聲。

趙疏沉默下來，他們這一輩的皇室人丁單薄，是以堂親表親間也走得很近，仁毓雖只是郡主，她的父親到底是裕親王，當年裕親王過世，切切囑託昭化帝看顧仁毓，而今昭化帝崩逝，照顧仁毓的責任，自該落到趙疏肩頭。

趙疏步回寢殿，重新在榻邊坐下：「妳怎麼想？」

章元嘉道：「她在宮外長大，天真爛漫，臣妾想著，不如就為她尋一個世族出身，人品前途俱佳的西官，這樣她後半生有所倚仗，裕王妃也能安心。不過……」章元嘉說到這裡，頓了頓，「臣妾適才試探過她的意思，她似乎……已經有喜歡的人了。」

趙疏問：「妳可知道她喜歡的是誰？」

章元嘉微一搖頭：「她沒說，看樣子已經喜歡了很久，她說她想嫁的人，天上明月似的，旁人都比不上。」

趙永妍雖說養在宮外，素日往來的大都是宗親。

天上明月似的人品？

「表兄？」趙疏稍一怔，立刻道：「這可不成。」

「臣妾看不像，她說是這幾年認識的，這幾年清執表兄不是一直在江家麼。」章元嘉輕聲道：「再說表兄什麼心思，臣妾多少還是知道的，他心裡頭有放不下的人。」

趙疏頷首道：「好，那此事妳多費心，仁毓還小，情人眼裡出西施，她看上的，未必就是好的，妳從旁幫著掌眼，確定是誰了，來與朕說，只要家風清正，前景光明，朕都會應的。」

言訖，他再次叮囑章元嘉好生將養，離開了。

章元嘉倚著窗，看著他遠去的身影。

他是踩著夕陽第一縷暉色來的，天際霞光未散，他就走了。

待趙疏的身影徹底消失在元德殿外，章元嘉終於忍不住胸口一陣陣的發悶，閉眼捂住心口，芷薇見狀，忙吩咐一旁的宮婢：「快，快拿渣斗來！」

章元嘉對著渣斗乾嘔良久，奈何沒能吐出東西。

倒也是，吃什麼吐什麼，腹中早已空空如也，還能吐出什麼呢？

芷薇見狀，不由憂心道：「娘娘真是，怎麼不提自己的事，卻與官家說些不相干的？這樣下去生分了不提，這樣大的事娘娘瞞著官家，仔細官家知道了還要惱了娘娘。」

宮婢為章元嘉的手腕纏上薑片，章元嘉稍微舒緩了些，輕聲道：「仁毓的親事，怎的就不相干了？」

她垂眼看著几案上的丹荔，「再說我何嘗不想與他把話說開，可妳也瞧見了，我一問起陵川，他就把話岔開了。」她的目光移向窗外夕陽，「罷了，這是他的心結，且再等等吧……」

夕陽最後一縷霞色收盡，趙疏已回到了會寧殿，殿外一名身著甲冑的殿前司禁衛靜候著，見了趙疏，迎上來拜道：「官家。」

這名禁衛名喚封堯，是最得嘉寧帝信任的禁衛之一。

趙疏見了他，對曹昆德道：「你先去吧。」

封堯跟著趙疏往會寧殿內走，等曹昆德走遠了，壓低聲音稟道：「聽春宮裡的那位前輩，今天日暮時分已經離開了。」

趙疏「嗯」一聲：「前往陵川？」

封堯稱「是」。

那位前輩已被軟禁聽春宮五年，半年前何氏大案結案，趙疏願恢復他自由，但他婉拒了，稱時候未到。及至前日清早，上溪禍亂傳至京師，他就像有預感似的，道是要前往陵川，請嘉寧帝安排。

「官家。」封堯有些猶豫，「岳前輩這一去，洗襟臺一案，再無迴旋的餘地了。」

趙疏看他一眼，沒有出聲。

前日密函傳來，謝容與稱當初士子登臺或涉及名額買賣，只是不知名額從誰人手中流出。

洗襟臺下的真相，小昭王已經查到了這一步。

趙疏知道封堯的意思，再往下深掘，牽一髮而動全身，福禍都在一念之間。

但是趙疏沒有猶豫，他看著入夜時分，星辰遍天的晴朗夜空，「接下來的每一步只會更艱難，陵川那邊，表兄有任何吩咐，爾等務必配合。」

「是。」

上京的夜是晴朗的，東安的夜卻晦沉不堪。黃昏時積蓄在天際的雲霾未散，霞色還未在穹頂抹開，一場急雨落下，及至夜深都不曾歇止。

亥時已過，尋常人家到了這個時辰，早就歇下了，然而東安歸寧莊上卻燈火通明，尤其莊西的依山院，院外玄鷹衛層層把守，院內屋中，謝容與和青唯祁銘幾人在外間等候，他們左手邊侍立著的正是德榮。

德榮是這天後晌到的。

他接到朝天的信後，馬不停蹄地往陵川趕，近千里路，只跑了短短五日，沒想到剛入陵川地界，驚聞朝天落崖的噩耗，整個人幾乎要失了魂，及至跟著玄鷹衛來到歸寧莊，才漸漸緩過心神。

朝天落下山崖，傷得很重，肋骨斷了三根，腿骨也折裂了，他起先與死士們拚鬥，身上就掛了彩，若不是他運氣好，落崖時斷刀一路擦掛枯枝，緩衝了他的下落之勢，憑他流的那麼多血，也足以要了他的命。

饒是如此，幾日下來，朝天的傷勢依舊險象環生，大夫說只要撐過七日便可性命無虞，然而這才五日，朝天已經起過三次高熱，今天後晌的這回高熱更是來勢洶洶，甚至驚動了正審訊嫌犯的小昭王。

不多時，內間的門「吱嘎」一聲開了，祁銘立刻迎上去，「大夫，敢問顧護衛怎麼樣了？」

大夫向謝容與幾人揖了揖：「稟殿下，幾位官爺，顧護衛身子底子好，雖然落崖，但觸地平緩，並未震裂心肺，高熱來得快，去得也快，眼下已有漸癒之勢，只要仔細看顧，待到明日清早熱毒散去，傷勢應該就能見好了。」

這話出，眾人皆鬆了口氣。

然而德榮還不放心，上前問道：「大夫，照看時可有什麼要注意的？」

大夫說道：「倒是沒什麼，他畢竟在昏睡，少食少水，夢中若有痙攣，記得記下次數。」

德榮仔細記了，謝容與遂命人將大夫送回偏房歇息。

日前上溪一場禍亂，非但孫誼年被暗殺，師爺秦景山、李捕頭也葬身亂兵之中，好在蔣萬謙、余菡等人都被保了下來，尚有線索可循。五日前，青唯確定朝天生還，連夜帶人去追孫誼年的夫人李氏，這李氏逃跑的路線極為隱祕，及至昨日早上，青唯才順利把人尋回。

上溪縣衙傾頹，急需調度善後，玄鷹衛雖有陵川州府、巡檢司、左驍衛幫忙，依舊分身乏術，不提別的，單是這幾日提審的證人便有百餘，供狀加起來足有幾寸厚，至於蔣萬謙、余菡等人，謝容與更是親自審問了數次，線索紛雜頭緒繁亂，直到眼下還有諸事待議。

謝容與素來是個今日事今日畢的性子，想到衛玦等人還在書齋等自己，起身對青唯道：「妳先回拂崖閣，今晚就不必等我了。」

說著，便要往書齋去。

青唯看著他的背影，目色有點複雜，躊躇片刻，追了兩步：「哎，等等。」

「怎麼？」謝容與問。

祁銘在、德榮也在，周圍還有幾名常跟在謝容與身邊的玄鷹衛，青唯欲言又止，半晌道：「沒什麼，你先去忙吧。」

德榮跟在謝容與身旁步出依山院，夜風拂來，謝容與思及適才青唯的神情，頓住步子，還未出聲，德榮心領神會，立刻就道：「公子您先去書齋，小的這就去少夫人那裡看看。」

歸寧莊是東安一戶尹姓人家的莊子。早前衛玦等人到陵川後，經陵川州尹安排，在此暫住。莊子很大，中有數間院閣，祁銘、章祿之幾人為方便照顧朝天，歇在依山院，青唯跟著謝容與單獨住在西邊的拂崖閣。

拂崖閣院狹屋深，地方不大，勝在靜謐。青唯幾日前跟玄鷹衛一起去追出逃的李氏，連著數日不歇，昨天回來，整個人精疲力盡，被莊中侍女帶到拂崖閣，她也沒多想，倒頭就睡，直到今早黎明時分醒來，瞧見謝容與回房，才驚覺自己又與他同住一屋。

明明都說清楚當初是假成親了，這樣總以夫妻之名同行同住，底下的人也一聲聲少夫人地喊，他們倆之間的關係，什麼時候才理得分明呢？

其實經這幾日，青唯也想明白了，追查洗襟臺坍塌真相她責無旁貸，跟著謝容與，自然能夠一步一步釐清案情，可她到底是重犯，見不得光，與玄鷹司一起行事，難免會成為他們的掣肘。既然如此，她還不如單獨上路，竹固山牽扯出來的線索千頭萬緒，謝容與總有鞭長莫及的地方，如果她能暗中查訪，非但不會給他添麻煩，還能襄助於他，再說竹固山的葛翁也說了，岳魚七失蹤前曾在陵川一帶出現，她一人行事，也能順帶探訪師父的下落。

青唯坐在榻邊，透過窗隙看著黑沉沉的夜色，盤算著等謝容與回來，就和他說明去意，豈知還沒等上一會兒，外間就傳來叩門聲：「少夫人，您歇下了嗎？」

是德榮。

這個時辰了，德榮怎麼忽然過來？

青唯立刻把門拉開：「可是朝天的病勢有什麼反覆？」

「朝天尚好。」驟雨初歇，德榮攏著袖子，立在簇新的夜色裡，「是公子打發小的來的，公子想問問少夫人可是在莊上住得不慣？」

不等青唯回答，他接著說道：「出門在外，難免不如家中周到，不過少夫人放心，留芳與駐雲已在前來陵川的路上，有她們在，少夫人起居想必會方便許多。」

青唯問：「留芳和駐雲也來？」

「是，公子吩咐的。」德榮道。

讓留芳駐雲趕來陵川，謝容與自然是為了她考慮，青唯想到此，心中動容，可她去意已決，說道：「你去信一封，讓她二人不必來了。我日前和你家公子已經把話說開了，我二人當初是假成親，不便再以夫妻之名相處，眼下住在同一屋實在不妥。等到上溪的案子釐清，我即刻動身去辰陽，辰陽那邊工匠多，說不定能找到有用的線索，再者我師父在辰陽有一所山居，我想回去尋一尋他的蹤跡。」

「少夫人要走？」德榮怔道。

青唯「嗯」一聲，「所以這幾日，麻煩你在莊上為我另尋一處住所，我先搬過去，若莊上不方便，我自己出去另住也行。」

德榮聞言沉默下來，良久，嘆了一聲：「好，既然是少夫人的吩咐，小的照辦就是。」

青唯見他面色為難，「怎麼，這事不好辦？」

「倒不是不好辦。」德榮道：「眼下朝天重傷，小的多少要分神照顧，可是這樣一來，公子身邊便沒個體己的……」德榮十分猶豫，彷彿下了好大的決心，才說出後頭這話，「少夫人應該知道，公子這些年一直病著，近來雖養好了一些，難防病情反覆，身旁是離不得人的。別的不說，公子忙於公務，單是他的藥湯，便需有人從旁提醒著吃，偶爾夢中犯了魘症，醒不過來也是有的，若無人幫忙喚醒，心疾復發，一時半會兒就養不好了。」

青唯一怔：「可我這回見到他，他氣色很好，也未曾服過藥湯，儼然是病勢已癒，怎麼這病這麼難治麼？」

德榮問：「當初少夫人初嫁進江家，可曾見過公子服藥湯？」

青唯搖了搖頭。

「這就是了，公子不想少夫人擔心，不會當著您吃藥，朝天又是個粗心眼，在上溪的幾日，怕是忘了提醒公子。」德榮道：「公子為了上溪的案子殫精竭慮，小的生怕他一個不慎心病反覆，原先想著有少夫人在，夜裡從旁幫著照看，小的只需把藥湯備好即可，眼下少夫人要走……」

德榮頓了頓，問，「少夫人真要走嗎？」

青唯沒吭聲。

不知怎麼，她想起去歲冬，她在宮中見到他的那夜，他披衣在燈下寫公文，臉色十分蒼白。

德榮繼而道：「眼下駐雲留芳還在路上，少夫人若真要離開，小的只好在莊上借幾個侍婢到拂崖閣來伺候公子，但是……少夫人是知道的，公子天人似的模樣，難免會招來一些不必要的麻煩，當初那個兵部佘氏，公子不過是與她多說了兩句話而已……也罷，既然少夫人去意已決，小的這就去為您另行安排住處。」

「哎，等等。」見德榮要退出院外，青唯喚住他，她猶豫了一下，「算了，我再多留一陣。」

左右她和謝容與同進同出也不是一兩日了，當初在江家同榻而眠都沒什麼，眼下他病了，她從旁幫著照看，又能如何呢？

等案子審完了，駐雲留芳到了，她再走不遲。

德榮遠遠地頓住步子，朝青唯施了個禮：「是，知道少夫人願意留下，公子也會安心。」

言罷，立刻往院外去了。

出了拂崖閣，德榮尋到適才為朝天看診的大夫，急問：「大夫，可否為我家殿下配一副藥？」

這大夫是東安名醫，陵川州尹專程為朝天請來的，他平生見過最大的人物不過州府裡的大人，乍聞宮中王爺問他討要藥方，不由驚道：「怎麼，殿下身上可是有什麼不適？」

「倒不是。」德榮道：「殿下身子很好，只是……因為一些意外，需要服一陣藥湯。藥湯倒不必真的是藥，看起來像就成，氣味濃，不難吃，安神養生的即可。」

大夫想了想：「那就人參當歸加幾顆甜棗兒？」

德榮點頭：「勞煩大夫寫一個方子，我這就去煎。」

及至寅初，謝容與才從書齋出來。回到屋中，青唯已經睡下了，他輕手輕腳地拿了乾淨衣衫，去隔間洗漱完回來，就看到青唯已從床榻坐起身了。

屋中殘燭未滅，燈色朦朧。

「怎麼醒了？」謝容與坐去榻邊，幫她理了理亂髮，溫聲問。

青唯就沒怎麼睡好。自從聽聞他大病未癒，她閉上眼便不踏實，一忽兒是深宮那夜，他燈下蒼白的臉色，一忽兒是折枝居拆毀那夜，他伏在朝天肩頭人事不省的模樣，做了半宿的亂夢，適才他一進屋，她就醒了。

青唯還沒答話，外間傳來叩門聲，德榮的聲音壓得很低，彷彿是怕吵醒青唯：「公子，藥湯備好了。」

謝容與「嗯」一聲，「送進來吧。」

德榮目不斜視地進屋，將藥湯與一碗清口的鹽水擱在桌上，躬身退了出去。

謝容與在桌邊坐下，面不改色地將藥吃了。

青唯看著他，雖知道內情，仍是問：「你怎麼服藥，那病還沒養好麼？」

「小病，不礙事的。」謝容與服完藥，回到榻邊，掀開被衾就要上榻，青唯猶豫了一下，往裡讓了讓。

她本想分床睡的，但適才德榮說了，謝容與這幾日殫精竭慮，為防著病勢反覆，夢中犯了魘症，需得有人從旁看著。

也罷，他們又不是頭一回睡一起，不過多這幾日，她還能掉塊肉不成？她問心無愧。

謝容與並不立刻歇下，用銅籤撥亮榻邊燭燈，拿過案宗，逕自翻開起來。

想查洗襟臺的真相，不是在外追敵搜證就完了，更多的是要從相關案宗中甄別疑點，獲取線索，五年下來，各地與洗襟臺有關的案宗能堆滿半個書齋，抽絲剝繭地翻看，十分枯燥繁瑣，大概只有謝容與有耐心日復一日地看下來。

青唯念及適才已提及他的病症，心道是乾脆問清病由，也方便她照顧，「你這病，是當初在洗襟臺落下的？」

謝容與「嗯」一聲，他沉默了一下，竟是沒有避開這話頭，靠坐在引枕上，看著她：

「有那麼一年時間，幾乎不能離開昭允殿，閉上眼全是惡夢，不斷地回溯洗襟臺坍塌當日的情形，直到後來戴上面具，才稍微好一些，單是踏出宮禁，就用了三月。」

青唯想起來，去年在折枝居，章庭請他去拆毀酒舍，他明明知道自己的心病，還是去了。或許早在那以前，他就在不斷地試著從那場惡夢中走出來吧。

青唯驀地不想提洗襟臺了，她問起別的：「長公主不是在外有公主府麼，為何你一直住在宮裡？」

「幼時是住在宮外的，《論語》、《詩經》，都是我父親親自為我啟蒙的，後來……」謝容與的目光變遠，淡淡笑了一下，「後來竟不曾想，他那麼逍遙不羈的一個人，會去投河。」

他道：「大周自開朝便重文重士，父親是英才，他過世，母親還不是最傷心的，那些傷心到極致、惋惜到極致的，反倒是朝堂上的翰林士人。何況……滄浪江士子投河太慘烈，活著的人總該有個寄託，舅父於是便把我接進宮，為我封王，以皇子的規格，教我學文習武。」

謝氏容與，三歲能頌，五歲成詩，天資可比肩其父謝楨。

逝者已矣，活下去的人還想看到未來，所以他被接進宮，被一代君王悉心教養，成了那個士人的未來。

全然不顧他甘願與否。

青唯聽得好奇，遂問道：「這就是先帝後來讓你去督建洗襟臺的原因？」

「嗯。」謝容與看著她，她的一雙眼是清亮的，亮得幾乎帶了星光，青唯有個特點可能自己都不曾察覺，雖然她在陌生人面前擅長掩飾，一旦卸下防備，全心全意地信任一個人，她其實不太會遮掩自己的心緒，什麼都擱在眼裡，滿心滿眼都寫著想知道，謝容與笑了笑，「是，可能從舅父決定修築洗襟臺的那一刻起，我注定是該被派去的。」

青唯心中一沉，不由問：「可是那些年，你在宮裡，過得當真開心麼？」滄浪江士子投河時他才五歲，五歲除了喪父之痛，還懂什麼？卻要被拘在一座深宮裡，走一條既定的路，承載別人的期望。

謝容與注視著她。

片刻，他忽地笑了，舒展著身姿靠在引枕上：「怎麼？娘子對我的過去很感興趣？」

青唯一愣，這才意識到自己不知覺間竟問多了。

她立刻道：「不許喚我娘子，上回都說不是娘子了。」

她又解釋，「是德榮說你的病還沒養好，讓我從旁幫著照顧，我才多問上兩句的。」

不等謝容與出聲，她緊接著說，「再說你上回不是說要重新認識一下，你這個人，來龍去脈我一概不知，我問一丁點怎麼了？」

謝容與看著她，他上一回說重新認識的前提，她恐怕忘了。

他聽著她東拼西湊出來的道理，沒拆穿，半晌，只道：「不怎麼開心。」

青唯怔了一下，這才意識到他是在回答她方才的問題。

可乍然聽聞這樣的答案，她竟不知該說什麼好了。

那是一代帝王的恩澤，是聖眷隆恩，可到了他這裡，卻成了……不怎麼開心。

謝容與並不在意，只道：「都是過去的事了。」見她不出聲，又問：「妳呢？」

「我什麼？」

「來龍去脈總該相互交換才有意思，妳問過我，換我問妳了。」他擱下手裡的卷宗，撥暗燭火，傾身過來，含帶著笑意的聲音很沉，離得很近，帶著他鼻息間特有的清冽氣息，終於不再喚她娘子，「妳呢，我的小野姑娘？」

我的……小野姑娘？

什麼叫「我的」？

青唯的腦海一瞬空白，手指無措地捏緊被衾，想發作，可謝容與的目光十分平靜，似乎這樣的稱呼沒什麼不妥，而「我的」二字只是信口道來，只是因為他們關係很近罷了。

很近麼？近的，至少在她流落的這些年，沒有人比他與她更近了。

他眼下也離她很近，她的鼻尖距離他的下頷不到三寸，她能感受到他的鼻息，與他籠罩下來的目光。

青唯捏在被衾的指尖漸漸收緊，她不敢動，甚至不敢往後挪一寸，彷彿一旦她退卻，就會敗下陣似的。

她就這麼注視著他，彷彿對峙一般，「我出生在辰陽，父親是那裡的人，我早就說過了。」

他適才就是那麼隨口一喚，沒有其他的意思，她千萬不要在意。千萬。

謝容與垂著眼，也注視著她：「我知道妳是辰陽人，妳小時候，家裡的後山腰有一片竹林，春來竹海如濤，十分宜人，後來妳為了追一隻野兔子，一夜間把竹林劈毀了半片，有沒有這事？」

青唯愕然道：「你怎麼知道？」

她很快反應過來：「我爹告訴你的？」

謝容與「嗯」一聲，溫阡這一輩子，精於營造修築之業，若說他最在乎什麼，除了岳紅英，便只有一個溫小野了。在柏楊山的時候，修築樓臺枯燥聊賴，他偶有閒暇，不知覺間總是提起小野，謝容與便聽去不少。

「溫叔與我說過不少妳的事。」

父親與他說過不少她的事？

都說什麼了？她小時候野得很，幹過的糗事可太多了，追兔子還算好的，她還拆過家裡的灶房，將鴨子趕去茅屋頂教牠們飛，有一回跟一條魚比誰泅水快，大半日游走二十多里，找不到回家的路，直到第二日岳魚七把她拎回去。

青唯很擔心謝容與聽說過她的這些糗事，她甚至不知道自己為什麼這麼在意。

她望著他，心跳如雷：「我爹……都說我什麼了？」

謝容與垂眼看她，目光更深了些，「想知道？」

聲音又沉又緩，沉到了青唯心裡。

青唯只覺床帳中漾著一江水，山石滑落，攪動著漩渦驟起，山風裹捲著水星子，在她身後推了一把，讓她眼睜睜看著他靠近，越來越近。

山嵐江雨中，唇上觸及一片柔軟。

卻沒有像上回在宮樓下那般稍觸即分，帶著十萬分的愛惜，流連繾綣。

咫尺間，青唯看到他密如鴉羽的長睫，清冷的眼尾。

青唯忽然亂了。

濤濤江水掀起百丈高瀾，要將她拖入適才的漩渦裡。

帳中雷動，說不清是驚濤拍岸，還是她的心跳。

青唯的思緒也零落成片，恍惚中居然想起些有的沒的——

他不是剛吃過藥麼？哪怕用了鹽水，餘味也該是苦的，怎麼有點回甘？

當初假意嫁給他，想過會到這一步嗎？她怎麼沒像新婚夜那樣，預備著把他一掌劈暈了？

要是阿爹阿娘，或是師父知道了這事，會不會責罵她？她該怎麼和他們交代呀。

爹娘還好說，到他們的墓前認個錯，百年以後到忘川河前大不了受一頓鞭子，師父那裡該怎麼辦？他會不會像上回她跟魚比泅水那次一樣，把她拎回去，捉了十條魚讓她一一比個夠，她險些累死在小河裡。

她水性好，奇怪溺水的感覺她分明是不熟悉的，此刻卻彷彿陷落江海，被那漩渦捲著不斷下沉。

沉沉的墜力讓青唯在恍惚中感覺到一絲危機。

她忽然意識到，如果再這樣下去，她將會溺在這一江水裡，再也浮不上來了。

唇間纏綿未歇，她伸手扶上謝容與的前襟，一下子推開他。

她有點無措，不知道該怎麼面對剛才的事，只目不轉睛地望著他。

謝容與也在暗色裡看她，片刻，道：「小野，我⋯⋯」

「你輕薄我！」

不等他說完，青唯很快下了定論。

謝容與愣了一下，不由失笑，「我怎麼輕薄妳了？」

青唯不安極了，心跳到現在都猶如雷動，他千萬不要聽見才好。

她抿了抿唇：「你⋯⋯你適才那樣，還不是輕薄我麼？」

這話說出口，連她自己都心虛。

他靠近她，她就沒有靠近他麼？就跟著了魔似的，那一剎她不知怎麼就甘願了。

都怨德榮！她都說了不想與他同住一屋，德榮非讓她從旁照顧他的病症。他有什麼病症？她才真正患了病，病由不明，總之不能靠近他。

青唯只覺這床榻是待不下去了，越過他就要下床。

謝容與攔住她：「妳做什麼？」

「德榮讓我看著你，」青唯道：「我去搬張椅子，在床邊上守就是。」

謝容與又失笑：「妳坐著還怎麼睡？」

「不睡了，反正天都快亮了。」

謝容與握住她的胳膊，想把她撈回來，奈何青唯眼下真是敏感得很，手肘被縛住，立刻回身一式擒拿，單腿側壓在他的膝頭，「你是不是又想占我便宜？」

謝容與簡直無可奈何，「溫小野，妳且看看妳眼下的架勢，誰能占得了妳的便宜？」

青唯愣了愣，這才意識到自己以人為鎖，將他困在床頭一隅，整個人幾乎是貼著他的。

還不等她撤開，謝容與抬眼看她：「把衣裳穿好。」

她出門在外輕裝簡行，身上的中衣還是他日前借她的，她洗過一回沒還，穿著十分寬大。青唯的目光循著他方才的視線下移，襟前的內扣不知何時開了，露出鎖骨與一小片……

青唯的腦子嗡嗚一聲，手忙腳亂地下了床，繫了三次才把內扣繫好。

床榻有些凌亂，謝容與起身把被衾整好，「過來睡。」

然而話音落，那邊卻沒有回應。

謝容與回過頭，只見青唯無措地立在屋中，目色有點茫然，有點複雜，大概是沒想明白今夜是怎麼回事。

她小時候野天野地慣了，剎那間天塌地陷，獨來獨往了數年，為求自保一直與人疏離，有些事想不明白倒也正常。

再者，她這五年獨行，痛失生父淪為重犯，何嘗不曾有心結？她自己都說了，若非一場陰差陽錯，他們天差地別，連相遇都難。

溫小野在一些方面極其執拗，不是單憑他一兩句話，一兩個承諾，她就能紓解心結，將自己交付於人的。她得讓自己真正甘願。

謝容與心道罷了，他願意再等等他的小野姑娘。

他溫聲道：「過來睡，不輕薄妳了。」

青唯看他一眼，還是沒吭聲。

她的目光落在一旁的木桌，桌上的藥碗沒收，德榮說了，他宿疾未癒時有反覆，也不知鬧了這麼一陣，對他的身子有沒有影響。她剛才是不是有點無理取鬧了，他說得很是，她是誰，誰能輕薄得了她呢？

她磨蹭了一會兒，垂首回到榻上，掀開被衾進去，乖順得像一隻被順好了毛的小狼。

謝容與落了簾，在她身側躺下，在黑暗裡喚她：「小野。」

她有時候真是伶俐極了，聽了這聲喚，便聽明白了其中的千言萬語，她睜目望著帳頂：「我得自己好好想一想。」

謝容與於是應道：「好。」

過了一會兒，她轉過身來，藉著從窗外流進來的月色望著他：「你還能睡幾個時辰？」

「明日不必早起，還能睡一個來時辰。」

一個來時辰，那就是卯正要起了。

這還不叫早起？

他為了上溪的案子連日操勞，昨天就在書齋小憩了一刻，今日竟然又不能睡足。

青唯這一路行來，為了一條線索從來都是不辭辛勞不畏艱難，這還是頭一回，她竟恨上了這案子的繁瑣難查。

可惜她一向只擅長搜找證據追捕證人，審案並不是她擅長的，她問：「眼下有我能幫上忙的嗎？」她想了想道：「那個李氏，就是孫誼年的夫人，昨天我尋到她，本來想從她嘴裡套出點線索的，但她強得很，什麼都不肯說。」

「可能是孫誼年生前跟她打過招呼，她只要什麼都不說，至少能保一雙兒女不受牽連，今日章祿之審她，也是什麼都沒審出來。」謝容與道：「所幸眼下審出的線索已經整理得差不多了，抽絲剝繭，一定能尋出真正賣名額的人。」

上溪最後留下的疑團太多了，登洗襟臺的名額從誰人手中流出，孫誼年被誰人所殺，孫誼年與秦景山關係究竟如何，如果關係不好，他們又為何會協力保蔣萬謙離開？

千頭萬緒理下來，審問了足有百人。

謝容與道：「眼下只需等京裡的一封密函，我們要的線索差不多就齊了。」

青唯問：「有我能幫上忙的地方嗎？」

謝容與垂眼看她，笑了笑：「明早玄鷹司要把蔣萬謙、余氏、李氏幾人一齊重審一遍，到時妳也來？」

青唯連忙點頭：「好。」

她抿了抿唇，思量半晌，還是解釋道：「那個……我這一路，就備了一身換洗的衣裳，今天下雨，衣裳洗了沒乾，你……上回不是借了我一身中衣麼，我就穿你的了。」她說著，很快道：「我明早洗了就還你。」

「沒什麼，穿著吧。」謝容與笑意清淺，「再說這是中衣，妳不穿我的，還能穿誰的？」

第二章　塵埃

翌日，東安府衙。

「……方留屢試不第，你老了，等不起了，為了讓他仕途鵬程，給家中爭光，你不惜花重金，為他買下一個登洗襟臺的名額，是也不是？！」

公堂上，章祿之盯著蔣萬謙喝問道。

蔣萬謙已被連審了五日，整個人心亂如麻，幾乎日夜不寐，昨夜好不容易睡著了一會兒，今早竟被帶到東安府衙，由玄鷹司虞侯、掌使，以及鴞部校尉一齊重審。

蔣萬謙不敢有欺瞞，喏喏應道：「是……」

「你說買名額的門路，是上溪縣衙的師爺秦景山介紹給你的，你和秦景山究竟是什麼關係，他為何會介紹你做這等黑心買賣？！」

「回、回官爺，草民跟秦師爺，早年就是同鄉，並不很熟，後來……他考中秀才，到東安來參加鄉試，他窮得很，身上沒幾個銅子兒，只好在街邊擺攤賣畫，草民見他可憐，又念及是同鄉，有回路過，便買下了他的畫，因此結下情誼。不過秦師爺那回考舉人沒考上，鄉試前，他失足落水，生了一場大病，還是草民託人把他送回上溪家裡的，這事上溪不少人都知道，已故、已故的孫縣令也知道。」

「至於官爺說秦師爺介紹草民做黑心買賣，倒不盡然。官爺知道的，早年秦師爺家中有個表兄，是個殺千刀的賴皮，秦師爺少年時母親過世，聽說就是被這賴皮偷走了治病的銀子，後來秦師爺中了秀才，又能賣畫掙些銅板，這賴皮眼熱，便來問秦師爺討要祿米，秦師爺不給，這賴皮才故意將他推落水。之後秦師爺不是養了幾年病麼，待到病好，他再度到東安來考舉人，這賴皮居然又找上他，說自己要討媳婦，逼他給自己銀錢，秦師爺忍無可忍，大概是想以其人之道還治其人之身吧，便將這賴皮推下了水。也是巧了，這賴皮當日吃醉酒，下了水就沒能浮起來，死在河裡了。聽說等孫縣令趕到，找人把他撈起來的時候，人都泡腫了，秦師爺因此被褫了功名，受了牢獄之災。」

「爾後再過了兩三年，孫縣令中了舉人，回到上溪當縣令。他和秦師爺是摯友，一心想找門路把他從東安牢裡撈出來。後來有一日，孫縣令忽然找到草民，說他有法子了，只要草民願意在一份狀詞上畫押，證明秦師爺是無心殺人的即可。草民不識字，但那份狀詞，草民讓方留幫著看過，大抵是說事發當日，本來是那賴皮欲殺害秦師爺，秦師爺拚命反抗，才將賴皮推入水的。」

「那份狀詞你畫押了？」章祿之問。

蔣萬謙抬目看他一眼，點點頭：「方留說，狀詞上用了些春秋筆法，不過無傷大雅。草民想著秦師爺是個好人，就這麼被耽擱在獄中實在可惜，就……畫押了。」

秦景山到底是怎麼將他的賴皮表兄推落水的，沒人知道。

所謂春秋筆法，大抵就是說這賴皮生前是如何惡毒，又是如何揚言要從秦景山那裡殺人奪財的云云，讓人誤以為他早就對秦景山起了殺意。

章祿之點了點頭：「說下去。」

「草民先後幫了秦師爺幾回，秦師爺——不管旁人怎麼看，在草民這裡，他是個知恩圖報的人——自他被放出大牢，逢年過節都會帶上厚禮到草民家拜訪，一直……一直到昭化十二年。」

蔣萬謙嚥了口唾沫，目光越過章祿之，看了最上首坐著的謝容與一眼，很快垂下，「官爺們審了這幾日，也都知道了，草民做桑麻生意發了家，錢財早就攢足了，這輩子若再想往上一步，家中怎麼說都得出個舉人老爺，可……可方留他屢試不第，草民年紀大了，等不起，著急啊！正好那幾年，秦師爺不是常來家中拜訪麼，他回回來，草民就回回託他想法子幫忙……」

蔣萬謙自到了堂上，一直十分冷靜，及至說到這裡，才掩飾不足語氣中的懊悔，沉沉一嘆，「若是早知後來的事，草民是無論如何都不會向秦師爺開這樣的口的，可是人就是這樣，不知足，永遠都不知滿足！」

「昭化十二年的冬，忘了是什麼節了，秦師爺照例來草民家裡拜訪……」

當日下著雪，那個總是穿著長衫的師爺叩響了蔣家的門後，將厚禮交到了閽人手上，急匆匆便要離開。

他回回來，蔣萬謙回回託他想法子讓方留中舉做官。

可功名都是要憑真本事考的，他一個師爺，能想出什麼法子呢？

若不是念在蔣家老爺數度在他危難時出手相幫，他打定主意這輩子都要善待恩人，蔣宅這個門檻，他是再也不要踏過才好。

豈知秦景山還沒走出巷口，便聽身後一陣急喚：「秦師爺，哎，秦師爺，既然來了，怎麼不進宅子裡吃口茶？」

回頭一看，果真是蔣萬謙提袍追出來了。

秦景山頓住步子，低眉道：「衙門裡還有事，就不吃茶了。」

蔣萬謙看著他，誰都不是傻子，他也知道自己數度強人所難，秦景山都害怕來見他了，可他也沒法子，除了秦景山，他不認得別的官老爺。

蔣萬謙四下一看，見雪野空空，「怎麼，這大寒天，你竟是徒步來的？穿得也這樣單薄！」

言罷，立刻吩咐跟來的下人去套馬車。

蔣宅的下人倒也伶俐，很快將馬車趕來，秦景山卻之不恭，只好上了馬車。

蔣宅離衙門不遠，驅車一刻就到，蔣萬謙坐在馬車上，開門見山道：「秦師爺，方留的事您看……」

秦景山不等他說完便道：「蔣老爺，我早已說過了，功名只能憑真本事考，令公子今年不過而立，所謂三十老明經，五十少進士，只要倍加苦讀，日後他一定能為蔣家門楣爭光，不必急在這一時。」

「他不急，我急啊！」蔣萬謙道：「你到底要年輕些，體悟不到我眼下的心境，我老了，這輩子就盼著家中能有人考取功名，能當個哪怕芝麻大點的官！你是不知道，前陣子大夫已診出我肝肺有疾，若養得好，或許還能撐個十年八載，若養不好，恐怕只在一歲枯榮之間了，人死燈滅，榮辱皆塵土，待到那時，我還能盼什麼？！」

「蔣老爺既然知道榮辱皆塵土，何必執著於令公子的功名？」秦景山情急之下，高聲道：「況乎偷功取名並非正道，好好的光明路不走，偏要走羊腸野徑，一步錯，步步錯，行到涯涘，終會萬劫不復！」

「秦師爺一直是個很溫和的人，那日他與我說這番話時，整個人簡直義憤填膺。」蔣萬謙回憶起當年事，目光有些茫然，「可惜我當時沒聽明白他的道理，反倒覺得他不幫忙，生起他的氣來。」

蔣萬謙做了這麼多年腰纏萬貫的老爺，到底是有脾氣的，聽秦景山這麼說，立刻駁斥道：「秦景山，你莫要忘了你當年深陷牢獄，究竟是怎麼被放出來的！若不是我在那張似是而非的狀書上畫了押，讓官府相信你誤殺你表哥，你能有今天！你這些年為何對我感恩戴德你忘了麼？眼下我不過求你幫個忙，竟這樣難！」

「我倒情願你不曾在那狀書上畫押，我倒情願我至今都是一個殺人犯！」秦景山道：「蔣老爺既然把話說到這個分上，那我也把話說開了，蔣老爺的恩情我償還不起，還請蔣老爺去東安府衙告發我，說當年確實是我殺的人，我知道那殺千刀的吃醉了，我是故意推他落水的！」

他說著，叫停了馬車，逕自掀簾下車，扔下一句，「坐不起貴宅的車！」

其實蔣萬謙適才也是一時嘴快，他自問當初幫助秦景山，從來看在他的人品，絕沒有半點挾恩圖報的意思。

他當即也下了馬車，追著秦景山道：「秦師爺，你、你這是哪裡的話？我說錯話了還不成麼，我給你賠罪！」

秦景山快步前行，並不理他。

「你……」蔣萬謙被逼無奈，「難道你還要我這個年過五旬的老朽給你下跪認錯麼！」他說著撩袍，「也罷，我這就跪！」

秦景山聽了這話，回過頭來，見蔣萬謙的膝頭已要觸到雪地，急忙過來扶起他，「蔣老爺你真是——」他狠狠一嘆，別過臉去，「蔣老爺是恩人，景山萬萬受不起這一跪。」

秦景山是典型的讀書人的樣子，長袍方巾，十分清臒，因為生過大病，面色一直很蒼白。

蔣萬謙握住秦景山的手，切切道：「秦師爺，我知道您只是個師爺，說是官，其實也算不上是官，方留的事我拜託你到底為難……可是，你和孫大人是多年摯友，這事你就不能幫我去問問孫大人麼？」他一頓，道：「我知道孫大人定然認識陵川州府的大官，否則當年你被放出大牢，單憑我一紙狀書定然是不能成的。也罷，既然師爺不肯幫忙，我這就親自去求孫大人！」

「回來！」秦景山見蔣萬謙冥頑不靈，厲聲道：「你近日絕不可去衙門尋孫大人，絕不能讓人知道你想讓方留做官，否則……否則我今日就與你恩斷義絕！」

章祿之問：「他為何會說這樣的話？」

「還能為什麼？」蔣萬謙苦澀一笑，「那時上溪衙門來了我不能見的人，他擔心我心急，飛蛾撲火。」

「什麼人？」

「不知道，我沒有去衙門。」蔣萬謙哀嘆道：「可惜秦師爺已勸我勸到這個分上，我當時到底沒聽他的話。」

蔣萬謙本來就病了，聽秦景山這麼說，一時間只覺進退維谷。一口氣卡在喉嚨裡上也不是下也不是，胸口漏了風似的，劇烈地咳起來，伏地嗆出一口鮮血。

秦景山見狀，連忙扶住他：「蔣老爺，你怎麼……你且等等，我這就幫你請大夫去……」

蔣萬謙卻一把把他拽住，雙目緊盯著他，一字一句道：「你請大夫，我不治，你開藥，我不醫，我今日回家，不吃不喝，不眠不休，只等著一死。我不會告訴任何人我為何求死，怎麼死的。但是秦景山，你是個讀書人，最是在乎恩義仁孝，我知道你有法子幫我，就像當初孫誼年把你救出大牢一樣，你該知道，是你逼死我的！」

「你——」秦景山聽了蔣萬謙的話，一時間氣結難言。

蔣萬謙最後道：「你知道我當初為何買你的畫麼？我是看在你天資聰穎，那麼小的年紀就考中秀才，將來一定前途無量，想多結條門路。可惜你命途多舛，兩回鄉試蹉跎，命裡與功名無緣，我實在可惜你的人才，這才在狀書上畫押，幫你做了偽證。秦景山，論學識，你遠在孫誼年之上，連他都可以做縣老爺，你卻要一輩子屈居他之下，做個師爺，連不入流的吏目都稱不上，只能算個幕僚，你甘心嗎？這種一輩子不能實現的缺憾，你該懂的，你該理解我的！」

蔣萬謙至今都記得秦景山在聽完他這一番話後的眼神。

他的雙目是空茫的，複雜的，到最後幾乎是絕望的。

可他終於從之前的義憤填膺中平靜下來，靜得幾乎寂冷。

良久，他說：「你有銀子麼？很多銀子。」

「有。」蔣萬謙看到了希望，立刻道：「要多少？」

秦景山沉默許久，「十萬兩。一個銅板都不能少。」

哪怕蔣萬謙家底殷實，可是乍然聽聞要這麼多銀子，仍是震詫不已。尋常富足人家一次能拿出上千兩銀子已是了不得，十萬兩，桑麻生意不做了麼？一家老小不養了麼？

可是等了這麼久了，這是他唯一的機會，銀子沒了還能再賺，再說方家還有產業可以變賣，怕什麼！

蔣萬謙一咬牙：「有！」

「好，七日後，你湊足銀子來找我。」

「湊足銀子，方留來年就能考中舉人？」蔣萬謙問。

「明年洗襟臺建成，陵川不設鄉試，何況我也沒那麼大能耐，能左右鄉試的結果。」秦景山的聲音很靜，彷彿要跟雪野融在一起，「但我有一條門路，能讓他在一年後，登上洗襟臺。」

章祿之問：「他哪裡來的門路？」

「我沒問，他也什麼都沒說。」蔣萬謙道：「他只是讓我以後莫要再說孫大人的不是……」

雪夜裡，秦景山低垂著雙眸：「被朝廷褫了功名，這是我的造化，怨不得他人，沒什麼甘心與不甘心的。至於誼年，我與他是多年摯友，他待我的厚意我永遠都會記在心裡，便是這輩子只能做他的幕僚，我也情願，以後蔣老爺莫要說這些話來激我了，我不聽的。」

言罷，他攏了攏裘氅，逕自遠去。

十萬兩，實在太多了，蔣萬謙雖然一口應下，為了籌足銀子，餘後幾日簡直焦頭爛額。好在他為了幫方留謀官職，這幾年家中的銀子都攢著，又跑了一趟東安，把原來方家的產業一一變賣，總算湊齊了數目。

七日後，便如葛翁後來所說的那般，蔣萬謙上了竹固山，跟耿常做了一筆買賣。拿十萬兩，買下了一個登上洗襟臺的名額。

謝容與問：「這麼多銀子，你是怎麼弄上山的？」

十萬兩，單是裝箱都要裝幾十上百箱。

「當時正值年節，草民是藉著送禮的名頭上山的。耿常占了竹固山下的商道，有不少商賈上山給他送禮，草民藉口說談了筆新買賣，往後要從商道過，上山跟弟兄們認個熟臉，這樣不會惹人生疑。」蔣萬謙道：「也不是一次性就抬十萬兩上山，先給了兩萬兩定金，後來藉著『賀壽』、『過道』的名義，陸續又上了幾回山。」

青唯聽到這裡，想起洗襟臺修成前，徐途也曾頻繁往來竹固山，難道也是張羅著給徐述白買登臺名額？

她問：「當時除了你，還有別的人上山做這樣的買賣嗎？」

蔣萬謙搖了搖頭，「不知道，我上山以後，除了耿常和幾個親信，沒見過其他人，他們很小心，非但不讓我多留，什麼憑據都不給，只說這事妥了，讓我等三月欽定的登臺名錄即可。」

三月名錄下來，方留的名字果然在冊，蔣萬謙簡直樂昏了頭，覺得這十萬兩花得值，連做夢都盼著昭化十三年的七月快些到來。

他最終盼到的卻是洗襟臺坍塌的噩耗。

昭化十三年七月初九，洗襟臺在一場滂滂澆下的急雨裡塌了。

上溪閉塞，蔣萬謙聽聞洗襟臺坍塌，頭一個反應竟是不信。他覺得消息一定是假的，與孫誼年、秦景山一起往柏楊山趕。

直到跑馬到東安，看到朝廷兵馬入駐，滿城宵禁，人心惶惶，心才徹底涼下來。

而在這一刻，蔣萬謙最先想到的竟不是方留的安危，也不是打了水漂的十萬兩白銀。

他想到的是自己的命。

能夠出賣洗襟臺名額的人必定在朝堂上舉足輕重，蔣萬謙攪和進這一場骯髒的買賣裡，真的能夠自保嗎？

蔣萬謙退縮了。

他忽然急切地想回到上溪閉塞的山中，甚至不想多打聽方留究竟是死是活。

是因為這個兒子自小沒養在身邊，沒有多少感情嗎？

還是因為他在這一場兵荒馬亂中，看到大廈將傾之時無力反抗的碎礫塵埃？

而他很清楚，他就是這樣的碎礫塵埃。

蔣萬謙直覺大禍臨頭，丟盔棄甲地回到上溪。

他的直覺沒有錯，果然沒過幾日，秦景山就找上門來，告訴他：「洗襟臺下死的士子太多了，朝廷要徹查，說不定會查到名額買賣的內幕，你上竹固山，讓耿常帶著山匪趕緊離開，越快越好。」

蔣萬謙起先沒聽明白這話，問秦景山：「耿常帶著山匪逃了，那我們呢？朝廷如果查過來，我們也得逃啊。」

秦景山看著他，片刻，露出一個荒唐的、苦澀的笑：「他逃了，我們就不必逃了，畢竟朝廷早就下了剿匪令，師出有名，今後你我只要閉嘴，就能苟延殘喘地活下去，不是嗎？」

蔣萬謙這才驚覺，原來所謂的讓山匪「逃」並非逃，而是滅口，是殺。

「我還有妻有子，有一大家子要養，我沒辦法，那些人怎麼吩咐，我只能怎麼做。我上山勸說耿常快逃，下山以後……下山以後，就去縣衙報官，說他帶人劫了我的貨物，殺了……我的人。」

蔣萬謙說到這裡，眼眶全然紅了，整個人幾乎是癱坐在地，連目色都是空茫的，「我原以為……他們只會把耿常、寇喚山幾個人滅口，沒想到……這些人做事是真乾淨真狠心啊，一夜之間，竹固山幾百號山匪，全死了……全死了……」

謝容與問：「剿匪的時候，聽說孫誼年也在竹固山上？」

蔣萬謙點點頭：「那些賣名額的人最初找上的就是孫大人，後來朝廷的剿匪將軍到了上溪，自然也是由孫大人帶去竹固山的。」

他苦笑一聲，「其實孫大人和草民一樣，沒想到那些人會把山匪全殺了。要說孫大人，原也是個勤勉的好官，可竹固山這事過後，他整個人就垮了，對衙門的事幾乎不聞不問。都說上溪衙門是秦師爺的一言堂，可孫大人不管，有什麼差務，不得去問秦師爺麼，久而久之，自然什麼事都由秦師爺定奪了。」

蔣萬謙與秦景山關係更好些，言辭間難免偏向這位師爺，不過從這幾日玄鷹衛收集的線索來看，他這話倒是不假。

衛玦問：「照你這麼說，孫誼年和秦景山的關係倒不像外間傳的那般不睦？」

「常人總愛捕風捉影，惡意生謠。其實這些年，秦師爺從未在草民面前說過一句孫大人的不是，對衙門的差事也是任勞任怨。雖然……竹固山那事過後，孫大人一蹶不振，兩人到底疏遠了些，可是在秦師爺心中，他與孫大人永遠都是摯友，有回吃醉酒，秦師爺還跟草民說，他哪怕只剩最後一絲力氣，托也要把孫大人托起來。」

劫難真正考驗的是人心。

竹固山一場血戮之後，孫誼年與秦景山疏遠了，反倒是蔣萬謙與秦景山劫後餘生，走得近了些，成了忘年之交。忘了是哪一年的冬了，天格外冷，雪積得也格外厚，秦景山在蔣宅的院中飲罷一杯酒，長長一嘆：「我這一輩子，欠誼年的永遠也還不清，哪怕要辛勞到死，剩下最後一口力氣，我托也要把他托起來。」

謝容與聽到這裡，想起余菡提過，上溪兵亂的前一夜，孫誼年曾說，不希望有人再因為竹固山沒命了。

「這麼說，送你離開上溪，是孫誼年和秦景山共同的主意？」

「大人說得不錯，從上溪鬧鬼伊始，孫大人和秦師爺就開始籌謀此事了。」

謝容與聽了這話，心中卻生出疑慮。

上溪鬧鬼這事的始作俑者是玄鷹司，他們藉著鬧鬼，引出山匪遺餘葛翁與葛娃。相應地，上溪一鬧鬼，孫誼年覺察到朝廷有人要查洗襟臺，決意送蔣萬謙離開。

可是有一點謝容與想不通，既然孫誼年那麼早就決定要送蔣萬謙離開，為何還要封山呢？

最正確的做法難道不該是高高拿起輕輕放下，鬧鬼傳言一起，任它傳得滿城風雨，趁亂送蔣萬謙遠走高飛？

把上溪變為一個禁城，最後不惜與巡檢司、左驍衛拚殺一場，有什麼意義？

還是說，上溪縣衙另有人做主，無論孫誼年還是秦景山，都只是傀儡罷了？

不過這個問題，單靠推測是推測不清的。

謝容與一念及此，對青唯道：「小野，妳去落霞院，把余氏和李氏帶過來。」

孫誼年的夫人李氏強得很，章祿之審了她幾回，關於竹固山，她半個字都不肯透露。讓她和余菡住在一起是謝容與的主意，她二人不對付，一句話說不攏，能吵上半日，謝容與在落霞院外放了錄事，囑其將兩人爭吵的內容一字不漏地記下，果然兩日下來，白撿了不少線索。

不一會兒，青唯就把李氏和余菡帶來了。

李氏生得富態，跪在堂下，足有兩個余菡寬。她知道自己這兩日與余菡吵鬧，心急嘴也毫無遮攔，被人聽去不少關節，儼然沒了剛來時理直氣壯的架勢，在一眾官爺裡認出個熟臉，立刻喊冤：「章大人，民婦當真冤枉！那竹固山山匪究竟怎麼死的，民婦區區弱質婦孺，真的什麼都不知道！」

章祿之冷笑一聲：「妳怎麼不是冤枉的呢？玄鷹司剛要拿妳，妳就跑了，逃跑路線之隱匿迅捷，沒個三天三夜，都追不上妳，妳要不是冤枉的，尋常弱質婦孺，都不敢效仿妳這個逃法。」

李氏聽出章祿之言辭裡的譏諷之意，面不改色，「章大人，您這可就是誤會民婦了！讓民婦離開上溪，都是民婦那死去相公的主意，怎麼逃，往哪裡逃，也是他一早計畫好的，民婦哪裡做得了主呢？」

這個李氏倒不傻，左右眼下孫誼年已經死了，管他什麼罪名、籌謀，全由他一人擔了去，自己這裡咬定什麼都不知道就是。

「再說官爺都查了這麼些日子了，該知道那死鬼的魂早就被城西莊子上的狐狸精勾走了，尋常連話都少跟民婦說，這樣大的事，他哪會多跟民婦提呢？」

余菡聽她含沙射影，「哼」一聲扭開臉。

章祿之沒理會她二人之間的機鋒，繼續道：「妳說妳離開上溪的路線是孫誼年一早計畫好的，那麼本官問妳，孫誼年第一次讓妳離開上溪，是什麼時候？」

「好像……好像就是上溪鬧鬼前後吧……」李氏道，目色浮起一絲不確定，隨即埋怨道：「本來一早走了萬事大吉，結果拖了幾日，硬生生拖到上溪封山了！」

謝容與聽到這裡，離開上座，步至李氏跟前，「他為何緩了幾日？」

「這……民婦不知。」

謝容與又問：「照妳方才的說法，上溪此前的封山之令，似乎並不是孫誼年下的？」

李氏不敢看謝容與，她昨日與余菡爭吵，隱隱得知這一位乃是京裡來的王爺，聽他問話，言語間也不由恭敬起來，「官爺是知道的，那死鬼……不，我家老爺，他這些年在衙門裡就掛個職，正經差事半份不幹，這上溪衙門，哪裡是他能做主的呢？」

「所以妳的意思是，上溪衙門裡，另有一個人能越過師爺甚至縣令，掌握上溪的生殺大權？」謝容與盯著李氏：「這封山禁令，最後是誰下的，妳可知道？」

「……不知。」李氏茫然的搖了搖頭。

謝容與料到她不知情，並不心急，緩聲道：「上溪近年來多有鬧鬼，但傳聞中的這隻鬼是一隻穿著灰袍，身形清瘦的野鬼，祂時而出現在山林中，並不怎麼傷人，妳是上溪人，這事妳知道的，對嗎？」

李氏點點頭。

「但是一個月前，竹固山上忽然出現了一隻紅衣厲鬼。這鬼出現的第二日，上溪城中就死了人，死的這個人，正是縣令府上的丫鬟綢綢，這事妳也應該記得。」

李氏又點頭：「記得……」

「綢綢的死相很慘，不似人為，又因上溪城中剛好有紅衣鬼出現，所以官府懷疑是『鬼殺人』，以此為契機，立刻封了城，並在山外設關卡，嚴查人員出入。」

縣令府上的綢綢，正是李氏五歲幼女身邊的伺候丫鬟。

李氏聽謝容與提及綢綢的死，不由心虛，「官爺……官爺想要問什麼？」

「不問什麼。」謝容與道：「妳適才說，孫誼年早就決定送妳與蔣萬謙幾人離開，可是臨到頭了，他忽然緩了幾日，以至上溪封山了，你們都沒有走成。本官問妳他為何要緩幾日，妳說不知道，本官是以幫妳回憶，在他緩的幾日間，上溪死了一個綢綢，那麼本官再問妳，孫誼年拖沓誤事，與死去的綢綢，有關係嗎？」

李氏一聽這話，臉色驀地發白。

她垂著頭，手指捏緊裙裾，「官爺，民婦、民婦都說了，衙門裡的事，民婦從來不過問的。」

她到底不是什麼能人，面對謝容與再三迫問，那一點慌張的心緒哪裡能藏得住呢？

謝容與垂眼看她，不出所料，這個李氏果然隱下了不少內情。

孫誼年到底是她的夫婿，是她一雙兒女的生父，哪怕要離開，她如何能走得這樣乾脆？再者，小野的腳程謝容與是知道的，加上玄鷹司的兵力，追李氏這樣一個婦人居然用了三天，即便有孫誼年事先籌劃，李氏如果不是心裡有鬼，如何能躲得如此隱匿？

李氏聽上頭半晌沒有聲音，微一抬目，對上謝容與冰涼的眼神，嚇得一激靈，「官爺……不，王爺，民婦、民婦是真的什麼都不知道。對了，」她慌不擇法，竟伸手指向余菡，「封山前的幾日，老爺一直與她在一起，王爺想知道老爺為何拖沓誤事，可以問她……」

余菡一聽這話，登時來氣了，「妳自己答不出官老爺的問話，推到我身上，哪裡來的道理？！」

章祿之一看兩人吵起來，本來要出聲呵斥，卻見謝容與搖了搖頭，明白過來他的意思，登時息了聲。

「怎麼不該問妳！也不知那死鬼上哪兒找了隻野狐狸，還在外搭了個狐狸窩，魂兒都被勾去了，那陣子連著幾日不著家，要不是妳，我早走了，哪還能拖到今日！」

「哦，這竟怪到我身上了！」余菡也不是個好脾氣，回嘴道：「妳去上溪城中問問，誰不知道老爺家養了一隻河東獅？那幾日不是妳跟他鬧，說他不順著妳的心意行事，將他攆出家門，他至於到我這裡來，拖到封山了還走不了麼？當初他好心讓妳離開上溪，妳不買帳，這回他死了，妳倒是跑得跟隻兔子似的了，夫妻本是同林鳥，大難臨頭各自飛，他給了我一個狐狸窩，我這隻狐狸好歹知道折回去看他一眼，妳跑的時候，想過他的安危麼？」

李氏道：「妳是回頭看了，可妳救得了他麼？」她冷笑一聲，「一個戲子，倒在我面前唱起情深義重了，他是不是還給了妳一箱金子，讓蔣萬謙扮作老管家送妳離開？」

余菡扭開臉，「是又怎麼樣？」

「妳當那死鬼是關照妳呢？」李氏道：「竹固山山匪一死，他的心早就涼透了，這幾年妳在他眼裡，不過是個讓他醉生夢死的溫柔鄉罷了，妳是誰其實根本不重要。他真正想送出城的是蔣萬謙，讓蔣萬謙扮成妳的車夫，不過是藉著妳的身分給蔣萬謙打掩護，到時候要真被人拿住，出頭鳥也是妳不是？妳當他真的在乎妳？戲子薄情，他再清楚妳這個人不過了，只要給了妳一箱金子，妳就能什麼也不問，乾淨俐落地走。他是拿這箱金子，買妳的命！」

余菡聽了這話，怔了怔，目色不由一陣空茫。

她忽然想起那日她性命之憂徒步折返山間，求玄鷹衛帶自己去找他，她想起終於找到他時，他望著自己，難以置信的神情。

他最後說，他對不住她。

原來這句對不住，不是因為他死了，以後不能陪著她了，而是他從來就沒有在乎她這個戲子。

李氏的話跟刀子似地戳著余菡的心窩子，余菡忍不住站起身，狠狠一跺腳：「這冤家！他怎麼能這麼對我！」

她雖是個低賤的戲子，可她也是人，也有自己的尊嚴，就這麼輸了，那叫什麼話？情字上敗下陣來，她就要在理字上爭個長短！

她插著腰，指著李氏，「我原想著我到底是個妾，妳是我的當家主母，話裡話外都與妳客氣，幫妳隱瞞。妳既把話說到這個分上，那我們就把當初綢綢的死攤開了說個清楚明白！別以為我不知道，一個多月前，老爺催促妳離開上溪，可妳偏不願，說什麼綢綢幹了髒事，非要讓他處置了綢綢才肯離開。老爺不想處置綢綢，妳就把他攆出家門，他沒地方去，只好到我這裡來。後來沒過兩日，綢綢就慘死在縣衙附近，我當初還道這事怎麼這麼巧，眼下看來，害死綢綢的就是妳！」

「我……我什麼時候害死綢綢了？」李氏的臉色更白了，「那綢綢手腳不乾淨，幾回拿家裡的東西，我一年前就想處置她了，但是老爺總不當一回事。老爺讓我離開，難道要留這麼一隻碩鼠在家裡，沒有我看著，她豈不得把家裡的物件兒都拿光了？可不得處置了她麼！哪裡知道……哪裡知道她竟死了……」

余菡冷哼一聲：「妳還抵賴！老爺都和我說了，說妳想處置綢綢，可他不想害人性命，又拗不過妳，只好到我這裡來躲幾日。沒想到妳心狠手辣，還是把綢綢害死了！」

「我說處置綢綢，不過是希望老爺把她帶去衙門，敲打敲打她，何至於要了她的命！」李氏道：「誠然……誠然綢綢之死，我確有責任，可是那天早上，我只是讓衙門的人把她帶走而已，我怎麼知道她後來會死……」

這話出，謝容與的眉心微微一蹙。

章祿之問：「衙門的人把綢綢帶走？什麼時候？」

「就是……就是她死的那天早上。」李氏怯聲道。

「妳說妳想處置綢綢，就是把她告去衙門？」

李氏先是點點頭，忙又解釋，「也不是真的告官，她到底跟了我這些年，要是真的鬧到衙門，她名聲壞了，找不到糊口的生計，往後還怎麼活？我就是想讓老爺嚇唬嚇唬她，讓她跪在公堂裡認個錯，再也不敢偷拿東西了就是。當日老爺終於肯了，讓衙門的人來帶走她，沒想到……」

「妳又在扯謊，老爺慣來什麼德行，他從來不肯理會衙門的差事，怎麼會為了府上的一個丫鬟費這番周折？」余菡道：「再說當日老爺一直在我莊子上，妳說老爺讓衙門的人把綢綢接走，他在夢裡使喚的人麼？！」

李氏一聽這話，急忙道：「我真的沒有說謊，當真是老爺讓人來把綢綢帶走的。我還以為……還以為是老爺殺了綢綢，所以我才……」

她說著，怔怔地道：「綢綢不是老爺殺的，那是誰殺的？」

後來她每每問起綢綢的死因，孫誼年總是言辭閃爍，她一直以為綢綢是孫誼年害的，不敢聲張此事，聽余涵這麼一提，難道綢綢的死另有內情？

謝容與問：「當日從妳家中帶走綢綢的是誰？」

「是衙門的李捕頭。」李氏說著，立刻解釋，「王爺，民婦當真沒有騙您，綢綢被李捕頭接走的時候，家中小兒幼女皆在一旁，民婦還讓他們引以為戒，小兒不會打誑語，王爺差人過去一問便知。」

謝容與看祁銘一眼，祁銘點點頭，親自去問過了。

謝容與道：「這麼說，綢綢近年來手腳一直不乾淨，妳念及她跟了自己這麼多年，對她多有包容，一直到一個月前，孫誼年忽然讓妳離開上溪，妳擔心自己走了以後，家中無人約束丫鬟綢綢，是以妳希望孫誼年把她帶去衙門，對她小懲大誡。但是孫誼年不肯，他與妳大鬧一場，爾後去了余氏莊上。妳在家中等了幾日，一日清晨，衙門的李捕頭忽然找上門來，說孫縣令願意處置綢綢了，要把她帶走，對嗎？」

李氏訥訥地頷首：「對……」

謝容與問：「妳想把綢綢送去衙門這事，跟多少人提過？」

「回王爺，除了老爺，民婦沒跟什麼人提過。」李氏蹙眉回想，「不過有一回，民婦惱老爺一直不應此事，去衙門找過他，逼他把綢綢帶來衙門，當時有幾個人在老爺身邊，應該將此事聽去了。」

「這幾個人中，有沒有李捕頭？」

李氏竭力回憶了一會兒，忽道：「有，有的。」

謝容與細思片刻，「那麼有沒有一種可能，當日真正想從妳家中帶走丫鬟綢綢的，不是孫誼年，更與怪力亂神無關，正是這個李捕頭，而後來殺害綢綢的，也是李捕頭。」

李氏道：「……有是有，可是，為什麼……」

「是啊，虞侯，為什麼？」一旁的章祿之聽謝容與審訊，前面的尚且跟得上思緒，到了這裡，不由一頭霧水。

謝容與環目看了眼眾人，玄鷹衛中除了衛玦均目露困惑，「我且問你們，上溪是因何封山的？」

「這……自然是因為綢綢之死，『鬼殺人』的事件。」

「那麼這個因『鬼』而死的人，可以是別人嗎？」

「不能。」衛玦道：「既然要封山，那麼這個因『鬼』而死的人，絕不能是尋常人，起碼引起的波瀾要足夠大才行。綢綢是縣令府上的人，在上溪這樣一個山城中，最尊貴的地方就是縣令大人自己的府邸，只有縣令府上的人死了，這場『鬼殺人』事件才足以引起震動，以至於縣衙頒下封山之令時，任何人都不會起疑，此其一。其二，就當時的情況來看，只有綢綢死，才不會引人懷疑，讓人真正相信是鬼殺的。」

「如何相信一個人是鬼殺的？一，死相夠慘，二，死因莫名，但這第一二點都是人為可控的，最關鍵的是第三點，她死後，不會有人質疑，不會有人鳴冤，所有相關的人都會閉上嘴，所有相關人都寧肯她是鬼殺的，不會多過問這個案子半句。」

「與綢綢相關的人都有誰？第一，李氏，李氏自然不會過問，因為她以為是孫誼年命人殺害綢綢的；第二，余氏，余氏不算相關人，她只是知情人，但李氏是她的主母，正如她自己所言，她縱然心中有所懷疑，仍幫李氏隱下了此事；第三，孫誼年，孫誼年為何不會多過問？因為他早就知道了綢綢會死，他甚至知道有人想利用綢綢這個最佳人選，做一起『鬼殺人』的案子，封禁上溪整座城，所以當李氏想把綢綢送去衙門時，他極力反對，因為他知道，綢綢可能會因此喪命，這也是為什麼他後來去余氏莊上，說出了『李氏想處置綢綢，但他不想害人性命』這樣前言不搭後語的話。」

衛玦說到這裡，沉了一口氣，「上溪封山的前提是『鬼殺人』事件，孫誼年知道綢綢會死，卻敢怒不敢言，恰恰證明了上溪縣衙中，能做主的既不是孫誼年也不是秦景山，而是這個利用『鬼殺人』事件封山的李捕頭。」

彷彿就是為了證明這個推測似的，祁銘很快回來了，他道：「殿下，屬下適才已回歸寧莊問過了，孫家的兩名小兒證實，當日從縣令府上帶走丫鬟綢綢的確係李捕頭不假，另外屬下還問了幾名孫府的家僕與巡檢司捉捕回來的衙差，他們都證明，丫鬟綢綢死的那日，只有李捕頭與一名典簿在衙門，孫縣令、秦師爺都不在。」

謝容與頷首，看向李氏與余氏：「最後一個問題，上溪有什麼地方，是不能去的嗎？」

孫誼年最後留下的一句話是：不要——去。

可他沒來得及說究竟不要去哪裡。

李氏與余菡對視一眼，一齊搖了搖頭：「回王爺，民婦不知。」

謝容與猜到她們不知情，吩咐一名玄鷹衛將她們送回。

待李氏與余菡被請走，謝容與問：「李捕頭找到了嗎？」

當日上溪衙門暴亂，秦景山死於亂兵之中，衙門裡的人也四散而逃，李捕頭就是在那時不見的，這幾日巡檢司、左驍衛，聯合玄鷹司共同追捕出逃的吏胥與差役，除了李捕頭，其餘人都已尋回。

章祿之抱愧道：「虞侯，屬下失職，至今……也沒尋到李捕頭的蹤跡。」

謝容與的眉心微蹙了蹙，倒不是責怪章祿之失職，只是奇怪巡檢司、左驍衛、玄鷹司布下的巨網密不透風，這個李捕頭究竟是有怎樣的神通，居然能逃脫三方軍衙的追捕？

「不必在山外找了，調派人手回上溪，試試在山中搜捕。」

「是。」

謝容與見章祿之目色裡自責難掩，繼而道：「不必過慮，這個李捕頭既是線人，身上的蛛絲馬跡想必很多，找得著也好，找不著也罷，查清楚他的生平，也能找出線索。祁銘，京裡的密函到了嗎？」

這封密函循的是秦景山與孫誼年的過往。

祁銘道：「應該已在送來的路上了。」

謝容與點點頭：「再去信一封，請官家順著孫誼年、秦景山這條線，著人查查這個李捕頭。」

「是。」

一眾玄鷹衛都有些氣餒。

想想也是，他們找到了孫誼年，可孫誼年被殺，查到了李捕頭這個線人，李捕頭卻失蹤。縱然他們這一行也曾破迷蹤揪出葛翁葛娃，尋回蔣萬謙證實竹固山山匪之死的真相，但臨門一腳怎麼也邁不過去的感覺，實在讓人力乏。

謝容與環目掃過眾人，覺得他們不必如此。

其實還有一條很關鍵的線索被他壓在了心中，他仔細思量一番，到底沒提，只道：「就審到這，回吧。」

玄鷹司今日是跟陵川州府借的地方，出了公堂，一名候在外衙的官員急忙迎上來，先拜了拜，「殿下審完案子了？」隨後解釋，「州尹大人外出辦差去了，殿下有什麼吩咐，指使下官也是一樣的。」

這名官員姓宋，是陵川齊州尹身邊的長吏。

謝容與還真有差事要吩咐，頓住步子，「本王記得巡檢司左驍衛目下在西郊二十里的蒙山營紮寨？」

「殿下說得是。」這個宋長吏一點即通，「殿下可是要見曲校尉與伍校尉？下官這就命人通傳去。」

謝容與想了想：「讓巡檢司的人來就行了。另外把近十年上溪官員吏胥的任免紀錄、人事存案一併送來歸寧莊。」

這些卷宗玄鷹司上回已經要過一次了。

宋長吏熟門熟路地道：「是，下官這就去整理，只要是與上溪縣衙近十年人事任免有關的，包括吏胥生平、犯案及立功紀錄，下官都送去莊上。」

謝容與看他一眼，微頷首，往衙外走了。

衛玦跟在謝容與身後，對宋長吏道：「今日多謝州府借玄鷹司地方。」

「衛大人哪裡的話。」

宋長吏客氣一番，把人恭恭敬敬地送了出去。

第三章　青鳥

今日審案的過程雖曲折，好在離真相更近了一步。回到歸寧莊，玄鷹衛各司其職，梳理證詞、調兵追捕要犯，很快各忙各的去了。州衙的宋長吏動作也快，謝容與剛到書齋，他就把整理好的卷宗陸續送來了。

其時正午剛過，謝容與卻也不歇，將卷宗逐一分好，逕自坐在案前翻看起來。

青唯也在書齋裡，她在桌前總坐不久，好在謝容與知道她的癖性，在地上為她擱了蒲團。她左右無事，盤腿往蒲團一坐，順手也撈過一份卷宗。

不一會兒，德榮叩門進來，將一碗藥擱在書案上，躬身道：「早晚兩道藥，早間一道耽擱了，公子快些補上吧。」

謝容與頷首，一口將藥飲盡，「朝天怎麼樣？」

「好多了，高熱也退了，晨間醒過來，精神很好，還與小的說了好一陣話呢。」德榮說著，又放了一碟新鮮的荷花酥在案頭，「今日公子回來得早，小的已吩咐廚房那邊備膳了，公子與少夫人過會兒是回拂崖閣用膳，還是就在書齋裡用？」

謝容與看青唯一眼，見她盤腿坐著，一副懶得挪地方的樣子，「就在書齋。」

德榮稱是，順勢將藥碗收了，退出書齋。

卷宗上的文字艱澀難懂，青唯也是念過書的人，小時候《論語》、《孟子》她是被溫阡逼著誦過的，可眼下一頁還沒讀完，三行眼暈，十行腦脹，青唯覺得自己三頁之內必被放倒。

也不知道謝容與成日成日地翻卷宗，究竟是怎麼看下來的。

她思及此，忍不住偷偷看了謝容與一眼。

他昨晚被她鬧了一場，沒怎麼睡好，眼下手邊擱著一杯釅茶，已快吃盡了。

青唯想起謝容與剛服過藥，眼下卻吃這麼濃的茶，會不會對身子不好。

不是說他的病還沒養好麼，他這病少見，也不知該是怎麼個調理法。

德榮真是，讓她照顧他，怎麼連方法都不與她說。她又不會照顧人。

「看不進去就去歇會兒，看我做什麼？」謝容與將手裡卷宗翻了一頁，目不離書，說道。

青唯一愣：「你怎麼知道我看不進去？」

謝容與掃了她手中卷冊一眼：「一頁序言，妳看了快半炷香了。」

青唯也不含糊，將卷冊往邊上一擱：「不看了，這些讀書人寫的公文，掐頭去尾，言簡意賅，好像多寫一個字要讓他賠一百兩銀子似的，太難懂了。」她說著，站起身拍了拍衣擺，「我出去一會兒。」

言罷，不等謝容與回答，已然推門離開。

青唯是出去找德榮的。

她在依山院轉了一圈，沒尋到德榮的蹤影，於是轉身去了藥房。

藥房裡只有韓大夫在。

韓大夫正是近日為朝天看診的大夫，是以青唯的身分他是知道的，一見她，韓大夫連忙拜見道：「少夫人。」

藥房內藥味濃郁，甘苦摻雜，青唯猶豫了一會兒，說明來意：「大夫，我想跟您打聽打聽我官……殿下他的病症。」

她又頓了頓，不知為何，總覺得自己接下來這番話有點難以啟齒，「是這樣，殿下他病了好幾年了，近日貼身的丫鬟不在，又總這麼操勞，我……擔心他這樣下去病勢反覆，希望大夫指點一二，殿下什麼時候該服藥，有什麼忌口，素日都該注意什麼。」

韓大夫恍然道：「少夫人是想問如何照顧殿下？」

早在一日前，德榮就叮囑過他了，「要是我家少夫人問起殿下的病症，勞煩大夫只管往『心病難癒』的分上說，萬不能讓夫人知道殿下的病已經好了。」

韓大夫沒問明德榮為何要這麼做，他年過半百，家中夫唱婦隨，小夫妻間那點蜜裡調油的意趣，他能不懂麼？

「這……殿下這病的病由，少夫人該是知道的吧？」韓大夫道：「起因雖是心病，但心病過重，長此以往，就在身上留了疾。」

青唯點點頭。

韓大夫長嘆一聲：「少夫人擔心得很是，本來這疾症並不是沒得治，可少夫人知道的，殿下日夜操勞，實在辛苦，病勢不發作還好些，一旦發作……總之，身邊是離不得人的。」

青唯一聽這話，也有點著急，「我見他剛吃過藥就吃釅茶，總覺得不大好，怕藥性與茶衝撞，本想勸他不吃，可他夜裡少眠，白日裡案牘勞形，不吃茶難以提神，就沒個折衷的法子麼？」

「哦，這個少夫人倒是不必擔心，在下開的方子與茶是不相沖的，吃些無妨。不過少夫人擔心得很是，養生之道講究調和，過猶不及，茶吃多了終歸不好。少夫人且記下，殿下的藥早晚一道，飲食上雖沒什麼忌口，多少需吃得清淡，平日養好精神，不能著急生氣，身邊常跟著人，尤其夜裡，殿下是心病，夜裡易犯魘症，身旁是不能少人的，長此以往，慢慢也就養好了。」

青唯頷首：「我記下了，多謝大夫。」

韓大夫見她十分知禮，不由笑了笑：「不過少夫人也不必太擔心，殿下的藥湯，在下早晚會備好，少夫人若想盡心，給殿下備幾顆蜜餞即可。」

「備蜜餞？」青唯一愣。

「極是。殿下這病，心苦，身苦，藥也苦。那藥湯澀苦難以入口，少夫人備上幾顆蜜餞，殿下就知道少夫人盡了心了。」

那藥湯……苦麼？

可是他昨晚吃過藥後，她跟他……她明明是嘗過的，非但不苦，還有點回甘。

縱然她當時神思恍惚，可他們昨晚畢竟不是稍觸即分，甚至還……有點久，那一絲溫柔輾轉裡的甘，到底是他齒間殘留，還是因她沉溺其中的錯覺，她還是分得清的。

青唯到底不是一個擅長關心他人的主兒，聽到這裡，適才的擔憂如霧散去，滿心滿眼被一個「苦」字勾走，生出了叢叢疑雲。

她面上不顯，「不知大夫能否給我一張藥湯的方子。」

謝容與那副藥湯的方子是人參當歸加甜棗兒，不過無妨，德榮未雨綢繆，早就囑韓大夫另備了一張藥方。

韓大夫應是，從藥箱裡取出準備好的藥方，遞給青唯，「少夫人可是要抓藥，不必麻煩，在下這裡的藥材足夠。」

青唯將藥方收好，「不過是留著以備不患罷了，倘若以後去了別的地方，沒有韓大夫這樣的名醫，有這張方子，我也心安一些。」

「是，只要照著方子好生調養，假以時日，殿下定能病癒。」

青唯離開藥房，很快往莊外去。

東安她是來過的，附近哪兒有藥鋪子她很清楚。她攥著藥方，心中疑竇叢生，那藥湯分明是甘甜的，大夫為何說苦呢？總不至於這大夫故意瞞她，想對她官人不利？

剛走到前莊，莊門口傳來訓斥聲。

青唯一眼望去，來人正是曲茂——上午謝容與讓宋長吏去請巡檢司，曲茂得了通傳，帶著人到了。

曲茂照舊一身湖藍衫子，身旁跟著邱護衛與幾名巡衛，跟前還垂首立著一名女子。

曲茂掃這女子一眼，繼續斥說：「帶個路也不便，沏盞茶也不會，你們這莊上就是這麼養下人的？」

青唯離得遠，遙遙只瞧見這女子年紀很輕，衣飾十分素淨，想來是莊上的丫鬟。

歸寧莊是東安一戶尹姓人家的莊子，謝容與到了東安後，經齊州尹牽線，在此暫住。因莊上還看押著余菡、蔣萬謙等重要證人與嫌犯，所以玄鷹司借住的依山院等地，並不允許莊上的下人出入，這個小丫鬟不會帶路情有可原。

青唯見這小丫鬟被曲茂斥得雙肩輕顫，本想上前幫忙解釋一二，但她到底是欽犯，不宜在外人面前露面，只得隱在一面牆外靜觀其變。

幸而沒過多久，謝容與和衛玦幾人就過來了。

祁銘先一步上前，跟曲茂行了個禮，「曲校尉，出什麼事了？」

曲茂越過祁銘，逕自對謝容與道：「這莊子養的都是什麼下人？我剛在門口撞見她，讓她領我去書齋，她說找不著路，我說渴了，讓她幫我沏壺茶，她說不知道前莊沏茶的地方，要回後莊取茶葉，讓我等小半個時辰！我是沒什麼，你好歹是昭王殿下，敢情到了這窮鄉僻壤，就這麼讓人怠慢？！」

謝容與聞言，不由看了那小丫鬟一眼。

這時，一名嬤嬤從側邊廊上匆匆過來，在小丫鬟身邊跪下，急聲解釋：「貴人們恕罪，婉姐兒不是莊中的下人，她是家裡的姑娘！適才……她趕著回家，走了前面莊門，衝撞了貴人，奴婢這就代她賠不是，官爺要吃茶，奴婢為您沏去——」

這話出，餘下人等皆是一愣，曲茂怔道：「她是府上的姑娘啊？」

「是呢，家裡的四姑娘。」

衛玦不由蹙眉，「既是府上姑娘，近日為何不回府中住，留在莊裡成何體統？」

倒不是他不通人情，玄鷹司都是一幫大男人，這小姑娘尚未出閣，與一幫男子同住一莊，傳出去到底有損她的名聲。

嬤嬤瞥尹婉一眼，「回這位貴人，四姑娘身子不好，這幾年都在莊中靜養，她住得遠，在西北角的撫翠閣，尋常出入也走小門，叨擾不到貴人，是以老爺把貴人們請來莊上，就……就忘了說這事。」

自家的女兒，也有忘的？

不過名門望族，家家有本難念的經，其中彎彎繞繞誰說得清呢。

曲茂不由打量起尹婉。

她跟隻受驚的兔子似的，只這麼一會兒工夫，臉都嚇白了，其實也不怨他將她當作丫鬟，她穿得真是太素淨了，髮間除了一支簪花，什麼飾物都沒有，還比不上侯府裡那些伺候他的侍婢呢。

曲茂雖然有些少爺脾氣，還算講理，適才他斥尹婉，那是因為以為她是丫鬟，眼下得知她與自己一樣都是養尊處優的主子，什麼不會帶路不會沏茶，全都在情理之中了。

他道：「哦，那沒什麼，適才是我怠慢了，妳免禮吧。」

尹婉不敢動，她知道眼前都是貴人，可這些人中，最尊貴的那一位還沒發話呢。

謝容與於是道：「姑娘免禮吧。」

尹婉這才諾諾點頭，她本是要出莊的，經這麼一番，再不敢走前門，福身辭了辭，匆匆回後莊去了。

曲茂鬧了一場烏龍，並不往心裡去。他跟著謝容與去依山院，沿途見莊內奇花異石，亭臺飛簷，山水縈繞，不由奇道：「這尹家做什麼買賣的，把這歸寧莊修得五臟俱全。哎，乾脆我搬來你這裡住好了。你是不知道，那個蒙山營，就不是人待的地方，夜裡睡在帳子裡，能聽到隔壁的呼嚕聲。」

謝容與看他一眼，「聽說曲侯寫信訓斥你了？」

「何止訓斥？他還跟官家請旨，罰了我一年俸祿！」曲茂冷哼著道：「罰俸沒什麼，我姓曲名敗家號散財居士，朝廷不給銀子，我還不會從家中自取麼？但你說上溪這事，那能賴我麼！去上溪是我爹的主意，查案是你查的，鬧起來是他們自己衙門鬧，我就是個充數的濫竽，充其量不幹正事，可我不幹正事，我也沒添亂子啊！眼下好了，我爹覺得我是個廢物，覺得我善不了上溪的後，跟朝廷請旨，要把章庭、張遠岫從隔壁崇陽調過來，跟著一起把這事結了。張忘塵就算了，但是章蘭若……任京中誰不知道，我曲散財跟那姓章的不對付，還讓我跟他一起共事？說好了，我過幾日搬來你這裡，要是那姓章的找上門來，你幫我擋著。」

曲茂與人相交慣來不在乎身分高低。他是侯府嫡出公子，從前跟「江辭舟」往來，算是「江辭舟」高攀他，但他二人性情相投，他便把他引為知己。後來江家少爺搖身一變成了高高在上的小昭王，曲茂心中很是彆扭了一番，但他心大，半年過去，那點芥蒂早消除了，他管他是誰，只要還是這個人就成。

見謝容與不答，曲茂順口就道：「怎麼？不想我搬過來，山高皇帝遠的，難不成你還在這莊上金屋藏嬌啊？」

這話出，謝容與步子一頓，身後跟著的祁銘咳了一聲，引開話鋒，「曲校尉，虞侯今日請您過來，是想問一問當日上溪暴亂的情形。」

曲茂公務上迷迷瞪瞪的，打起來第一個躲，殺起來頭一個跑，天塌了只要不砸著他就是萬事大吉，果然他道：「這我哪兒知道？我當時躲在公堂裡，就掀窗瞧了一眼，看到那個秦師爺帶著人拚命往衙門裡闖，哎，太亂了，後來他們放箭，我就沒敢伸頭，等到再出去，該死的都死光了。」

謝容與道：「衙門裡有個李捕頭，當日你瞧見他了麼？」

曲茂「啊」一聲，「上溪衙門裡有姓李的捕頭麼？」

謝容與：「……」

祁銘：「……」

敢情這位爺在上溪辦了大半個月公差，連衙門裡天天打照面的人都沒認全？

還是跟在曲茂身後的護衛邱茗道：「回殿下，上溪衙門暴亂之前，李捕頭人就不見了，當日屬下與您稟過此事的。」

謝容與頷首，「後來你可曾見過他？」

邱茗想了想，拱手回稟：「不曾。」

「衙門暴亂之後，本王記得玄鷹司、左驍衛、巡檢司分別從東、西、南三個方向追捕逃逸吏胥，巡檢司也未曾發現李捕頭的蹤跡？」

邱茗道：「未曾，屬下只捕回了在逃錄事。」

謝容與「嗯」一聲。

幾人說著話，書齋到了，祁銘先一步上前推開書齋的門。

青唯罩著紗帷，原本綴在玄鷹衛最末聽他們議事，但是巡檢司的人在，她不便跟去書齋，到了依山院外便頓住步子。

天尚未暗，青唯還記掛著謝容與的藥湯，略一思索，覺得左右謝容與打聽完李捕頭的蹤跡，夜裡會與她細說，當即出了莊。

曲茂說東安是窮鄉僻壤，實則不然，東安是陵川府城，是十分繁華的，城中酒樓商鋪林立，直至月上中天，輝煌不歇。

青唯打馬到附近的一家藥鋪，把藥方遞給鋪中的坐堂大夫，「大夫，勞煩您幫我看看這方子主治什麼病的？」

這大夫年歲有些大了，髮鬚花白，接過藥方瞇眼一看，見上頭是蘇合香片、丹參、川芎等藥材，說道：「此藥方主治心病，內服外調，以安神為主，服此藥者，應是時有心悸、夢魘，暴汗不止等症狀，不過……」

「不過什麼？」青唯立刻問。

「不過這藥方用藥極其名貴，非富貴人家是吃不起的。」

這麼說，韓大夫給她的這張方子沒有錯，的確是治謝容與的病不假？

青唯思量一番，拿著藥方請掌櫃的配了副藥，爾後道：「敢問掌櫃的，貴鋪可有煎藥的地方？」

掌櫃的指指左手邊的門簾，「穿過這道簾往後院走，左手邊有個藥房，裡面有幫忙煎藥的藥童，姑娘把配好的藥材給他即可。」

青唯點點頭，到了藥房，把藥材拿給藥童，耐心熬過大火急煮又熬過小火慢燉，直至藥湯微沸，濃郁的澀苦氣息溢散出，藥童問：「姑娘，敢問這藥湯是裝罐回家，還是就在這吃？」

青唯咬咬牙，「這裡吃，幫我倒一碗。」

濃黑的藥湯跟墨汁似地傾入碗中，青唯等它溫了些，舀了一勺送入口中。

舌尖腥苦難當，如生吞黃連。

當真不負韓大夫說的一個「苦」字。

青唯腦中轟一聲亂了，她將勺子往碗上一扔。

這藥味不對啊！

亥時，謝容與從書齋出來，德榮迎上來：「公子。」

謝容與「嗯」一聲，「小野呢？」

德榮跟著謝容與往拂崖閣走，「戌末才回來，小的問過少夫人是否要用夜飯，少夫人說不吃。」

青唯出入自由，謝容與從來不拘著她。

聽了這話，謝容與也沒多想，只道：「她可說了去了哪裡？」

「沒提。夜裡倒是聽依山院的人說在藥房附近瞧見過少夫人，大約是想探望朝天，沒進屋。」

謝容與又「嗯」一聲。

他心裡還記掛著失蹤的李捕頭，雖沒能從巡檢司那裡問出線索，翻了大半日卷宗，到底找到了些蛛絲馬跡。謝容與的心思在公務上輾轉思量，及至到了拂崖閣，德榮頓住步子，「公子，那小的過會兒照舊把藥湯送來。」

謝容與應了，隻身入院，穿過靜悄悄的池塘小徑，推門進屋。

他本以為青唯睡了，推門才瞧見她筆挺地坐在臨窗的羅漢榻前。

「小野？」

青唯撩起眼皮來看他，過了一會兒，應說：「怎麼這麼晚才回來？」

謝容與拿起銅籤將燭燈撥亮了些，隔著方几在她旁邊坐下，「翻卷宗查到這個李捕頭曾經在東安府衙當過差，覺得這事蹊蹺，找衛玦幾人來議了議，是以晚了。」

青唯「嗯」一聲。

謝容與不由別過臉看她，她身上的衣裳換了，不再是白日裡掩人耳目的玄鷹袍，而是她自己的青裳，佩劍也解了，眼下手邊擱著的，是她自己找鐵匠打的短劍，德榮說她回來得晚，想來尚沒用飯，但方几上果腹的荷花酥她一塊都沒動，她不是一向喜歡這酥餅麼？

總不至於病了？小野哪這麼容易生病？

謝容與稍蹙了蹙眉，正要開口，這時，屋外響起叩門聲，德榮道：「公子，該服藥湯了。」

青唯坐著不動，謝容與應了一聲，任德榮將藥碗送進屋，照例將藥湯一碗飲盡，隨後吩咐：「收了吧。」

等德榮再度將屋門闔上，青唯忽然涼涼開口：「你這藥湯，吃了多久了？」

「……大約五六年了。」隔著一張方几，謝容與對上她的目光。

「從五年前吃到今日，病就一點沒好？」青唯的聲音微微抬高。

謝容與沒吭聲。

若是尋常，他只要一提起案子的線索，小野必定追問，可適才他說李捕頭曾在東安府衙當差，她竟似乎沒聽進去，只顧著問他藥湯的事。

看來不是生病而是動了氣。

她為何會生氣？

「其實已經好了許多，只是偶爾病勢反覆罷了。」

青唯盯著他，繼續追問：「那你這藥湯的方子，一直是同一張嗎？」

依山院的人說她今日在藥房附近出現過，難道不是去探望朝天，是去打聽他的病情的？

謝容與不動聲色，憑直覺答道：「不是，大夫不同，開的方子也不同，不過藥效大同小異，微有調整罷了。」

「怎麼個調整法？」

「根據病勢調整。」

「會調整到連藥味也大相徑庭麼？」

謝容與注視著青唯，她下午還出過莊，總不至於是試藥去了？

「那藥湯太澀了，淡一些的方子也是有的。」

「真的只是淡一些？」

謝容與頓了頓，一字一句問：「那娘子覺得是什麼？」

青唯見他防得滴水不漏，心中愈是氣結，她隔著方几，目不轉睛地望著他，「那藥湯若真的只是味道淡一些，為何每一回德榮把它送來，你緩也不緩總是一口飲盡？為何從前在江家時，你每每都避著我吃，眼下服藥回回次次都當著我？」她一頓，斬釘截鐵，「你以為我不知道嗎，你的病早就好了，眼下不過與德榮合起夥來哄騙我罷了！」

謝容與沉默一下，溫聲道：「小野，我的病的確好些了不假，至於那藥湯……」

「你休想再糊弄我！」思及當初在江家，她與他數度在言語上交鋒，她就沒一回占過上風，青唯急聲道：「我告訴你，我手上可是有證據的。」

謝容與聽了這話，不由失笑，看著眼前炸了毛的小狼，「哦，妳拿著什麼證據了？」

青唯冷目盯著他，「啪」一聲，將一張藥方拍在方几上，「這張，是你和德榮拿來誆騙我的藥方，藥湯的味道我試過了，腥澀得很，但是你這幾日服的藥湯——」

「我這幾日服的藥湯怎麼了？」謝容與看著她。

他的聲音明明很沉，甚至是溫柔的，帶著安撫之意的，可是由眼下的青唯聽來，卻覺得話裡話外帶了一絲譏誚，尤其是他眼裡的笑意，不是挑釁又是什麼？

她這個人激不得。

本來說不過已經要動手了，眼下再被這麼一激——

青唯閉上眼心一橫，想著反正一回生二回熟，再來一回又不會掉塊肉，她怕什麼！當即傾身越過方几，朝謝容與貼過去。

謝容與幾乎是愣住了，眼睜睜看她毫無預兆地貼過來，除了本身的柔軟濡濕，簡直是劍拔弩張的。

她全無章法地在他唇齒間攻城掠地一番，甚至還沒等他悉心相迎，又全無章法地撤開，隨後停在他的一寸開外，喘著氣逼視著他，吐出兩個字：「甜的。」

謝容與：「……」

青唯：「昨晚是甜的，今晚又是甜的。」

她隨後伸指敲了敲方几上的方子，「但這方子的藥湯是苦的。這還不是證據麼？鐵證如山。」

她離他太近了，吐息都糾纏在一起，他眸色漸深，「妳下午出莊，真的是去查這張藥方去了？」

「你以為呢？」青唯道：「你的病早就好了，卻和德榮合起夥來騙我，還有那個韓大夫，說什麼你心病難醫，身邊離不得人，分明是你們的同黨！」

她怒不可遏，「虧我還擔心自己不會照顧人，好心跟大夫打聽你的病情，擔心這大夫拿了假的方子對你不利，去城中藥鋪問明藥效。擔心了大半日，卻是我被蒙在鼓裡！你那藥湯的味道，分明就是……就是甜棗兒兌的糖水，是甜棗兒！」

謝容與愣了愣。

舌頭還挺靈。

他見青唯要撤開，伸手捉住她的手腕，將她困在自己的半尺之內，聲音緩下來，「小野，藥湯這事，我沒得辯，是我故意瞞了妳，是我的不對。」

他停了停，又說，「我該好好與妳解釋的，可是近日總是繁忙，妳又總想搬出莊子，我只是……不希望妳離開，又不知道該怎麼把妳留下來，很擔心妳像上回一樣，忽然不見了。」

「小野。」他喚道，微垂的眼瞼稍稍抬起，眸中清光一下攏過來，將她包裹，聲音輕得像嘆息，「為什麼不願意留在我身邊？我哪裡不好？」

這一聲近乎嘆息的問讓青唯一下怔住。

那一夜帳中的山嵐江雨倏忽重現。

是啊，她為什麼不留在他身邊呢？和他一起，有什麼不好？

下一刻，青唯驀地反應過來。

他太容易讓她動搖了。

她活了快二十年，就沒見過這麼能蠱惑人心的人，一言一行，一個眼神一聲嘆息，簡直堪比巫術。

青唯飛快掙開他，撈起自己身邊的短劍，疾步回床帳中取了早已收好的行囊，推門而出，頭也不回地說道：「既然你病好了，也不需要人照顧，那我……那我就先走了。」

其實也不必這麼急著要離開。她知道他為何騙她，不怎麼氣了。

她只是莫名有一種如臨深淵的危機，覺得再不走，怕是再也走不了了。

院中月華如水，夜色清致。

謝容與跟出屋，喚道：「小野。」

青唯聽到他追來，一咬牙，足尖在地上一個借力，飛身落在院中的一株榆樹上，橫劍在身前一擋，「你別過來！」

她的落腳之處並不好，是一根細脆的枝條，身後就是池塘，好在她輕功好，堪堪穩住身形，望著立在院中的謝容與，說道：「我早已想過了，我是欽犯，跟在你身邊只會成為你的掣肘。玄鷹司裡有衛玦，有祁銘與章祿之，你身邊還有朝天，不缺我一個打手。上溪之案了結，今後不如你查你的，我查我的，以信函互通有無。」

她亡命天涯了這麼多年，枕戈待旦是她的宿命，去歲暫得片刻皈依，她竟是半年不曾緩過來，夜裡常夢見他和江府。

溫小野是野生野長的野，不該將根扎得這麼深，上回已然傷筋動骨，下一回會不會九死一生。

謝容與安靜地看著她：「上溪暴亂當日，左驍衛校尉伍聰擅離職守，消息傳到京裡，中郎將上奏為伍聰求情，我請官家允了，但作為交換，我已令左驍衛暫緩追捕溫氏女。洗清妳身上的冤名，我未必能夠立刻做到，但妳相信我，我一定能保護好妳。」

立在院中的男子素衣青帶，眉眼好看極了，彷彿就是為這月色清霜所化，是她這半年反覆在夢裡看到的樣子。

青唯道：「去年我之所以離開岳州，除了送芝芸上京，更想找我的師父。他是我在這世間唯一的親人，五年杳無音訊，眼下上溪案已結，我既為自由身，自當前去辰陽尋他。」

「我半年前就派人去辰陽打聽過，這五年來，岳魚七從未在辰陽出現。妳如果不放心，想親自去一趟辰陽，待此間事了，我陪妳同去。」

「為何要同去？」青唯道：「待此間事了，我的願望是像我阿翁與師父一樣，踏足江野，行義為俠。你是王，你的父親是士人，你是被先帝教養長大的，我們出身不同，經歷不同，以後的願景也必不會相同。」

謝容與淡淡道：「妳不是我，妳怎知我的願景？」

青唯道：「那不說將來，只說今日。我眼下每天這麼跟在你身邊，跟你同進同出又算什麼，你將來不娶妻嗎？當斷不斷必受其亂，不如就此分開。」

謝容與看著她：「我不想與妳分開。」

「不分開還要一輩子在一起不成？京裡千百高門貴戶，到時天家為你擇妃，你又作何說法？難道你還讓我這個草莽做你的王妃嗎？」

「溋小野，妳在想什麼呢？」

謝容與聽到這裡，驀地笑了，聲音溫柔得像月色，「妳本來就是我的王妃啊。」

妳就是我的王妃啊。

夜風輕輕拂過。

青唯腦子一瞬懵了。

她看著謝容與，到了嘴邊萬般辯白與夜色一起纏成千千結落回胸腑，心神一片空空茫茫。

她張了張口，忘了要說什麼。

她本來是以輕功落在脆枝上的。

然而或許因她卸去了力道，足下踩著的脆枝再也支撐不起一人的重量。

細脆的榆枝「啰嚓」一聲折斷。

下一刻，謝容與就瞧見，溋小野連人帶劍，在他眼前落進池塘。

「公子，參湯煮好了。」

屋外傳來德榮的聲音。

「送進來吧。」過了一會兒，謝容與應道。

德榮稱是，目不斜視地推門而入，將參湯擱在桌上，不敢往寢房裡看。

公子也真是，這大半夜的，又是備浴湯，又是煨參湯，他一個伺候人的下人倒是不覺麻煩，這麼血氣方剛乾柴烈火的，累著少夫人如何是好？

德榮垂目退出屋，掩上門才道：「公子，那小的去隔壁浴房收拾了？」

「去吧。」

參湯熱氣騰騰地擱在桌上，謝容與端去床邊，「小野，過來吃了。」

青唯裹著被衾坐在床榻上，將臉別去一邊，「不吃。」

「不吃也行。」謝容與見她仍是彆扭，笑了笑，「病了我照顧妳。」

青唯移目過來，不敢抬眼看他，目光落在他的衣衫，見前襟洇了一大片水漬，大約是適才抱她出水時弄上的，「……你去沐浴吧，這參湯擱著，過會兒我自己吃。」

謝容與「嗯」了聲，似叮囑了句什麼，出屋去了。

青唯壓根沒聽清他的話，他一出屋，她便抬手遮眼，倒在枕上。

直到此時，她的腦中都嗡鳴作響，恨不能將今夜落水的一幕從記憶裡抹去。

當時她的腦中幾乎是空白的，沁涼的池塘水未能將一句擲地有聲的「王妃」驅逐心海，待到她反應過來，謝容與已經把她打橫抱起，喚德榮去備浴湯了。

身上寬大的、潔淨的中衣又是他的，洗過的長髮還是他幫忙擦乾的，她今夜本來打定主意要走的，可惜一鼓作氣，再而衰，三而竭，振翅的鴻雁失足成了落湯雞，她莫名敗下陣來，還敗得難堪，敗得困窘，身上的中衣繭子似地縛住她，她覺得自己走不了了。

謝容與沐浴完回來，看到青唯還是如適才一般抱膝坐在榻上，參湯倒是老實吃完了，几案上只餘一個空空的碗。

落入水的一剎太突然，別說她了，連他都沒有反應過來。

其實她並沒有自己想像中的狼狽，池塘的水也不深，只及她的腰，或許是從小習武的習慣，她竟在池子裡站穩了，只是飛濺的水花與水花褪落後，她依舊一臉昏懵的樣子實在引人發笑。

自然他也顧不上笑，把她從水中撈起，她縮在他懷裡僵成一團，他便知她還沒緩過來。後來把她放進熱氣氤氳的浴房，多問了一句：「怎麼，要我幫妳寬衣？」她才如夢初醒，手忙腳亂地把他推出門。

謝容與熄了燭，撩開紗帳坐入榻中，溫聲喚道：「小野。」

青唯別過臉來看他。

月色很明亮，透窗流瀉入戶，滲入帳中，薄靄一般縈繞在她周身，將她襯得如夢如澤。

謝容與看著她，剛要再開口，溫小野忽然動了，勾腿跨過他的膝頭禁錮住他的下半身，手上一式擒拿，隨後跨坐在他身上，目光泠泠，聲音也泠泠：「兩個問題。」

謝容與：「……」

她怎麼又這樣？她知道這樣不太妥麼？

不過也好，她終於從適才的困窘中緩過來了。

謝容與「嗯」了聲，「妳問。」

青唯的語氣帶了點遲疑，「我聽人說，當年朝廷下達海捕文書，是你在我的名字上畫了一道朱圈，你為何要畫朱圈，是為了救我嗎？」

「……是。」

「那時我與你素不相識，你為何要救我？」

謝容與注視著她，安靜地道：「我覺得我對不住那個小姑娘，是我從辰陽請走了她的父親，讓她沒了家，無論怎麼樣，我得保住她的命。」

青唯愣了一下，沒想到他竟這麼以為。

可是去修築洗襟臺是父親自願，後來洗襟臺坍塌，也怨不到他身上。

她張了張口，剛要出聲，謝容與又很淡地笑了一聲：「再者，去辰陽的那一次，是我十二年來第一回真正出宮。」

青唯愣道：「在那之前，你都沒離開過紫霄城麼？」

「如果不算去寺院祭天祭祖，偶爾回公主府探望祖母，」謝容與道：「從未。」

他五歲被接進宮，如皇子一般學文習武，恪守宮規，幾無一日怠惰，昭化十二年，他十七歲，第一回離京入辰陽，在山野間看到那個小姑娘，才知這世間竟有人與自己活得截然不同，眼中無慮，身後無憂，愛則愛，恨則恨，從不會被任何人拘著，拎著一個行囊一柄重劍就可以說走就走。

是他那些年可望不可即的自在恣意。

「那你後來娶芝芸，發現誤娶了我以後卻不退婚，也是為了幫我？」

謝容與目光悠悠然，「小野，這是第四個問題了。」

「回答我。」青唯不依不饒。

「不是。」謝容與道。

青唯怔了怔，不知怎的有點失落。似乎她在問出每一個問題時，心中早已有了期待的答案。

「當初城南暗牢被劫，玄鷹司在京兆府傳審妳和崔芝芸，我便猜到是妳做的。隨後官家傳我入宮，拿出王元敞揭發瘟疫案的信，希望我作為玄鷹司的都虞侯查清此事，我其實是不願的。」謝容與道：「我那時……尚在病中，很排斥一切與洗襟臺有關的事端，後來之所以應下，一半是先帝的託付，另一半，就是為了幫妳。」

那時青唯為救薛長興，被玄鷹司盯上，謝容與知她無人暗中相助難以逃脫，是以接下了玄鷹司都虞侯的職銜。

他與她說過的，那些年他其實派人找過她，直至猜到她寄住在崔家，他才放下心來。

青唯聽了這話，先前心中百般不是滋味漸漸散了，擒拿在他臂間的力道卸去，她鬆開手，垂下眼瞼：「最後一個問題……是我當初問過你的。我嫁給你，和芝芸嫁給你，有什麼不一樣嗎？」

她的確問過一回，當時還不待他答，她忽然就不想聽了。

謝容與撩起眼皮看她，聲音如染夜華，「想知道了？」

青唯別開臉，「你最好如實回答。」

謝容與稍稍坐起身，回想了片刻，「娶崔芝芸，是為了保住崔家，我那時已與母親說好了，崔芝芸嫁過來，母親便將她接去大慈恩寺，待此間事了，將來親自為她尋一個好歸宿。可是後來……」

後來新婚夜，他挑開蓋頭，看到人是她。

這些年他找過她，不僅止於她寄住崔家，化名崔氏女。

他還知道她經年流離，為了尋找她唯一的親人，隻身伶仃漂泊。

那個在山野裡自由自在的小姑娘沒了家，成了失了根的浮萍，在這世間輾轉奔走，可是有一天，她誤打誤撞，居然撞到他這裡來了。

新婚之夜，他的確吃醉了，但他挑開蓋頭看到是她，混沌識海一瞬清明。

謝容與看入青唯的眼，「我當時只是詫異，這個小姑娘，怎麼會撞到我這裡來了？」

「然後我便想——」他俯下臉，在她的眼瞼上落下一個溫涼的、輕柔的吻，「從今以後，我一定要好好待她。」

帳中再沒了別的聲音。

溫熱的手掌攬過她的後腰，那個吻從她的眼上滑落，如夜裡徐來的清風，溫柔地擦過她的鼻梢，臉頰，最後停在她的唇上。

沒有太深入。

像暮春第一片離梢的花葉，無聲地落進池中，漾開圈圈漣漪，隨後被風送著，去往這世間最靜謐安寧的地方。

這滋味太讓人沉迷。

青唯覺得難以抽身，幾乎是用盡全身力氣，才稍離了寸許。

她的手撐在他的前襟，胸口微微起伏，低垂著眼道：「可是我沒辦法做你的王妃。」

不僅僅因為她是欽犯。

有一天她洗清了冤名，洗襟臺血鑒在前，她這輩子注定與那座繁華的京城無緣。

何況溫小野之所以是溫小野，便是因為她野生野長，自由自在，哪怕漂泊的這些年，她也是來去隨心的，倘有朝一日她要被拘在高門深府裡，成為恪守宮規的妃，她便不是小野了。

謝容與看著她，聲音沉得像浸在夜色裡，「妳未必要做王妃，妳可以一直做我的娘子。」

這句話包涵的承諾與讓步都太多，但謝容與沒有解釋。

小野伶俐極了，許多時候一點即透，她要過的，往往是她自己心裡那關。

果然她抬眼看他，目光明亮帶著慎重，「要是天家為你擇妃，你怎麼辦？」

「溫小野。」謝容與笑了，「擇妃這樁事上，沒人能做得了我的主，除了妳。」

他將她頰邊的髮絲拂去耳後，語氣緩下來，帶著安撫之意，「妳那天說要自己想一想。妳可以再想想，我願意等妳。」

青唯垂下眸，思量一陣，爾後輕聲道：「那我有幾個規矩，你守不守？」

「妳說。」

「你……」她有點慌亂，她不知道自己眼下算不算私定終身了，要是父親母親知道，尤其是師父知道了，會不會責罵她呀，「在我想好之前，你暫不可以把我當作你的娘子。」

「好。」

「如果我想明白了，還是決定要走，你不可以再攔我。」

「……好。」

「還有……」青唯抿了抿唇，「在我想好之前，你的房裡，除了駐雲留芳，不許有別的丫鬟伺候，你出門在外，身邊也不可以帶別的女子，若非公務，你不得去勾欄瓦舍，也不能像上回一樣，跟曲停嵐在酒樓招歌姬舞姬，我知道自己強人所難，也知道你們王孫公子，自小身邊總不乏鶯鶯燕燕……」

「溫小野，妳是聽戲聽多了還是話本看多了，誰和妳說我自小身邊不乏鶯燕了？」謝容與聽到這裡，忍不住道。

也不知是從前假作江辭舟風流秉性給她留下的印象太深，讓她誤以為他也淌過花叢，但他十七歲之前都被拘在深宮，爾後遷去江府，病中那幾年心上陰翳如霾，哪有心思在萬紫千紅中採擷燕雀？

「這麼多年，我只在辰陽的山野中邂逅過一隻青鳥，好不容易她飛來我身邊，停歇片刻，卻成日想著要再度振翅蒼空，我只擔心我留不住她。」

青唯聽了這話，知道他說的是自己，心間彷彿被那山野的風拂過。

她緊抿著唇，過了好一會兒才道：「你也可以有你的規矩，我也守的。」

她不是個不講理的人，定下了規矩讓他守，禮尚往來，他自然也能定規矩。

不過他待她從來包容，青唯以為他什麼都不會說。

謝容與看著青唯，明眸皓齒，長髮如瀑，辰陽山間那隻青鳥長大了，化身為鸞，顧盼間已會奪魂。

「我的規矩很簡單。」謝容與道：「我可以等妳，但是，小野，我是個男人。」

「在妳想明白之前，以後夜裡，禁止和我靠得這麼近，尤其……」他頓了頓，聲音帶著一絲微啞與蠱惑，「以這個姿勢。」

什麼姿勢？

他靠坐在榻上，她為了制服他，順勢就跨坐在他身上。

可方才他傾身過來，她與他就貼得很近了。

溫小野少時離家與人疏離，只不過是在情字上懵懂了些，但她漂泊這麼多年，三教九流均有接觸，怎麼會不懂男女之事呢。

謝容與這麼一說，扶在她後腰的手掌莫名就燙了起來，然後她忽然覺察到了一個自方才就存在的、非常明顯的，他的異樣。

如同被擲進劍爐，她的耳根子驀地燙得像要燒起來，她手忙腳亂地翻身而下，拿薄衾罩住臉，幾乎要在榻角團成一團。

謝容與帶著笑意的聲音隔著薄衾傳來：「記住了？」

「記、記住了。」再也不敢忘了。青唯答。

第四章　誘騙

「皮肉傷都好養，肋骨傷是骨頭傷裡最易痊癒的一種，照理應該多走走，要緊的是你右腿骨裂。不過你都躺了快半個月了，出去曬曬太陽無妨。」

依山院的廂房中，朝天穿戴齊整，正由德榮攙著下床，青唯就在一旁盯著，謹防他一個不慎摔了。

德榮十分遲疑：「真的可以出去麼？他傷勢重，傷處也多，小的以為還是當再躺上一月。」

韓大夫立在床邊笑說：「少夫人所言不虛，肋骨骨折，三日就該下地行走，但腿骨骨裂，尋常人是該躺上一月，顧護衛非尋常人，除了最初那幾日病勢凶險，骨傷好得極快，今日太陽好，出去拄杖小走一圈，應是無礙的。」

朝天有了青唯與韓大夫支持，忙道：「少夫人說得極是，大夫說得也極是，我自小習武，什麼長處都沒有，就是耐摔打，眼下身上已不怎麼疼了，再躺下去骨頭縫裡只怕要生黴，很想出去走走。」

他說著，不顧德榮阻攔，逕自拄杖起身。他力氣大，單手執杖，僅以一隻左腿便能行動自如。德榮忙跟了兩步，又回頭請示韓大夫，見韓大夫含笑點了點頭，這才為難地跟出屋去。

朝天喜動不喜靜，平日讓他坐在桌前抄個書便跟要了他的命似的，更莫提在床上躺的這些日子了，他沿著石徑走了一段，覺得渾身舒坦，眼見著院門就在前方，立刻道：「我跟公子請個安去。」

德榮攔他：「我看你是想被公子斥了。」

朝天看向青唯，見她跟隻輕盈的鳥似的，跟在自己附近，一會兒落在樹梢頭，一會兒在假山巔歇腳，羡慕極了，不由問，「少夫人在練功夫麼？」

青唯：「……輕功不好，我再練練。」

朝天沒明白青唯為何竟覺得自己輕功不好，只道少夫人都這樣厲害了，還這樣努力，他更該迎頭趕上才是，忙說：「上回少夫人被左驍衛追捕，不也受了傷，幾日之內獨身離京，眼下不也好好的。」

青唯道：「我和你不一樣，上回我運氣好，沒傷到筋骨。」她說著，朝廂房揚了揚頭：「回去歇著吧。」

主子夫人都吩咐了，朝天只能照做，折返身，由德榮攙著往回走。

青唯也不刺激朝天了，從假山上輕身躍下，問德榮：「你上回不是說駐雲和留芳要來，她們何時到？」

「回少夫人，大約還有些日子。」德榮道：「她二人與小的和朝天不同，是正經宮人出身，路上總要慢些。」

這個青唯是知道的，駐雲醫女出身，留芳似乎最早在尚服局學藝，而朝天與德榮出生劼北，是長渡河遺下的孤兒，直到六年前才遷去上京，跟在謝容與身邊。是故謝容與待他們總比尋常下人寬厚許多。

青唯想到劼北，念及阿翁與師父曾征戰於此，正要與朝天德榮探問，這時，院外忽然傳來急匆匆的腳步聲，來人是祁銘，一見青唯，向她拱手一拜：「少夫人，不知您是否得閒去落霞院一趟。」

青唯一頷首，同他一起往院外走：「出什麼事了？」

「是這樣，京中關於孫縣令、秦師爺的信函到了，虞侯似查得了重要線索，命屬下去搜李氏、余氏的貼身物件。但這二人不肯配合，聯合起來撒潑打滾，屬下念她二人是證人，不想用強，還請少夫人幫忙說服一二。」

還沒到落霞院，院中便傳來余菡與李氏的吵鬧聲，青唯隔著院門望去，余菡正攔在兩名幼童前，似乎要阻止玄鷹衛上前搜身，她厲聲道：「搜我跟主子夫人就罷了，連小娃娃也搜，這麼丁點大的娃娃，身上能藏什麼？！」

青唯不由蹙眉。

謝容與治下，玄鷹司一貫遵規守禮，哪怕要搜幼童，何至於搬出這等陣仗，將孫誼年這一雙兒女嚇得啼哭不止？

祁銘見青唯神情有異，不由道：「少夫人且慢。」

他解釋道：「其實審訊當日，虞侯曾懷疑蔣萬謙與李氏勾連，一起隱下了一些線索，虞侯可對少夫人提過？」

青唯點了一下頭：「他跟我說過。」

當日公堂問話，謝容與是刻意把蔣萬謙和李氏分開審的。

可每每問到關鍵處，譬如他們為何出逃上溪，由何人籌劃，孫誼年與秦景山的關係如何，兩人給出的供詞如出一轍。

更古怪的是，既然李氏與孫誼年的夫妻關係並不如傳言中那般不睦，而今孫誼年喪命，李氏作為他的結髮妻，為何一點不顯悲痛？

「虞侯懷疑，孫誼年與蔣萬謙是交易。」祁銘道。

「交易？」

「就是孫縣令用自己的性命，跟蔣萬謙交換了一枚保下自己家人的『護身符』。」

祁銘緊蹙著眉，似乎不知道該怎麼解釋，想了半晌，只能先給出結論，「虞侯說，整個上溪，只有蔣萬謙有法子保住孫縣令的家人，所以孫縣令拿自己的性命，跟蔣萬謙買下了一枚『護身符』，李氏早就知道孫縣令會死，因此並不悲痛。而今京中來信，證實了虞侯的猜測，玄鷹司眼下搜的，正是這枚『護身符』。」

他頓了頓，「其實屬下來找少夫人是虞侯的意思，虞侯說了，只要跟少夫人一提『護身符』，少夫人自會明白該搜什麼。」

青唯卻不太明白。

落霞院中再次傳來罵咧聲，青唯移目看去，原來是一名玄鷹衛想進李氏的房，被余菡攔在屋外，一時間兩方僵持不下，青唯見還有時間，對祁銘道：「京中的來信寫了什麼？」

「虞侯，聽說京裡的信函到了？」

話分兩頭。衛玦在衙署一接到消息，快馬回莊，很快到了謝容與的書齋。

書齋寬敞，蔣萬謙就瑟瑟縮縮地跪在他邊上，身後除了章祿之，還有兩名玄鷹衛看押。

謝容與「嗯」一聲，逕自將桌上的信函遞給他，「看信吧。」

信紙是上品白箋，衛玦接過信，先沒在意，然而待他展開信，辨出字跡，目光隨即一滯，雙手端信施了一禮，爾後才敢細看——這信竟是趙疏寫給謝容與的私函。

陵川州府的庫錄裡，當年竹固山血戮相關的枝節——尤其孫誼年、秦景山的過往——早被抹去了，所以謝容與託趙疏在京裡查，這個衛玦知道，但查案繁瑣，並不是審幾個證人，尋幾份證據就能有進展的，更多的時候要翻閱大量卷宗，衛玦沒想到官家竟會親力親為到這個分上。

「清執表兄安，日前你託朕查的孫誼年、秦景山二人，朕近來比對吏部、刑部存案，已有所獲。」

「孫、秦二人乃咸和初年生人，祖籍上溪，昭化年間考中秀才。秦景山先後考過兩回舉人，乃昭化四年與七年。昭化四年，秦景山於鄉試前落水，不第。昭化七年，秦景山在鄉試前，因誤殺其表哥張岐，惹上官司，被褫功名，並判以終身不得入仕。」

「不過，朕與大理寺翻查存案，比對線索，發現這樁人命官司或有誤判，真正的殺人者並非秦景山，而是孫誼年。」

「孫、秦乃至交。昭化七年，他二人共同參加鄉試，因張岐數度問秦景山討要祿米，並以性命相脅，孫誼年早對其心生不滿。案發當夜，張岐酗酒而歸，在水畔邂逅孫、秦二人，再度問秦景山索要錢財。孫誼年為護好友，失手將張岐推入水中，張岐隨後溺斃。隔日，張岐屍身被發現，孫、秦二人到衙門投案，均稱殺人乃自己所為。因案發時無目擊者，二人各執一詞相爭不休。而彼時斷案的，乃東安府衙一名岑姓推官……」

衛玦看到這裡，頓了頓，不由抬目看向謝容與，「岑姓推官……東安府失蹤的岑通判？」

謝容與頷首。

「……岑推官後來結案，斷定是秦景山過失殺人，並上奏朝廷褫其功名。孫誼年為秦景山鳴冤過多回，均無果。事後，孫誼年奮發苦讀，於昭化九年中舉，試守一年，回上溪做了縣令。」

「自秦景山落獄，及至孫誼年中舉，這段時日刑部、大理寺卷宗上有關張岐落水案的紀錄均被銷毀，可見始作俑者手腕滔天。而朕之所以篤定凶犯乃孫誼年，乃是因為衙門錄事在整理案宗時，謄錄過一份供詞，原供詞雖被銷毀，備份幸而留存。供詞附於信後，表兄稍後可細看，從中不難辨出，張岐落水案發後，孫、秦二人到衙門受審，其中秦景山的供詞先後顛倒，矛盾重重，反是孫誼年條理清晰，篤定是自己殺了張岐。」

「另外，昭化十三年五月，即洗襟臺坍塌的兩個月前，孫誼年曾將一封述職書遞交陵川州府，書中附上一封認罪信，信中寫明當年是自己殺了張岐。」

「據孫誼年說，昭化十年，他做上溪縣令之後，良心難安，於是找到當年斷案的岑雪明，想為秦景山洗冤。彼時岑雪明已升作東安府通判。他對孫誼年說，要救秦景山，只需以春秋筆法偽造一份供詞，將秦景山的過失殺人，改作是防衛過當即可。因上溪商人蔣萬謙與秦景山是舊識，岑雪明於是聯合孫誼年、蔣萬謙，偽造供詞，為秦翻案。」

「秦景山回到上溪，成為孫誼年身邊幕僚，及至昭化十二年，岑雪明忽然找到二人，要求二人為其辦一樁大事。至於是何大事，孫誼年並未在認罪書上說明，只稱他此時意識到，當年岑雪明判錯案乃故意為之，一切都是為了將上溪縣衙的把柄握在手中，而自己為虎作倀，自食其果，甘願以死認罪。孫誼年這封認罪書，朕也附在信後，表兄亦可細看……」

衛玦看到這裡，翻去末頁一看，孫誼年的認罪書上果然寫著「孫某自食其果，終身後悔，朝廷若問罪，自甘以死謝罪」一行血字。

「……表兄說竹固山血戮或源於洗襟臺名額買賣，朕如今想來，洗襟臺登臺名額自京中流出，而孫、秦二人居於廟堂之遠，與京師難有接觸。朕是以猜測，竹固山賣出的名額，或許最初是在岑雪明手中。岑雪明乃通判，而通判之責，即是與京中與地方的橋梁，此其一；其二，孫誼年認罪書中所述，昭化十二年，岑雪明尋他所辦大事，極可能正是買賣洗襟臺登臺名額。」

「至於名額為何不由孫誼年直接賣出，而是假借竹固山之手，朕不在陵川，難以查證，此事還當託付表兄。」

「昭化十三年，孫誼年的述職書最初是交到陵川州尹手上，因彼時陵川州尹乃魏升，魏升其人，瀆職怠惰，攀附成性，是以並未驗過孫誼年的述職書，直接將此書轉遞京中。而此書抵京之時，恰逢洗襟臺坍塌，京中各部忙亂，亦錯過查驗，未遭賊人之手。幸於此，這封認罪書得以留存至今，可謂天網恢恢疏而不漏。」

「寫信之前，朕派人查過岑雪明。他少時效力於軍中，因受傷，後至地方衙門為官，為人八面玲瓏。洗襟臺坍塌後不久，即昭化十三年秋，岑莫名失蹤，至今杳無音訊，表兄既在東安，可細查此人。」

「提筆匆匆，萬望君安，切勿操勞。」

趙疏或許知道這封信謝容與會交給玄鷹衛看，措辭並不講究，寫的都是白話。

衛玦看完信，看向謝容與，「日前虞侯查到李捕頭曾與東安府衙的一名官員有接觸，不正是這個岑通判？」

捕頭連吏都算不上，是下等職差，而通判常與京中往來，品級雖不高，時而卻凌駕州府之上，李捕頭與岑通判，可以說是一個在泥地裡打滾，一個華衣紫帶向天看，這兩個人卻有過接觸，因此才引得謝容與在意。

據查李捕頭到任上溪，就是由岑通判派去的。

謝容與看著下頭跪著的蔣萬謙，「這個岑雪明，你知道嗎？」

蔣萬謙沒有看過信，不知道謝容與早已知悉了當年真相，怯聲道：「聽、聽說過，不太熟。」

謝容與不疾不徐道：「既然知道，此前本王審你，你為何絲毫不提此人？」

「回、回王爺，草民以為……此人不太重要，是以沒提。」蔣萬謙垂著眼，不敢看謝容與，「王爺當日問的是草民跟竹固山買名額的案子，草民想著，岑大人……跟這案子關係不大，所以……」

「關係不大？」謝容與微停了停，他起身，繞過書案，在蔣萬謙面前頓住步子，「那麼本王換個問法。洗襟臺士子登臺名額的買賣，為何會選在上溪這樣一個地方，為何會由耿常這樣一個山匪賣出？」

蔣萬謙搖了搖頭：「草、草民不知。」

「你不知道，那本王替你回答。」謝容與淡淡道：「上溪地處偏僻，四面環山，發生任何事，不易被外間知道，此其一；其二，耿常占了竹固山下商道，與商戶結交甚廣，買賣名額時，與商戶往來，不會惹人生疑；其三，也是最重要的，當初朝廷決定要修築洗襟臺，就對陵川下過剿匪令，有了這張剿匪令，就相當於有了陵川山匪的生殺大權，狡兔死，走狗烹，一旦出事，單憑『剿匪』二字，滅口就能滅得理所當然。」

「所以，在上溪買賣名額，不是意外，上溪這個地方，天時地利人和，它是被選中的。而選中上溪的人，正是這個岑雪明，這一點你不知道嗎？」

蔣萬謙嚥了口唾沫，沒敢答這話。

謝容與繼續道：「岑雪明利用孫秦二人的錯案，拿住他們的把柄，逼他們利誘耿常，在竹固山出售洗襟臺登臺名額。而你一早就參與在這樁錯案之中，岑雪明所為，你不可能一點不知。恐怕當年你一直苦苦相逼於秦景山，並非單純地想為方留謀個前程。真相其實是反過來的，你知道岑雪明挑中了竹固山，希望為方留買下登臺名額，可惜登臺名額有限，而秦景山感念你的相救之恩，也苦勸你不要蹚這趟渾水，但你不聽勸，拿著早就湊齊的十萬兩的白銀，硬是託秦景山帶你上山，買下了名額。」

十萬兩白銀不是小數目，哪怕蔣萬謙是富商，也不可能在短短幾日內湊出。

當日謝容與聽蔣萬謙說自己是在七日內湊出的銀兩，便覺得他有所隱瞞，但他按下不表，直到今日才將其拆穿。

蔣萬謙拭著額汗，他本以為自己當日的說辭已經天衣無縫了，沒想到小昭王竟連這麼小一個枝節都不曾放過。

「本王再問你，洗襟臺坍塌，那些人連竹固山幾百號山匪都敢滅口，而你作為一個買下名額的人，他們為何不殺你？」

「本王也替你回答。」不等蔣萬謙開口，謝容與淡淡道：「因為你不能殺，你是登臺士子的父親，洗襟臺坍塌後，喪生的登臺士子被推向風口浪尖，你若此時死了，太容易惹人起疑，同理，彼時陵川風波太盛，孫誼年身為上溪縣令，那些人亦不好滅他的口。」

「第三個問題，你好不容易花十萬兩為方留買下登臺名額，最後卻人財兩空，你除了自危，當真一點也不怨懟？洗襟臺坍塌後，你第一時間與孫誼年、秦景山趕去東安，只是為了打聽究竟發生了什麼，沒有一點想要問岑雪明討個說法的意思？」

蔣萬謙瑟瑟地跪著，聽到這裡，鼓足勇氣抬目看了謝容與一眼。

謝容與也正看著他，目光非常冷淡，帶著威臨的逼視，蔣萬謙心中陡然一顫，話語從齒間溢出，「王、王爺說得不錯，草民當時……的確是找岑大人討要說法去的。」

細究起來，當日蔣萬謙的招供，許多細節都不合理。

譬如洗襟臺坍塌後，蔣萬謙為何趕到東安就立刻折返？

譬如蔣萬謙身為人父，方留死後，他為何能夠將喪子之痛隱於心頭連續數年不表？

更譬如，在上溪這一場事端中，該死的不該死的或失蹤或被滅口，而今都不在了，為何偏偏蔣萬謙能好好活著？

謝容與道：「真正賣名額的人也不是岑雪明，而是他的上峰，想來必是朝中的大人物。只是你是登臺士子的父親，在當時的情況下，這位大人暫不能殺你，他必須讓你好好活著，怎麼辦？他只能補償你。你趕去東安，問岑雪明討要說法，此後不久，岑雪明親自來過上溪，想來正是給你帶來了那位大人的補償。」

謝容與俯下身，緊盯著蔣萬謙，「眼下事實已很明白了，在這場事端中，洗襟臺的登臺名額由朝中一名大人手中流出，岑雪明是他的下線，是岑雪明為那位大人選定的上溪，籌劃了這場買賣。孫秦二人是岑雪明在買賣中控制上溪的傀儡，竹固山的耿常是鳥盡弓藏的工具，你是買名額的人。爾後洗襟臺坍塌，你去東安問岑雪明討要說法，岑雪明依照那位大人的意思，予你以補償，可是不久之後，他卻失蹤了，為什麼？」

「因為如果本王是那位大人，下一個要殺的，就是岑雪明。買賣名額，包括竹固山的一切都是岑雪明籌劃的，他知道的太多了，他知道本王是誰，更知道本王做了什麼，如果殺了他，切斷本王與你等的聯繫，餘下人如你，如秦景山，只知岑雪明不知本王，本王便可以置身事外。這就是岑雪明失蹤的原因。」

岑雪明做的最後一樁事是為上溪帶來了李捕頭，那位大人的另一隻爪牙，自此以後，上溪這個地方，就換了李捕頭做主，而岑雪明猜到自己的作用到此為止，不久後會被滅口，所以他被迫自行失蹤，生死不明，再也不曾出現。

「五年前岑雪明失蹤，而今孫誼年、秦景山也死了，連李捕頭也不知蹤跡，可是你為什麼活得好好的？」謝容注視著蔣萬謙，最後問。

蔣萬謙顫聲道：「王爺……想知道什麼……」

「護身符。」謝容與言簡意賅。

「什麼……護身符？」

「五年前洗襟臺塌，你去東安問岑雪明討要說法。那位大人讓岑雪明帶給了你一份補償，這是唯一一次能夠直接與那位大人有接觸的機會。且他給你的這份補償，分量必然足夠，足夠到你能夠以此保命，甚至以此威懾到他，否則你身負喪子之痛人財兩空，何至於啞口數年沒有半點怨恨？而今上溪風波再起，漩渦中人相繼死於非命，你卻活著，為什麼？不正是因為你手裡有一枚當年那位大人補償給你的護身符麼？」

「我知道了。」青唯聽祁銘說完，「蔣萬謙並沒有自己說的那麼無辜，方留死後，他也不是一點怨恨都沒有，他去上溪找過岑雪明，岑雪明代替上峰，給了他一份補償。這份補償，因為與那位上峰有直接關係，成了蔣萬謙手裡的護身符，這也是為什麼幾年過去，那位上峰寧肯派李捕頭盯著蔣萬謙，也沒有殺他滅口的原因。及至今年開春，我官……你們虞侯查到了上溪，這位上峰擔心竹固山名額買賣的祕密洩露，想要將上溪活著的知情人都滅口，孫誼年早就不想活了，所以他拿自己的性命，跟蔣萬謙做了交易，希望蔣萬謙能用手裡的護身符，保住自己的妻兒。」

「少夫人聰慧。」祁銘道：「李氏與余氏都是證人，並非嫌犯，玄鷹司照理是不該搜她們的貼身物件的，且虞侯說了，這個保命的『護身符』可能是任何事物，一個物件，一封信，一個地方，甚至一句話，單憑搜也許搜不出，虞侯眼下已傳審了蔣萬謙，但虞侯並不怎麼信他，希望能與少夫人雙管齊下。」

青唯懂了。

正如謝容與所說，保命的護身符未必是物，可能是一個地方，一句話，所以單憑搜是不行的，得靠誘騙，靠詐術，得讓她們甘願把東西交出來。

青唯再往落霞院中看了一眼，見余菡與玄鷹衛僵持不下，思量半刻，道：「我有辦法。」逕自步入院中。

余菡一見青唯，當即道：「妳來得正好！」她捏著帕子指向眼前的玄鷹衛，「妳不是與那王爺相熟麼？快去跟王爺告他們，真是沒了王法了，連無辜小兒也欺負！」

青唯見狀並不理會，只問眼前玄鷹衛，「搜好了嗎？」

院中玄鷹衛均向青唯一拜，回道：「尚沒有，還有李氏的廂房與兩名稚子身上尚未搜查。」

青唯於是道：「不必搜了，孫誼年死前曾給了余氏一箱金子，拿走便是。」

「……憑什麼拿我的金子？」余菡愣道，隨即一跺腳，指著青唯，「我還當妳是好人，是過來幫我的，當初我好心收留妳，妳……妳拐走了我的繡兒還不算，簡直恩將仇報！」

青唯道：「小夫人，我這已是在幫妳了，孫縣令罪名已定，眼下上奏朝廷，只等連坐。妳只是他外頭養的妾，受不了多少牽連，拿走一箱金子，算是妳認罪心誠，今後便是自由身了。」

余菡不信她。

李氏說了，老爺死了，就死無對證，什麼罪名都牽連不到她們身上。

「妳要拿金子，怎麼不拿她的？」余菡指著李氏厲聲問，「老爺可是給了我們一人一箱金子，妳只拿我的，往後我還怎麼活？」

青唯看了李氏一眼，李氏卻不敢看她，護著一雙兒女往牆角縮了縮。

「不拿她的金子，自然是因為她的罪名不是一箱錢財可抵的，誆騙朝廷命官罪大惡極，何況妳們以為孫誼年死了就死無對證了麼？」青唯一頓，「蔣萬謙已經把什麼都招了。」

蔣萬謙到了最要緊處竟嘴硬起來：「草民、草民不知道王爺說的什麼護身符。」

謝容與道：「你如果沒有護身符，方留死後，你趕去東安問岑雪明討來的是什麼說法？」

「岑、岑大人只是予了草民一筆錢財，說那位大人不會傷害草民。草民……彼時已經心灰意冷，想著只要能保住命，保住根基，別無他求了。」

謝容與卻冷聲道：「是誰告訴你，你能保住性命？」

「她能不能活著，會不會被株連還兩說。」青唯又看李氏一眼，淡淡道：「竹固山的山匪死了多少人？當年殺山匪的將軍不在了，這筆帳自然要算到孫誼年頭上。你們都知道那些山匪有多冤，一兩條命填進去，遠不夠償的。她人都要沒了，我拿她的金子做什麼，等人不在了，金子自然上交給朝廷。」

「妳、妳胡說。」李氏道：「老爺說了，他上竹固山是被迫的，他悔得很，這事本來非他所願，更與我沒有關係，我一個婦人，何故要因此喪命？」

青唯道：「妳家老爺是不是還說，只要妳拿好蔣萬謙交給妳的東西，妳餘生必能平安無虞，可妳眼下在哪裡呢？出逃數日不一樣被追回，待到蔣萬謙伏誅，妳確定妳過得了眼下這關嗎？」

謝容與道：「蔣萬謙，你所謂的保命，究竟是在誰手中保命？是當初賣你名額的那位大人物，還是在本王手上？」

「王、王爺是名聲昭昭的小昭王殿下，難道還會冤了草民的性命不成。」蔣萬謙聽了這話，顫然道：「草民是買了名額不假，但草民……草民也是一時豬油蒙了心肝，哪怕要治罪，王爺如何就能取走草民的性命？」

青唯不理李氏，逕自與余菡道：「小夫人，我在上溪蒙妳收留，知道妳實則是個知恩重情的人，否則妳被孫誼年所負，眼下為何要一再維護李氏？不正是念在孫誼年予了妳一處安身的莊子，為妳擋了五年風雨，妳心中多少是把李氏當作自己的主母的。孫誼年被人殺害在衣冠塚，妳是親眼瞧見的，他連自己都保不住，妳還信他能保住活著的人嗎？可別白白錯過了生機。」

余菡聽了這話，猶豫著道：「可妳再三騙我，我為何就要信妳？」

青唯見余菡沒有否認，淡淡道：「妳不必信我，但妳得信事實。妳為何不想想，我怎麼知道蔣萬謙曾交給過她東西呢？」

「買下登臺名額，賄賂朝廷命官，其罪一；偽造證詞，竄改張岐落水案案情，其罪二；不知悔改，當堂欺瞞本王，其罪三。」謝容與悉數蔣萬謙的罪狀，「數罪併發，朝廷輕判不了，何況你的罪名都與洗襟臺有關，即便死罪可免，活罪也難逃。」

他知道蔣萬謙苟活了這麼多年，未必真的怕死，他這麼抵死不肯交出「護身符」，坐實自己的罪狀，恐怕還是為了保住蔣家的名聲。

畢竟他這輩子，最在意的就是蔣家的名聲，當初不惜花十萬兩讓方留登臺謀取前程，不正是為了給蔣家門楣爭光麼？

打蛇七寸，謝容與道：「你知道本王說的活罪，是怎樣的活罪嗎？」

不知怎麼，謝容與的語氣讓蔣萬謙心中蔓生出一絲駭然，「怎樣的……活罪？」

「朝廷已找到了孫誼年的認罪書，沒有『護身符』，單憑葛翁這個證人，以及你的供狀，照樣可以坐實你買名額的罪名，有了這樣一條罪名，」謝容與一頓，一字一句道：「餘後百年，凡上溪蔣氏子孫，終身不得入仕。」

「小夫人。」青唯道：「妳如果真想幫妳這位主母，還是想想沒了銀錢以後，怎麼照顧好一大家子吧。」

李氏與孫誼年夫妻之情消磨，到了最危急的關頭，李氏卻願意信他，甚至不惜背離故土遠走他鄉，不正是為了他們的一雙兒女麼？

打蛇七寸，青唯道：「畢竟李氏沒了，這一雙兒女還要賴妳照顧，妳要是沒點本事，只怕他們要跟著妳吃苦。」

李氏聞言，臉色頃刻白了，余菡愣道：「竹固山那些山匪又不是她殺的，跟她一點關係沒有，就沒有……能保住她的法子麼？」

蔣萬謙癱坐在地，「我辛苦了一輩子，都是為了……為了蔣家的門楣……」

「有。」青唯道：「只要小夫人把實情告訴我，餘後我都可以為小夫人想辦法。」

她盯著余菡，「小夫人知道的，我有這個本事。」

余菡也看著青唯。

她有嗎？有的，當初在上溪，只有她一個人不怕鬼；繡兒也喜歡她，是甘心跟著她走；還有那個長得跟謫仙似的王爺，他總把她帶在身邊，很看重她。

「罷了。」余菡一咬牙，逕自走向李氏身後的三歲女童，「還藏著做什麼，給她！」

李氏卻撲上來攔她，「不能給！老爺說過了，只有這個能保住我們的命！」

「老爺都死了，妳還信老爺！再說京裡的大官放過你們，莊子上這位王爺不會要妳的命麼？」余菡從女童衣裳的內兜裡掏出一物，「啪」一聲扔在地上，「拿去就是！」

「我說，我說……」蔣萬謙喃喃道：「岑雪明他……給了我兩塊木牌。」

青唯一看地上的東西，竟然是一塊刻著繁複紋路的木牌，她拾起來一看，「這是什麼？」

「木牌？」

「木牌。」蔣萬謙訥訥地點了一下頭，「兩塊可以刻上登臺士子名錄的木牌，與當初方留拿著登臺的那一枚一模一樣。」

「岑雪明說，那位大人承諾我，經年之後，必定會讓洗襟臺重建，而我因為洗襟臺坍塌，折掉的一個登臺名額，他日後雙倍償給我，就以兩塊登臺士子的木牌做憑。」

謝容與明白了。

蔣萬謙說的不是木牌，而是當年士子登臺，禮部特製的一批名牌，每一個登臺士子均有一塊，上面刻有他們的名字與籍貫。

謝容與問：「那名牌現在何處？」

「不在我這裡……」蔣萬謙道：「我給了孫縣令，眼下……應該在李氏那裡。」

這時，書齋外一名玄鷹衛稟道：「虞侯，少夫人過來了。」

書齋的門一開，青唯逕自進屋，將一塊木牌遞給謝容與，「你看看，你找的是不是這個？」

謝容與接過手一看，檀香方木，金線鑲邊，面上鏤有鎏金澆鑄的紫荊花紋，工藝幾乎無法復刻，是昭化十三年禮部鑄印局特製的。

唯一的不同，他手裡的這塊牌子沒有刻名，是一塊空白名牌。

蔣萬謙瑟瑟縮縮地往書齋門口一看，見祁銘已將李氏與余菡帶了過來，知道負隅頑抗已無用處，乾脆把什麼都招了，「草民……不，罪人，罪人雖隱下了岑大人的罪行，但是關於孫大人和秦師爺的種種，罪人此前說的都是實話，他二人一直是摯友，竹固山血戮後，孫大人心灰意冷，秦師爺是以擔起了縣衙的差務……方留死在洗襟臺下，罪人心中不是沒有悔的，可是逝者已矣，罪人能怎麼辦呢，當年拿十萬兩買下洗襟臺名額，只有秦師爺一人苦勸罪人不要這麼做，奈何罪人鬼迷心竅，到底走上了這條不歸路……王爺，罪人是當真知道錯了，不管王爺定什麼罪，罪人都認，只求王爺不要牽連蔣氏門楣……」

謝容與看他一眼，「你說岑雪明給了你兩塊名牌，另一塊呢？」

蔣萬謙愣了一下，忙道：「罪人不敢欺瞞王爺，離開上溪前，罪人把兩塊牌子都交給了孫大人。」

謝容與又移目看向李氏，李氏十分懼他，畏然道：「民婦這裡，只有這一塊牌子。」

章祿之聽到這裡已是不耐煩，「嘖」一聲，逕自揪住蔣萬謙的後領，「還不老實交代？你把剩下那塊名牌藏哪裡去了？！」

「名牌不在他那裡。」不等蔣萬謙回答，謝容與便道：「他帶著名牌，反而不安全。」

這話出，青唯先一步反應過來。

是了，若蔣萬謙帶著名牌出逃，賊人追到他，正好能殺人銷證，反之，若名牌不在他身上，不知被藏去何處的名牌永遠是一個隱患，賊人反而不敢輕易動他。

到了最後的關頭，這名牌，放在他人身上是護身符，放在蔣萬謙身上卻是催命符。

青唯問蔣萬謙：「你把名牌交給孫誼年時，他可有說過什麼？」

蔣萬謙回想了許久，「他說，他只想保住家裡人的性命，早就不在乎自己的生死了。餘下……就是交代了我一些出逃事宜，讓我扮作府上的管家，由他莊子上的小妾為我做掩護，從小路出逃，如果被賊人發現，」蔣萬謙說到這裡，猶豫片刻，看了余菡一眼，「就先行離開，不要管他的小妾……」

饒是知道孫誼年負心薄情，余菡聽了這話，心上似被狠狠揪起，「他真這麼說的？他讓你先行離開，不要管我？」

蔣萬謙點了一下頭，忙又道：「不過他還說了，他說他對不住妳，說妳一個原本該跟著戲班子走四海的戲子，被他拘在一個莊子上，陪了他這麼多年……」

「他還知道我陪了他這麼多年！」余菡跺腳，又急又悲，「那他還說過會把我當自家人，會好好待我，臨了，卻是拿一匣金子買我的命！」

這話出口，謝容與似想到了什麼，驀地移目看向余菡。

青唯瞧見他這個眼神，意識到什麼，她問：「小夫人，孫縣令最後除了給妳一匣金子，還給了妳什麼？」

「……只有一匣金子，再沒了。」余菡道。

謝容與看章祿之一眼，章祿之會意，三兩步搶出門去，余菡本來就在氣頭上，見狀，猜到章祿之想拿自己的匣子，不管不顧就要追出書齋，無奈卻被一名玄鷹衛制住，破口大罵道：「你們、你們這些當官的，平白拿人錢財，真是黑了你們的心肝肺——」

五年時光付之東流，數載的陪伴，她什麼好都沒落著，好在得了一匣子錢財，她可不能捨它予人！

章祿之很快回來了，他脾氣急躁，耐不住將金錠子一一拿出，將木匣翻倒往地上倒去，余菡掙開玄鷹衛，撲過去接，將金錠子一塊一塊攏在絹帕上，像是要攏住她這些年錯付的年華。

木匣子空空如也，看上去什麼異樣都沒有，章祿之屈指敲了敲，匣壁發出一陣空響，章祿之毫不遲疑，將木匣狠狠往地上一砸。

「啪」一聲，木匣子裂開，底板錯位，竟隱隱露出一道暗格，衛玦眼疾手快，玄鷹刀出鞘，鋒利的刀芒不偏不倚地撬開底板，露出裡面一塊完好無損的、鏤有紫荊花的木牌，與李氏那一塊一模一樣。

余菡瞧見這塊牌子，攏金錠子的動作頓住了。

這不是適才他們爭論不休的牌子嗎？

這不是主子夫人說，那塊可以保命的牌子嗎？

怎麼會在她這裡呢？

茫然中，她的耳畔忽然迴響起適才蔣萬謙說的話，「他說他對不住妳，說妳一個原本該跟著戲班子走四海的戲子，被他拘在一個莊子上，陪了他這麼多年……」

他還知道她陪了他這麼多年。

余涵垂下眼，重新地、慢慢地歸攏好她的金錠子，可這片金燦燦晃得她眼花，莫名像是瞧見孫誼年說這些話時，臉上那副慘然的笑，像是他每回在她的溫柔鄉裡醉生夢死以後。

讀的聖賢書，做的父母官，可惜因為一樁錯案走岔了路，竹固山一場血戮後，他在後山壘起一方衣冠塚，也將自己的生念葬了進去，從此成了行屍走肉。

可行屍走肉也是人，到底還是貪戀那麼一點溫暖，五年的陪伴多少在他心上烙下了印痕，未必是愛，可能就是單薄的為人之情。

讓他最終把這塊護身符藏進了她不會捨去的金匣子裡。

他能做的不多，這已是他所能回報的全部了。

衛玦拾起名牌，呈給謝容與：「虞侯。」

謝容與接過，掃了余菡三人一眼，「將他們帶下去，讓他們重新口述一份供狀。」

第五章　傷惘

「嘉寧二年中，重建洗襟臺是由禮部祠部的一名員外郎率先提出，在朝堂上引起水花，當時大多數朝臣反對，官家問過老太傅後，以一句『再議』壓了下去。及至嘉寧三年初，以章鶴書為首，一共八名大員再度奏請重建洗襟臺，其時贊成與反對各半，兩邊相爭不休，又一月，贊成者近六成，官家於是首肯，並承諾吸取昭化十三年洗襟臺坍塌教訓，重新徹查當年未定案件……」

夜幕初臨，書齋中的人一個未走，衛玦立在書案前，將洗襟臺重建的緣由從頭道來：「其年春，由大理寺、御史臺欽差領行，去往陵川、岳州等地追查當年嫌疑人，並將罪行重者押解回京，其中就包括了何氏一案中的關鍵證人崔弘義。而何氏傾倒後，替換木料、囚禁藥商、哄抬藥價的罪行告昭天下，引起士人憤懣，為安撫士人，朝廷終於一致達成重建洗襟臺的決定，於今年開春從各軍衙抽調衛隊派往陵川，並由工部侍郎小章大人，御史臺張大人前往督工。」

衛玦說到這裡，頓了頓道：「自然官家最初答應重建洗襟臺是被迫為之，彼時官家……

處境十分艱難，唯有答應重建，才能換來玄鷹司復用，爾後……總之，追本溯源，拋開最初名不見經傳的禮部員外郎不提，洗襟臺的重建，朝堂上是以章鶴書為首提出來的。」

謝容與知道衛玦略去不提的話是什麼——

爾後，也只有扳倒何氏，趙疏才能掌權，才能在各部衙填上自己的人，才能真正有能力徹查洗襟臺坍塌的真相。

帝王權術罷了，無關緊要。

只是今日蔣萬謙說，予他名牌的人，曾承諾經年之後，一定會讓洗襟臺重建。

那麼也就是說，那個攪起這場風雲的人，一定是重建洗襟臺的擁躉。

「虞侯，我們眼下可要去信官家，請求徹查章鶴書及章氏一黨？」衛玦問。

謝容與靠坐在椅背上，抬手揉了揉眉心，「還不是時候。」

章祿之狠狠一嘆：「那兩塊牌子是岑雪明給蔣萬謙的，根本礙不著那個章鶴書什麼事，再說眼下說要重建洗襟臺的人那麼多，單憑蔣萬謙一句供詞，沒法拿人不說，還容易打草驚蛇。」

「不只。」謝容與道：「章鶴書也許不乾淨，但是……」

他頓了頓，「我懷疑，在竹固山賣名額的人不是他，而是軍方的人。」

青唯一愣：「怎麼說？因為剿滅竹固山山匪的人是軍方的麼？」

謝容與看她一眼，溫聲道：「還記得縣令府的綢綢是何時死的麼？」

「朝天扮鬼在竹固山出現的第二天。」

謝容與道：「而李氏的供詞是，早在綢綢死的幾天前，孫誼年就開始安排她離開上溪了，說明了什麼？」

「虞侯的意思是，玄鷹司到上溪前，那個賣名額的賊人就知道了玄鷹司的動向，並打算前往上溪滅口了？」衛玦問。

謝容與道：「年初朝廷重建洗襟臺，從各軍衙抽調衛隊前往柏楊山，玄鷹司是藉這個名義到陵川來的，爾後玄鷹司一直停留在東安，只有十餘人隨我去上溪。」

「數百人的衛隊少了十餘人而已，除了隨我們同來的軍方，其餘人不可能覺察。」

而章鶴書是樞密院的，樞密院雖掌軍政，但與真正的掌兵權還有一定距離。

這個人這麼清楚玄鷹司的動向，必然是軍方的無疑。

這時，祁銘道：「虞侯，你可記得官家的來信上也說，那個失蹤的岑雪明，少時效力於軍中？他是那位賣名額大人的下線，說不定當中會有關聯。」

謝容與點了一下頭，「你立刻去府衙，打聽一下岑雪明曾經在誰的軍中效力，這個應該不難查。」

祁銘稱是，很快離開了。

謝容與總有種感覺，似乎他們已經很接近答案了，可能是遺漏了某個枝節，導致他們一直在答案邊上兜圈子。

書房中只餘下翻查卷宗的沙沙聲，章祿之是個粗人，莫說卷宗了，他連整理好的供詞都看不進去，他盤腿坐在地上，倚著書閣閉目養了一會兒神，陡然睜眼，「虞侯，您覺不覺得哪裡古怪？」

謝容與移目看他。

章祿之撓撓頭：「屬下是個莽夫，也不知道想得對不對，我總覺得，我們被人盯著。」

謝容與道：「說下去。」

「其實屬下一早就有這個感覺了，從我們進入竹固山開始，我們就被人盯著了。您看，我們查到孫誼年，孫誼年就死了，我們查到李捕頭，李捕頭就失蹤了，就連蔣萬謙，也是朝天拚死保下來的。似乎我們走的每一步，都有人暗中與我們對抗，可是我們在明面上，根本看不到敵人，尤其是……當時我們還在上溪，上溪縣衙包括孫縣令和李捕頭都是我們的獵物，可是，除了上溪縣衙，還有什麼人在阻止我們查他們呢？能和玄鷹司對抗，左驍衛與巡檢司？」

謝容與道：「我其實懷疑過左驍衛與巡檢司，但左驍衛不可能，否則伍聰不會在暴亂發生之前離開上溪。」

「巡檢司也不可能。」衛玦道：「去年陽坡校場起火，鄒家父子落獄，巡檢司從上到下是被官家親自清理過的，尤其是派來陵川的這一支。」

年初曲不惟請命讓曲茂帶著這支衛隊來陵川，趙疏之所以應允，就是為了方便謝容與行事，曲茂再怎麼不務正業，卻是值得謝容與信賴的。

「最古怪的一點是，玄鷹司此行不順利嗎？」青唯問。

不順利嗎？不，他們其實是很順利的。

到上溪的短短數日內，他們就尋到了葛翁葛娃，得知了買賣名額的祕密，此後上溪雖暴亂，但他們到底救下了蔣萬謙，還險些保住孫誼年。他們只是在最後的、最關鍵的一步，被人使了絆子。

似乎對方也不敢輕舉妄動，哪怕連死士都派出來了，卻還是小心翼翼，只肯在緊要的時候伸手稍稍一攔。

就好像毒蛇與鷹，玄鷹司是鷹，而對方是潛在草裡的毒蛇，吐著信，睜眼盯著天上的鷹，小心異常地捕捉草裡的獵物時，又不敢探頭，唯恐被天上的鷹發現。

而這條如影隨形的，潛伏在暗處的，一直盯著他們的毒蛇讓書齋中的每一個人背脊生寒。

青唯再沒了幫忙整理供詞的心思，只覺得這間本來寬敞的書齋逼仄不堪，正想出去走走，這時，一名玄鷹衛來報，「虞侯，證人余氏口述完供詞，稱是想求見少夫人。」

青唯隨即對謝容與道：「我去見她。」

夜很深，院中月華如練，余菡沒施妝粉，細眉細眼的，看上去十分乾淨。她手裡捧著一個布囊，並不看青唯，盯著一旁一株桷蘭，「我適才聽審我的官爺說，等我在供狀上畫了押，妳的那個王爺就會放我走，真的麼？」

她算不上什麼要緊的證人，謝容與不會留著她。

青唯點頭：「真的。」

「你們拿走了那冤家給我的牌子，我以後會遇到危險嗎？」

青唯道：「不會，名牌已在玄鷹司手上，那些人動妳也是枉然。」

「那就好，那牌子，就算我送給你們了。還有這個，」她猶豫一陣，把手裡沉甸甸的布囊往青唯手裡一塞，語氣幾乎是不耐煩的，「拿著！」

青唯掀開布囊一看，裡頭竟是孫誼年留給她的金子，「小夫人？」

余菡移目看向月色，伸手撩了一下髮絲，「竹固山死的人太多了，有的人什麼都不知道，就嚥了氣，被一把火燒沒了，我到底是上溪人……」

她似乎不知道該怎麼表達，她從沒有說過這樣的話，甩了甩絹帕，「唉，總之，我那冤家一個窮地方的縣令，哪來這麼多金子，這些金子鐵定不乾淨，八成就是用人命換來的。我跟了他五年，他五年都在後悔。我這個人，不是知恩不報，五年前戲班子散了，我無家可歸，是他收留我，後來他利用我，讓我犯險保姓蔣的離開，我認了，就算我欠他的。可他……到底留了一塊牌子給我，你們說這牌子可以保命，我也不知道怎麼保命，只是覺得……他終歸還是念著我的一點好的。既然念著，我這幾年就不算錯付。金子我不要了，你們拿去，分給那些山匪的家人、親戚，要不給那些吃不上飯的人，算是我為他做的一點補償，希望他在九泉之下，可以心安吧。不過他待我涼薄，為他還了這筆債，從此之後，我跟他就算兩清了，再也沒有關係了。」

她之前拚命保住金子，不過是覺得年華錯付，總該換來別的什麼。

可能人就是這樣，付出了，總想要點回報。

所以只要證明有這一星半點情意在，不乾淨的金子，她竟然可以捨下。

青唯看著余菡，才發現自己還是看輕了她，原來她不只重情，人所以是人，低賤得陷在泥地裡，還能憑一身倔強取捨。

青唯問：「小夫人以後去哪裡，回上溪麼？」

「不知道，可能重操舊業，回去戲班子唱戲吧。他不是說我該走四海麼？走四海就不必了，陵川這麼大，我在陵川走走就行了。」余菡說著，又得意起來，「妳是不知道，戲唱好了，得來的賞錢就能吃香的喝辣的，原來我戲班子裡，有個四五十唱老生的，上溪人都搶著聽他的戲哩。」

她看青唯一眼，「繡兒什麼時候回來？」

青唯搖了搖頭：「我不知道。」

余菡也不在意，「妳跟她說，記得回來找我，我就在陵川等著她，等她回來以後……以後就不做主僕了，左右我也不是誰的小夫人，她聰明，跟我做姊妹吧。」

青唯點頭道：「我記住了，余姑娘。」

余菡聽了這個稱呼，粲然一笑：「對了，適才官爺尋我問話，有一點我忘了說，離開上溪的那天早上，老爺從我莊子上離開，是秦師爺來接他的，好像勸他去衙門跟王爺投案，他們不是犯了事麼。要不我那天跑到半路，怎麼會覺得他想不開，掉頭回來找他呢。」

她說完這話，對青唯道：「好了，我先回了，過兩天我離開，妳就不用來送我了。妳這人晦氣，妳一到上溪，竹固山被掀了個底掉，藏在夜裡的都湧來了白日青天裡。不過也好——」她朝青唯招招手，跟著玄鷹衛，掉頭往落霞院走，「人不可能一輩子活在一個夢裡，夢總會醒的。以後記得來聽我的戲呀。」

青唯目送余菡離開，又在夜中站了一會兒，才回到書齋。

謝容與正跟衛玦說話，聽她回來，別過臉來看她，「余氏走了？」

青唯「嗯」一聲，將手裡的布囊擱在桌上，「她還回來的金錠子，說是想給竹固山山匪的親人做撫恤。」

謝容與看了布囊一眼，回頭喚章祿之，「明早你去府衙查一查余氏的戶籍，如果還是奴籍，想個法子，改成良籍吧。」

章祿之撓撓頭，「哦」一聲。

青唯道：「余氏還說，上溪縣衙暴亂的那個早上，秦師爺到城西莊子，見過孫誼年一面。」

衛玦聽了這話，目色一頓，「秦景山？他可有說過什麼？」

「他勸孫誼年來跟你們認罪。」

青唯這話出，衛玦不由與謝容與對視一眼。

一名常跟在謝容與身邊的玄鷹衛精銳解釋道：「不瞞少夫人，適才虞侯與衛掌使正好發現秦師爺有異。」

青唯問：「怎麼說？」

謝容與將一份證詞移過來，指著上面一處，修長的手指敲了敲，「妳看看這句。」

上面一句是蔣萬謙的招供，稱他是說了假話，他和秦師爺的關係並沒有那麼好，當年買洗襟臺名額，確實是他挾恩圖報，逼著秦景山帶自己上竹固山的。

衛玦道：「既然秦師爺跟蔣萬謙的關係並不好，那麼縣衙暴亂那天早上，他帶兵來縣衙的目的是什麼呢？我們一開始以為他是為了攔住玄鷹司，不讓玄鷹司去追逃跑的蔣萬謙，可眼下看來，他並沒有足夠的動機這麼做。蔣萬謙是跟孫誼年有交易，但秦景山並沒有參與這筆交易。自然他也可能是為了幫摯友完成交易，最後搏命一回，這個猜測牽強不提，秦景山自己搏命就算了，帶這麼多衙差一起搏命是為了什麼？他不像這樣的人。」

「所以我們有了另一個猜測。」謝容與道：「秦景山，會不會不是來阻止玄鷹司的，相反，他其實是來投案的？」

「而適才余菡的話，證實了這一點？」青唯問道。

她不由蹙眉，「這說不通啊，如果秦景山是來投案的，當天縣衙根本不可能起暴亂。跟巡檢司、左驍衛一起打一場，最後連命都沒了，對他有什麼好處？」

章祿之道：「我也這麼想，當天你們去追蔣萬謙了，虞侯讓我留在縣衙，我是親眼看著秦景山帶著衙差跟巡檢司的人馬起衝突的。說他是來投案的，這不合理。」

謝容與閉上眼。

他直覺秦景山當日就是來投案的，這個念頭一生，就在他心中縈繞不去。

不過小野說得也很對，秦景山如果是來投案，他為什麼要和留守在縣衙的巡檢司與左驍衛起衝突，直接卸兵招供不好嗎？

還是說，他知道縣衙裡，有人會傷害他？

誰會傷害他？

左驍衛？不可能。

巡檢司？適才已說過了，不會是巡檢司。

還是說巡檢司是無辜的，但是他們聽命的人不乾淨？但是這支巡檢司衛隊的校尉是曲茂，曲茂恐怕連手下的臉都沒認熟，成日能幹一樁正事就很不錯了。他一到上溪，大半差事都是他的護衛邱茗幫忙辦的，連上溪的善後也是邱……

謝容與想到這裡，陡然睜眼。

是了，邱茗？！

「章祿之，上溪暴亂那天早上，是誰告訴我們李捕頭不見了的？」謝容與並不是不知道答案，問出這話，他只是想再確定一次。

「虞侯，是曲校尉身邊的邱護衛。」

衛玦道：「虞侯，數日前您尋曲校尉打聽李捕頭的蹤跡，也是邱護衛告訴我們，巡檢司從未發現過李捕頭。」

可是李捕頭區區一人，怎麼可能躲得過玄鷹司、巡檢司、左驍衛三大軍衙的追蹤？

除非……有人刻意隱下了他的蹤跡。

這時，書齋外傳來叩門聲，是祁銘回來了。

祁銘一進書齋，將一份簿冊呈上，「虞侯，查到了，岑雪明從前分別效力於蒙山軍，西北同留軍，最後因受傷，在征西軍虎嘯營辭去軍職，來到陵川。」

同留軍、虎嘯營都屬於征西大軍。

而是年征西大軍的軍帥，正是軍侯曲不惟。

謝容與閉了閉眼，耳畔忽然回想起初到上溪時，曲茂跟自己抱怨的話——

「也不知道我爹怎麼想的，非要讓我來陵川，我本來就是個廢物，他還指著我這個廢物起死回生麼？」

「往常我身邊好歹有尤紹跟著，再不濟，巡檢司還有史涼呢，我老子不放心我，指了個邱茗盯著我，那敢情好，差事都讓邱茗辦去，我只管找個戲館子聽戲就是。」

謝容與思及此，站起身，在書案上撫平一張白宣，「小野，妳可記得孫誼年最後留下的話是什麼？原封不動地告訴我。」

孫誼年最後留話時，是她湊近聽的。

青唯點了一下頭，「他說『你們不要去，去……』，後來我重複問了一次，他只說，『不要——去』。」

謝容與在白宣上寫下前六個字，「你們不要去，去」。

他注視著這行字，目光沉靜如水，驀地「嗒」一聲將筆往筆山上一擱，「我們此前，一直以為，孫誼年是讓我們不要去一個地方，其實不是，他早就把答案告訴我們了。」

「第一個不要去，他是讓我們不要回去。那麼為什麼不要回去？」

謝容與說著，換了一支朱筆，將第一個「去」字一劃，改成另一個字，一個朱紅的「曲」。

「因為城中有曲侯的人。」

謝容與抬目看向眾人，「而當初那個吩咐岑雪明販賣洗襟臺名額，派將軍屠殺竹固山山匪，一路派人盯著玄鷹司動向的，就是軍侯曲不惟。」

「我們的推測不假，左驍衛是乾淨的，巡檢司也是乾淨的，曲不惟沒辦法染指這兩個衙門，但他知道曲茂玩世不恭不務正業，他於是利用了曲茂的不務正業，故意為曲茂爭取機會，讓他來到上溪，又藉口擔心曲茂辦不好差事，名正言順派了一個自己的得力扈從跟著曲茂來到上溪，暗中接手巡檢司，讓巡檢司為自己所用。李捕頭不用問，早在邱茗告訴我們他消失的那一刻，他就已經死了。而秦師爺，他或許在最後一天早上，從孫誼年處得知了當初真正賣名額給他們的人是曲不惟，又因為曲茂是曲不惟之子，他以為整個巡檢司都是曲侯的人，所以帶兵來到縣衙，決定搏命。而邱茗，便是利用他的這個『不確定』，在他靠近衙門，靠近任何一個可以保他的人前，先一步在亂兵中殺他滅口。」

三日後，上京。

「侯爺這是從北大營過來？」

正值黃昏，樞密院的值勤守衛剛交完班，就看到一個身著細鱗甲，粗眉虎眼的人縱馬而來，在衙署門口收韁，正是當朝三品軍侯曲不惟。

曲不惟逕自往衙內走，「章副使在衙門嗎？」

「在的，章大人廷議後回了衙門，眼下還沒走。」守衛跟在曲不惟身後答道。正說著，看到章鶴書從衙門裡頭出來，立刻拜道：「章大人。」

章鶴書瞧見曲不惟，目中微露訝異之色，「侯爺今日怎麼到樞密院來了？」

「戶部說去年劼北一帶報上來的囤糧跟他們算的有出入，老夫過來討劼北駐軍的帳冊看看。」

自長渡河一役後，蒼弩十三部相繼瓦解，十餘年不成氣候，而今大周北面邊境除了偶有滋事的境外亂民，並無戰事。留下統將駐邊，歸京的軍侯們主要精力都放在了大周境內，除了緝匪捕盜，操心最多的就是軍屯，是以時不時要跟戶部打交道。

章鶴書只道不巧，「劼北的帳冊章某想細看，昨晚帶回府上了，侯爺著急麼，不急的話明日章某讓人送去軍衙？」

「急是不急，只是老夫明早要回北大營，來去要耽擱三天。」曲不惟道，招呼來適才的守衛，把手裡的韁繩交給他，讓他幫自己看馬，隨後對章鶴書道：「也罷，左右你我順路，我去你宅子上取就是。」

章鶴書頷首，淡淡笑了笑，「那辛苦侯爺了。」

散值的時辰早過了，章家的廝役驅著馬車等候在衙署外，章鶴書與曲不惟相讓著進了車室，等到車行一段，章鶴書淡淡問：「上溪出紕漏了？」

車室裡點著藿香塊驅蚊，氣味有些悶，曲不惟撩開車簾，往外頭看了看，確定無人跟著，這才道：「本來以為讓邱茗跟著茂兒去陵川，把上溪該了結的了結了，就不可能出岔子。沒想到竹固山那幫山匪裡居然有一個活口，是個住在後山的老頭，好像姓葛，在深山裡藏了快六年！」

章鶴書「嗯」一聲，這事他已聽說了。

「你也知道，當年賣名額是岑雪明幫我辦的。他這個人極其聰明，又慣來長袖善舞，當年他拿一樁錯判殺人案拿捏住孫誼年，就是覺得這個孫縣令有本事，有朝一日說不定能派上用場。洗襟臺修建之初，朝廷不是要剿匪麼，上溪的竹固山上正好有匪，孫誼年又在上溪當縣令，岑雪明就和我說，沒有比上溪更好的地方了。」

一來，上溪閉塞，沒有人會想到一個閉塞山中的匪頭子手上有洗襟臺登臺名額；二來，朝廷剿殺已下，一旦出事，方便滅口。

「後來洗襟臺坍塌，竹固山處理乾淨以後，我找了個底子乾淨的捕頭去上溪盯著孫誼年一群人，岑雪明太聰明了，他知道有了李捕頭，他就沒用了，猜到我下一個就要動他，趁我不注意，神不知鬼不覺地跑了，幾年了，一點蹤跡也沒露，也不知道這個姓葛的老山匪是不是他故意留下的活口，想給自己保一條後路，要不是這回我派邱茗跟著茂兒去上溪，還發現不了。」

「而且，他還故意讓孫誼年知道了真正賣名額的人是我！」

岑雪明就是故意漏風給孫誼年的，希望有人知道自己不是主謀，這樣有朝一日朝廷降罪，他不至於承擔所有的罪責。

「竹固山料理乾淨以後，孫誼年心灰意冷，聽說這幾年連衙門的差務都不辦，找了個外室醉生夢死，我還當他書生意氣，受不得半點打擊，這回邱茗去上溪，覺察到他對茂兒的態度有異，稍作試探，這才發現他竟什麼都知道。邱茗動作快，提前埋伏好死士，把他了結了，眼下就是不知道小昭王查到了多少。」

章鶴書問：「邱茗呢？」

曲不惟道：「已經處理乾淨了。」

章鶴書閉上眼，靠坐在車壁養神，過了會兒才道：「你不必猜了，謝容與一定什麼都知道了。」

「這話何意？他知道岑雪明賣名額的事了？」

「不只。」章鶴書說到這裡，睜開眼，看著曲不惟，「一個通判手裡哪來的名額？他已經猜到是你了。」

章鶴書一雙眼狹而長，顴骨很高，章庭就是這兩處像他，因此時人都說小章大人生得孤冷，章鶴書看上去卻不孤冷，或許因為年逾不惑，微垂的眼角為他平添一絲慈和，說起話來語氣不疾不徐，「你忘了何氏的案子裡，謝容與是何等見微知著了？他這個人，天資高，有魄力，慧敏難當，不枉先帝當年那麼辛苦地栽培他。而今他到了上溪，查到孫誼年，孫誼年死了，查到李捕頭，李捕頭失蹤了，他不可能相信這是巧合，他知道上溪有人跟他對著幹，左驍衛他不會懷疑，巡檢司是他跟官家親自清理過一遍的，雖然很困難，最後透過邱茗查到你，不難，說不定眼下他連岑雪明都知道了。」

曲不惟聽了這話，不由咋舌：「可你從前不是說小昭王慧極必傷，所以洗襟臺塌他一蹶不振，五年時間囚桎於心病，眼下勉力振作，並不足為慮，為何一年之間，他的病忽然全好了？」

「……是我小看他了。」章鶴書聞言，目色沉下來。

曲不惟忍不住狠狠一嘆：「要我說，當初就不該聽你的！左右竹固山都死了那麼多人了，乾脆一個活口都不留，把孫誼年、蔣萬謙全了結了，也不至於有今日糾煩，還讓名牌落到了小昭王手上！」

章鶴書淡淡道：「洗襟臺坍塌，士人群情激奮，蔣萬謙是喪生士子之父，你那時想殺他滅口，是擔心自己被發現得不夠快，想要添一把乾柴麼？何況單是竹固山山匪的死，已足夠讓謝容與在經年之後發現蹊蹺，你如果把上溪的縣令一併滅口，只怕朝廷立刻就會順藤摸瓜查到你，到今日有沒有曲侯府還兩說，倒是真的不必為眼下憂愁煩惱。」

章鶴書說著，語氣微涼，「何況當年我只是告訴你，我手上有些許登臺名額可以由我們做主，把名額拿出去賣是你瞞著我擅作主張，如果不是我發現後及時止損，等你再多賣幾個名額，紙如何包得住火？本該徐徐圖之的計畫，你卻利慾薰心，想要一步登天，眼下出了岔子，要被人連根拔起了，卻來與我說我當年幫你善後善得不夠好？」

曲不惟聽了這話，張了幾次口，卻說不出話來。章鶴書斥責得不錯，簍子的確是他捅的，當年的確是他利慾薰心，「那你說，我們眼下該怎麼辦？」

這時，駕車的廝役「吁」一聲微提馬韁，馬車漸行漸緩，最終停下，章鶴書道：「到了。」隨即撩開車簾下了馬車。

曲不惟也收起眸中急色，泰然自若地下了馬車，跟著章鶴書進了府邸。

暮色已深，章鶴書到了正堂，屏退下人，端起手邊的熱茶吃了一口，「你確定李捕頭已經死了嗎？」

「確定。」曲不惟道：「這事邱茗親自辦的，已經回我了。」

章鶴書深思了片刻，「那眼下的狀況也不算危急。謝容與手上雖然有士子登臺的空白名牌，這名牌是禮部特製的，可以指向任何人，查不到你身上，蔣萬謙的證詞最多指向岑雪明，單憑岑雪明一個曾經效力於鎮北軍的經歷，你也沾不上嫌疑。他沒有實證，李捕頭死了，謝容與沒有直接證人，他查到你，全是一步一步推出來的，但推測不能作為呈堂證供，他動不了你。」

「而他的下一步，」章鶴書頓了頓，「應該是直接查失蹤的岑雪明，因為這個岑雪明為了自保，很可能留了一些線索，所以當務之急，除了讓人盯著謝容與的動向，更重要的是派一個嗅覺靈敏的人到東安，盡早辨出岑雪明留下的線索，先一步抹去。」

可是誰能盯著謝容與的動向，誰又是這個嗅覺靈敏的人呢？

曲茂是個什麼樣的廢物，曲不惟是他親爹，比誰都清楚，讓他敗家散財他在行，但凡交給他差事，只有辦砸的，沒有辦好的。讓曲茂盯著謝容與，不被謝容與反將一軍已很不錯了。

曲不惟道：「眼下蘭若不是在東安嗎？不如讓他幫忙盯著小昭王？」上溪暴亂，縣衙空置，許多差務亟待處理，數日前趙疏就下令讓章庭與張遠岫前往東安了。

然而這話出，章鶴書卻是不言。

曲不惟道：「我知道蘭若這孩子一根筋，凡事太講究方正，但這不是著急麼？小昭王哪是那麼容易讓人盯著的，眼下只有蘭若能名正言順地跟他共事，大不了你先找個藉口糊弄住蘭若，讓他幫我們先盯幾日，我這邊想法子派個靈敏的人過去。去年你說想藉拆除酒舍，試試那『江辭舟』是否是小昭王，蘭若雖不情願，不也辦了麼？」

曲不惟見章鶴書仍舊沉默不語，不由道：「再不濟，你找張遠岫！他不是一直想重建洗襟臺麼，小昭王要是把什麼都揭開來，洗襟臺如何還能重建？」

「忘塵不行，他不是一路人。」章鶴書道。他稍一頓，沉聲說，「這事容我再想想，你也仔細回憶回憶岑雪明會遺下的線索，這才是當務之急。」

曲不惟聽他這麼說，點點頭應了。

他們眼下是一根繩上的螞蚱，一榮俱榮一損俱損，他若出了事，章鶴書也跑不了。

「你說得對，岑雪明那邊我……」

話未說完，屋外忽然傳來急促的叩門聲，府上的老僕稟道：「老爺，不好了，宮裡出事了。」

章鶴書把門拉開，「出什麼事了？」

「是皇后娘娘宮裡的人傳的信，說娘娘近日身上一直不適，今日後晌忽然暈過去一回，適才官家去探望她，不知為何，忽然發了好大的脾氣，連……連皇后娘娘櫃閣上收的連理枝紋玉杯，官家都砸了。」

章鶴書一愣。

趙疏待元嘉怎麼樣，他是知道的。

他們自小要好，莫要說與元嘉發脾氣，趙疏甚至不曾與元嘉大聲說過話。

「老爺，可要讓夫人進宮看看？」

章鶴書思量一陣，卻問，「眼下宮中有人去元德殿勸和嗎？」

「像是不曾，長公主近來去大慈恩寺了，至於太后……」

何氏一倒，雖未牽連太后，但太后經此一事心灰意冷，長日與青燈古佛相伴，已久不問宮闈中事了。

章鶴書想了想，「讓夫人去裕親王府找仁毓郡主。」

官家對章氏一直心存芥蒂，章鶴書怎麼可能感覺不到。眼下官家與皇后起爭執，皇后的母親就進宮，官家只會疑心章家是如何這麼快得了消息，無異於火上澆油。左右近來皇后操持仁毓郡主的親事，這位郡主進宮與皇后見禮也正常。

夜深時分，趙永妍在宮門口遞了牌子，跟著小黃門往元德殿趕。

她知道章元嘉近來身子不好，原想著皇后年輕，養上些時日足以痊癒，沒承想聽章家表嬸說，皇后非但沒養好，反而愈加羸弱了。

趙永妍心中擔心，足下步子愈快，豈知剛到元德殿外，只見院中侍婢跪了一地，她還沒走近，只聽「啪」一聲杯盞碎裂，接著傳來趙疏的怒斥，「這樣大的事，妳也敢瞞著朕！」

趙永妍吃了一驚，官家從來溫和，對皇后更是一句重話都不曾說，幾時見過他發這樣大的脾氣？

她僵在宮門口，一時間進也不是退也不是。

引路的小黃門跪在殿外通稟：「官家，仁毓郡主來宮裡探望娘娘了。」

過了許久，元德殿中才傳出趙疏冷淡一聲，「都退出去。」

這就是暫不讓趙永妍探望的意思了。

見芷薇從殿中出來，趙永妍擔憂地喚問：「芷薇姑姑？」

芷薇看她一眼，搖了搖頭，輕聲道：「郡主隨奴婢去宮外暫候吧。」

趙永妍只好應了，跟著往宮院外走，忍不住回頭望去，只這麼一會兒工夫，夜色更濃了，濃雲遮蔽月光，元德殿就矗立在這片深暗中，只有窗前映出一團模糊的影，趙永妍認出來，這團影是皇后寢殿中的榕枝連盞燈架。

章元嘉倚在燈架邊的暖榻上，剛入夏，夜裡不算涼，她的身上卻搭了一條絨衾，臉色十分蒼白。

地上碎裂的杯片是爭執過的痕跡，其中有個連理枝紋的，玉色渾然天成，她最為喜歡，原本是一對，另一個在趙疏那裡，是他剛做太子那年尋來送她的。

趙疏立在一旁，一言不發地等著太醫在章元嘉手腕搭上絲帕，為她看診。

他面沉如水，近來元嘉的身子一直不好，他是知道的，他雖不曾日日探望，但凡得閒，他都過來陪她，可惜她非但不見好轉，今天後晌只不過在天陽下多待了片刻，居然昏暈過去。若不是他不顧她阻攔，執意喚了太醫院掌院董太醫為她看診，他竟不知她已有了兩個多月身孕！

趙疏這才想起章元嘉近日來的異樣，畏冷畏熱，胃口大變，嗜睡易驚。

其實她初初顯露這些症狀，他不是沒有上心，也曾喚太醫院的人問過，但他想著她是皇后，子嗣關乎國祚社稷，她斷不可能瞞著，所以便沒往這方面想。沒想到她竟妄為至斯，醫官上宮中問診，她便讓芷薇隔著床帷伸手給醫官切脈，把自己的身子虧成了這副樣子。

董太醫診完脈，收了絲帕，對趙疏一拜：「稟官家，娘娘因為害喜，飲食不佳，身上的確有所虧欠，這是沒法子的事，好在娘娘孕中並不任性，滋補的膳食一直在吃，腹中胎兒十分康健，微臣為娘娘配一副調理方子，接下來只需仔細看顧，靜心休養，熬過三個月，害喜的症狀自可緩解。」

趙疏負手看著章元嘉，「把方子寫好，拿給朕過目。」

董太醫稱是，退去殿外寫方子了。

趙疏沉默半刻，撩袍在榻邊坐下，淡淡道：「太醫既然說了妳該由人仔細看顧，朕看妳這宮裡的人卻不仔細，當朝皇后有了兩個月的身孕，除了與妳一起欺瞞聖聽的芷薇，竟無一人發現。這些不省心的宮人，換了也罷，這事回頭朕會親自辦。」

章元嘉的目光落在榻前的榕枝連盞燈上，語氣也很淡，「官家知道的，臣妾認人得很，莫要說臣妾的貼身侍女，哪怕是元德殿中跟了臣妾幾年的侍婢，官家若換了，臣妾不習慣，身子愈發養不好了。」

趙疏別過臉看她，都這時候了，她不反思自己做錯了什麼，還在想怎麼保芷薇，保自己宮裡的人。

「但凡妳把自己的身子當回事，把腹中的孩子當回事，妳也不至於將這麼大的事隱下，若非朕近日執意請董太醫來，妳還打算瞞到什麼時候？」

章元嘉垂下眼，許久，才說：「官家說的是，此事是臣妾不對，臣妾是皇后，斷不該拿天家子嗣當兒戲。臣妾是關心則亂，見官家近日政務操勞，太辛苦了，不希望官家為旁的事分心，所以瞞了官家一陣。」

他們已經吵過一場，他不快，她也不快，眼下她嘴上說著知錯，語氣卻是冷硬的，拿來搪塞他的藉口不能更敷衍了。

「旁的事？妳我有了子嗣，這叫旁的事？妳若真的關心朕，當真在心裡放著朕，妳都不會說出這三個字，尋常百姓人家，結髮妻有了身孕，做夫君的何嘗不是第一個知曉，可是朕卻——」

「官家說尋常百姓人家，可是我們到底是帝王家，如何與尋常夫妻相提並論？」不等趙疏說完，章元嘉望過來，「從前臣妾也願與官家做一雙無話不說的尋常夫妻，可官家是君，總要為家國事分神，臣妾自然只能謹守做皇后的本分，不敢逾越一步。」

趙疏聽了這話，不由得氣笑了。

「什麼叫不敢逾越一步？什麼叫做皇后的本分？」他起身，負手來回走了幾步，「妳若真的要論本分，那麼朕告訴妳，於國，妳是皇后，是一國之母，妳腹中這個孩子，他會是朕的嫡長子、大公主，此事關乎天下社稷，妳執意瞞著，便是不對；於家，妳是朕的妻，朕有了孩子，不是妳親口告知，而是一個太醫著急忙慌地來稟給朕，妳就沒有做到妳的本分！」

他盯著章元嘉，「這麼大的事，妳瞞了朕這麼久，究竟為什麼？」

「為什麼臣妾適才不是說了麼？」章元嘉冷聲道：「我們是帝王家，比不上尋常夫妻，有許多看不見的規矩、禮數、和邊界，臣妾一直想做好這個皇后，自問十分努力了，可能是臣妾做得不盡如人意吧，總是讓官家失望，如今也只能盡量做到不給官家添麻煩。」

她把有了身孕當作添麻煩。

趙疏語氣冷厲：「章元嘉，從今夜伊始到現在，朕就沒從妳嘴裡聽到過一句實話！朕究竟做錯了什麼，要讓妳待朕疏離至斯？朕忙於政務，可能對妳有所疏忽，但這通通不是妳瞞著朕的藉口，從前妳我親密無間，有什麼是不能——」

「因為官家不信任臣妾！」章元嘉驀地回望過來，冷聲打斷道：「官家不是要聽實話嗎？這就是實話！官家如今不再信任臣妾了。」

「自從我做了皇后，官家可曾有一日對臣妾卸下過心防？官家忙於政務宵衣旰食，勞心勞力點燈天明，臣妾每每心憂前去探望，官家哪一回對臣妾不是搪塞敷衍？官家當真只是不想臣妾陪著您操勞嗎？還是您在防著臣妾？」

「這些年我總是捫心自問我到底哪裡做錯了，為何我竭力做好你的妻，你的皇后，依舊換不來絲毫信任？後來我反思，是不是我父親、我哥哥的緣故，這幾年他們起勢太快，而你是帝王講究的是制衡馭下。可章氏是名門，朝中能蓋過章氏的還有許多，從前有何氏，何氏倒了，還有諸多元老與軍侯重臣，還有翰林文士。若不是因為章氏，官家如此防著臣妾，又是因為什麼？」

趙疏看著章元嘉。

她自小飽讀詩書，聰慧明敏，知道在後宮找不到的答案，便該去前朝找。

趙疏錯開她的目光，「這些事與妳無關，妳無須猜測。」

「官家不是想讓我給一個答案嗎？怎麼我眼下說了，官家卻不肯聽了？還是官家希望你我永遠這麼疏離下去，永遠隔著一道涇渭分明，不知所謂的界線？」

「……如果因為朕疏離待妳，冷落了妳，所以妳有不滿，朕不怪妳，朝中政務龐雜，有的事朕不方便與妳說，但無論如何，這些都不該是妳瞞著朕妳有身孕的理由，朕只是希望妳在做一個皇后的同時，還能記得妳是朕的妻。」

「但是我做不到。」章元嘉道：「官家想要一個得體的皇后，那麼我就得體到底，官家想要一個結髮妻，那我們為何不能像從前那樣無話不談？」

章元嘉望著趙疏，「你我一起長大，能嫁給官家，就是我從小到大唯一的願望。洗襟臺坍塌那年，官家消沉得像變了一個人，那時我無時無刻不盼著能早日與官家完婚，我以為有我陪著官家，官家總能漸漸好起來的。大婚之日，官家掀開我的蓋頭，我沒有在官家臉上看到笑容，我又安慰自己，官家只是剛做了皇帝，被朝政壓得太累了，一切會好轉的。可是幾年過去了，我與官家除了不明因由的漸行漸遠，絲毫不見任何起色。」

「官家不是想知道我為何瞞著你孩子的事麼？」章元嘉說到這裡，牽了牽嘴角，露出一個很淡的苦笑，「是，不想讓官家分心，謹守做皇后的本分，都是我搪塞官家的藉口。我就是故意瞞著的，最親密無間的人對自己忽然失了信任，無論如何都換不來一個解，這樣的滋味我嘗了幾年，我想讓官家也嘗一嘗！」

她說著，嘴角的苦笑變作冷笑，「一個位高的名門外戚，就這麼讓官家忌憚麼，還是帝王心性從來如此……」

「章元嘉！」趙疏冷聲打斷，「妳可知道妳在說什麼！」

章元嘉卻不理會他，逕自把要說的話說完，「還是帝王心性從來如此，忌憚生疑，猜忌生瘡，站在人間無法企及的高處，冷熱亦不是常人能體會的了。我從前以為官家會不一樣，平心而論，官家只是凡人，到底不能免俗，問鼎九重雲上，再也不是從前那個心懷赤誠的皇太子了。」

這一席話說得太狠太寒人心。

殿外太醫寫好藥方，剛欲呈進內殿給趙疏過目，聽到這一席話，膝頭不由一軟，逕自跪在冰涼的地上，等著帝王雷霆之怒。

可出乎意料地，他並沒有等來嘉寧帝的怒火。

趙疏在聽完這一番話後，目光先是震詫，隨後轉為茫然，最後他垂下眸，眸中的深靜裡染著幾許無能為力的傷惘。

可能他還是太溫和了吧，連長相都是適宜的清秀俊雅，尤其待她，他從不會真正動怒。

他只是覺得無能為力，他覺得自己沒辦法解釋這回事。

他該怎麼說自己對她的疏離，並不源於帝王猜忌，而是源於多年前那場天塌地陷，源於一個必踐的諾，不僅僅是對父皇，還是對自己。

而她秉性至潔，如果知道了這一切，該怎麼接受？

趙疏覺得茫惘，好看的長睫在下眼瞼壓下一重深影，這一路真是獨行踽踽啊，連他以為最親密的人也被他親手推去了遠方。

章元嘉卻看著趙疏。

那些在他眼中積蓄已久的雲霾最終未變作雷雨落下，而是化作點點微霜，化作他唇邊無聲的咨嗟喟嘆。

他這麼一言不發地、寂寥地站著，似乎又回到從前少年皇太子的模樣。

而她辨出他眸中的傷惘，忽然就後悔了。

他們從前那麼好，無話不談，時時刻刻都想在一起，他的每一個笑，說的每一句話，從始至終都牽動她的心神。

這麼多年，他們總是盡力為對方著想，從來沒有一回這樣吵過。

她本就是皇后啊，幾年都忍過來了，為什麼不再多忍忍呢？

章元嘉一下子就心軟了，她覺得她不該說那樣的話，她不知道是不是自己的話傷了他，讓他看上去竟這樣落寞，她眼圈紅了，「官家，我……」

「今日的事，朕不怪妳。」趙疏安靜地道：「這幾年朕總忙於政事，疏忽妳了，妳有脾氣也尋常。妳身邊的人，去留都由妳做主，朕適才說的都是氣話，不會隨意換妳的宮裡人，妳有了身孕，好好養著，朕只要得閒，就過來看妳。」

他說著，沉默了許久，啞聲道：「可能朕的做法，真的讓妳無法理解，但是，妳可能不知道……」他頓了頓，「妳腹中的這個孩子，朕其實很期待，無關乎家國，無關乎社稷，只因是妳我的孩子。」

他說罷這話，再沒看章元嘉，折身步去門口，叮囑了太醫幾句，隨後推開殿門，獨自步入濃夜中。

趙永妍被宮人引入內殿時，地上的碎杯盞已經收拾過了。從宮人諱莫如深的樣子，她仍能感受到爭執後的餘冷。

趙永妍並不知道發生了什麼，見章元嘉一雙眼微紅，頰邊隱有淚痕，在她膝前蹲下身，仰頭輕聲問：「娘娘，妳跟官家吵架了？」

章元嘉抬手拭了拭眼角，「妳怎麼過來了？」

「娘娘近來身上不適，多日不見好轉，仁毓是以進宮探望。」趙永妍靠坐在她膝頭，語氣裡帶著哄她歡欣的意圖，「左右仁毓不守規矩慣了，為了確定娘娘安好，仁毓多晚都要來的。」

夜裡宮門宵禁，這個時辰進宮是逾制的，她是裕親王女，宮門守衛便睜一隻眼閉一隻眼了。

「一到元德殿就聽見官家發了好大的脾氣，侍婢們在院牆外跪了一地，仁毓也嚇到了。但仁毓擔心娘娘，說什麼都不會走，一直守在外頭。本來以為要守上一夜呢，官家就出來了。」趙永妍說到這裡，輕輕搖了搖章元嘉的手，笑道：「是官家親自讓仁毓進來陪您的呢，他還特許仁毓今晚留住元德殿。娘娘，官家知道錯了，您不要與他置氣了。」

章元嘉沉默許久，安靜地道：「不是官家的錯，是我錯了，官家他……一直在包容我。」

「娘娘這樣好，怎麼會做錯事？」趙永妍故作訝異，又道：「不過官家也很好，你們之間一定是有誤會，只要說明白了，誤會很快就能解開了。」

很快就能解開了。

章元嘉聽了這話，不由看向左側多寶槅子最上面一格，那是她用來收那個連理枝紋玉杯的地方，眼下卻空空蕩蕩的了。

玉杯是趙疏送給她的。

或許因為自幼喪母，昭化帝教養嚴苛，趙疏身為皇長子，身上並沒有多少人上人的矜貴，他待任何人都很謙和。章元嘉記得那年他剛被封為太子，在禮部清點貢品時，瞧見一雙由中州敬獻的連理枝紋玉杯，玉色紋理渾然天成，他很喜歡，想贈給她，但他從小到大從未拿過除自己份例以外的事物，思量再三，打聽到這雙玉杯被收入內庫，要待年節當作賞禮分發給各宮，才讓人帶上份例，找到曹昆德，客客氣氣地問，「等年節到了，能否把這雙玉杯分給東宮，本宮可以拿些東西來換。」

皇太子都這樣問了，內侍省哪有不應的，隔日就將玉杯送到東宮。

章元嘉至今都記得趙疏得了這雙玉杯的欣然模樣，記得他穿著碎葉青衫，快步穿過重重宮樓，來到她跟前，將其中一個贈給她，眼裡帶著非常好看的笑。

芷薇端了藥湯過來，溫聲說：「娘娘，服藥吧。奴婢照著董太醫給的方子煎的，官家親自看過這方子。」

趙疏是君，哪懂什麼醫理。他只是識得許多藥材，知道哪些味苦，因他記得她最嗜不得苦。

章元嘉點點頭，接過藥碗一嘗，藥湯果然不苦，應該是他特地叮囑過。

其實他身為帝王，已經做到了他所能做的全部了。章元嘉知道自己今夜不該與他爭執的，她是皇后啊，雲端之上才是荊棘之地，身在高位，本就該忍常人所不能忍。

怎麼一直想得明白的道理，腹中有了骨肉，反倒計較起來了呢？

章元嘉心神漸緩，她吃過藥，沒再提自己與趙疏何故爭執，看著趙永妍，「上回問起妳的親事，妳說妳早已有了意中人，天上明月似的人品。本宮近來思量了許久，這個人可是……」她微微一頓，「張二公子，張遠岫？」

趙永妍怔住，一雙杏眼圓睜，「娘娘如何知道？」

果然是張遠岫。

章元嘉笑了笑，「本宮與官家提過此事，官家說，這個人應該不是宗室中人。妳是郡主，除開宗室裡的，京中餘下未許婚配的公子妳見過幾個，本宮自然能猜到是他。」

趙永妍的耳根子漸漸紅了，她垂下眼，聲音非常輕：「仁毓……仁毓是在兩年前的瓊林宴上見過他。他是榜眼，是進士中最年輕、最引人注目的一個。那大宴仁毓是偷偷溜去的，原只是躲在後苑瞧個熱鬧，沒想到拾到了他遺留在亭中，寫在扇子上的墨寶。仁毓將墨寶還給他，他還與仁毓說過話。」

張遠岫這個人章元嘉知道，氣質溫潤如白雲出岫，說起話來讓人如沐春風。

「當時覺得沒什麼，沒想到之後……」

沒想到之後，那道修長的月下清影便映在了她心中，餘後兩載總在夢中再見，至今都無法抹去。

趙永妍只覺這些話難以啟齒，轉而道：「今春仁毓隨母親從大慈恩寺回京，在十里亭外又見過他，他正與蘭若表哥啟程前往陵川……他竟記得仁毓，見到裕親王府的車駕，與仁毓說，『郡主別來無恙』……」

章元嘉見趙永妍這副羞赧的樣子，不由問，「妳很喜歡他？」

趙永妍卻不答，張頭望著章元嘉：「娘娘，當年姑母是怎麼嫁給謝姑父的？」

趙永妍的姑母即謝容與的母親，榮華長公主。

謝楨出身中州名門謝氏，風華無雙，驚才絕豔，一手文章可驚四海，那年榮華公主喜歡上他，聽說便是在瓊林宴上多看了謝家公子一眼。

後來天家為趙榮華與謝楨賜親，才子佳人，公主與名門公子，不失為一段佳話。

「清執表哥天人一般的人物，單看他，就知道謝姑父當年的風姿，仁毓……」趙永妍微咬朱唇，「自不敢與姑母相比，但也十分羨慕她的際遇。」

昭化帝膝下無女，是以趙永妍是這一輩宗族女中位份最高的。

公主與駙馬，郡主與郡馬，倒是真的效仿二十年前的佳話了。

「娘娘。」趙永妍看著章元嘉，「娘娘問仁毓是不是很喜歡他，仁毓也不知道，但是除了他，仁毓沒想過嫁給其他人。」

章元嘉聽了這話，思量半晌，「倒不是不行。」她道：「只是張二公子雖非出身名門望族，他的父親是滄浪江投河的士大夫，兄長喪生在洗襟臺下，老太傅心疼他，將他視如己出，妳的意中人若是他，這親事就不是一旨賜婚可以定下的，恐怕官家得親自問過老太傅的意思。」

大周重士重文，何況老太傅德高望重，當年執掌翰林，桃李如眾。張遠岫是老太傅最看重之人，他的親事，自該由老太傅做主。

「仁毓願意。」趙永妍立刻道：「還請官家娘娘費心。」

章元嘉頷首：「好，待來日官家閒暇，本宮自會將此事稟給他。」

第六章 字畫

東安入夏快，剛到五月下旬，街頭巷陌就翻起滾滾熱浪。

藏鋒閣的許掌櫃剛開張，就看到四名貴客登門。

他還是頭一回見到這樣的客人，當中穿著雲色長衫的公子簡直不似凡人，山河作的眉眼，氣度清冷，一邁進鋪子，似乎這街巷中的滾滾躁人熱浪都要被他逼退。

他身邊跟著的女子一身青裳，身姿纖纖，可惜罩著紗帷，看不清臉。就連他們身後的兩名隨從也氣度不凡，一看就是大戶人家。

許掌櫃不敢怠慢，連忙迎上去，「貴客是來選防身兵器的？」

青唯「嗯」一聲，先一步道：「有好刀嗎？拿來看看。」

「有、有。」許掌櫃連聲道，將他們往裡引，「鋪面上的這些只是凡品，好的刀劍都在裡間鋪子，貴客們請隨在下來。」

藏鋒閣是留章街一家兵器鋪子。

「貴客裡邊請——」

留章街是東安府最繁華的街巷之一，文人墨客聚集的順安閣就在這裡。早年陵川窮，並不崇文，六年前朝廷修建洗襟臺，崇文之風日盛，留章街上除了順安閣，書畫鋪子、筆墨鋪子鱗次櫛比，順安閣更有一月一度的詩畫大會。後來洗襟臺坍塌，留章街蕭條一時，自嘉寧帝繼位，動盪趨穩，傷痛漸癒，尤其今年朝廷決定重建洗襟臺，留章街再度恢復當年盛景。

藏鋒閣劍走偏鋒，是留章街一排書墨鋪子裡唯一的刀鋒兵戈，修得十分雅，是為習文不能忘武，生意居然不壞。

「這把刀的刀型我沒見過。」朝天見壁上掛著一柄彎刀，逕自取下，這刀刀身細，刀頭微彎，像苗刀，卻比苗刀短一截。

「這是彎頭苗刀。」青唯道：「陵川多山匪，這種兵器最早源於匪，刀型可以貼臂用，即可做刀，近身又可以做匕首，用起來很方便。」她雖然不是陵川人，但岳氏起源於此，小時候在辰陽故居，常聽母親和師父說起這裡的事。

朝天道：「少夫人懂得真多！」

許掌櫃笑道：「這把彎頭苗刀不算最好，在下店裡還有至銘大師特製的。」說著，將朝天幾人引向另一面牆，「至銘大師是陵川最有名的刀劍師傅，他做的刀劍，沒有一個人不誇好的，貴客盡可以看看。」

朝天看向眼前一面牆，這些刀劍還藏鋒於鞘中，已是大巧不工。

其實他一到陵川就打聽過哪裡的刀好，至銘大師的名字他早已如雷貫耳，沒承想公子竟肯親自帶他來買。

外間來了新的客人，正在招呼掌櫃，許掌櫃回了一聲，對朝天幾人道：「沿著小門出去有個演武場，貴客若看上了哪把刀劍，可以去試試。」說著，迎出外間。

朝天悉心挑了一把，沒試，先拿給青唯過目。

青唯拔刀而出，刀身在手裡挽了個花，隨後仔細看了看，「刀姿、刀紋都好，刀刃也磨得很漂亮，柄部不滑手，我拿著略重了些，你拿著應該正好。」

朝天得了她的肯定，只道真是把好刀，比他從前用過的任何一把都好，又請示謝容與。

謝容與掂了掂刀，「是不錯。」

朝天興沖沖地出去試刀了。

青唯一邊等他，自己也不閒著，將壁上掛著的兵器逐一看過，心道至銘大師不愧是大師，但凡出自他之手，沒有一把不好的。

謝容與看著她，溫聲道：「喜歡哪個，挑就是。」

軟玉劍不能常用，玄鷹司的佩刀是雲頭刀，她用不稱手，平常與人打鬥，她慣來是手邊有什麼便用什麼。

倒是真的需要一件好兵器。

青唯於是不客氣，摘下一柄重劍，對謝容與道：「我想試試這劍。」

謝容與只掃了這重劍一眼，便跟德榮道：「去把銀子付了。」

德榮稱是，疾步去了外間，過了會兒回來，說，「公子，銀子付好了，掌櫃的說這就給少夫人取劍匣去。」

青唯咋舌，看了看手裡的劍：「可我還沒試過。」

謝容與道：「眼下再試不遲，不喜歡另挑便是。」

這柄重劍一看就價值不菲，青唯豈能再挑，當即拔劍而出，就要出去試劍，謝容與攔住她，「這柄重劍次了些，妳帶回去用幾天便罷，回頭我找人給妳做一柄好的。」

青唯道：「怎麼就次了？」

這柄重劍也是出自至銘大師之手的。

謝容與道：「劍姿雖流暢，厚薄均勻稍欠；劍紋耐看，缺乏工藝；鋒刃雖利，離吹髮可斷還有一定距離；尤其是柄部，柄部雖不滑手，到底沒鑲嵌溫玉，仔細震鳴時傷著虎口。」

青唯愣道：「可是這柄劍的做工與朝天試的那把刀差不多。」

適才朝天問他刀如何，他明明說不錯的。

謝容與淡淡道：「他用是不錯，妳用就太次了，妳若不想浪費，回頭不用了，把它扔給朝天。」

剛興沖沖試完刀回來的朝天：「……」

「重劍七十兩白銀，刀便宜一些，五十八兩。適才客官買劍，給了在下一張一百兩的銀票，餘下只要二十八兩。」

朝天選好刀，到了櫃檯，許掌櫃一邊撥著算盤，一邊把帳報了一遍。

德榮放了三錠十兩的銀元寶在櫃上，許掌櫃收了，正要找，德榮道：「掌櫃的不必找了，我家公子想跟您打聽些事。」

眼前的客官出手闊綽，許掌櫃聽他這麼說，哪有不應的，「貴客只管問來。」

「是這樣，我家公子是中州人士，到陵川來拜訪故友，打算買些書畫相贈，早就聽聞留章街一帶書畫鋪子繁多，不知道哪家最好？」

「幾位真是問對人了，在下在這條街做了六七年買賣，跟附近鋪面的掌櫃都很熟。如果單論書畫，墨香齋、拾山樓都藏有名品，要論哪家買賣做得最好，沒一家能跟順安閣相比。」

德榮道：「可我們聽說順安閣賣的書畫大都出自自家畫師之手，我家公子擔心買不到珍品。」

「客官說得不假，順安閣的確僱有畫師。」許掌櫃道：「哎，這事還得從頭說起，其實順安閣最早只是個尋常筆墨鋪子，六年前朝廷不是修築洗襟臺麼，陵川崇文之風漸興，普通百姓人家，但凡家中有幾個餘錢，無一不想買墨寶的。順安閣那鄭掌櫃腦子靈光，想著百姓們買書畫多是為了附庸風雅，並不捨得花大價錢，僱了幾個擅畫的書生在他的鋪面上寫字賣畫，又定期在鋪子裡操辦詩會，召集文人雅士賦詩唱和，順安閣的名聲就這麼打了出去。

他家賣出去的書畫價錢不貴，但是蓋了順安閣的戳，受人認可，一時間人人都愛到順安閣買畫。」

「客官擔心在順安閣買不到珍品，叫在下說，倒不必有這個顧慮。這幾年順安閣名聲不減，許多名家雅士都願意將自己的畫送到那裡寄賣，閣中更有一月一度的詩畫會，掌櫃的但凡得了珍品，都會在詩畫會上拿出來供人鑒賞出售。客官知道的，陵川四面環山，近幾十年山匪雖多，回溯百年前的前朝，也是隱士名家最嚮往的歸隱之所，出過許多書畫大師，也有許多珍品流落民間，客官想買好畫，不如去順安閣問一問，討個月底詩畫會的座次，想必不會失望。」

許掌櫃介紹得詳盡，德榮聽他說完，回頭跟謝容與請示，見謝容與點了點頭，說道：「多謝掌櫃的，我們這就去順安閣看看。」

許掌櫃忙說客氣，將他們送到鋪子外。

謝容與要務纏身，今日捨得出門，自然不是為了給朝天買刀。買刀只是順便，目的就是為了打聽這個順安閣。

賣登臺名額的人是曲不惟，奈何謝容與手裡沒有實證，無法直接徹查這位軍侯。

謝容與後來反應過來，依照岑雪明的縝密性情，竹固山上沒理由餘下葛翁一個活口，恐怕葛翁是洗襟臺坍塌後，岑雪明擔心曲不惟會讓自己背黑鍋，故意留的後路，這也解釋了孫誼年為何會知道曲不惟——岑雪明故意告訴他的。

岑雪明既然煞費苦心地為自己留了證人，那麼他必然會留下更多證據。

謝容與於是輾轉追查，發現岑雪明在失蹤之前，曾到訪順安閣數次，這才起意來留章街。

順安閣經幾年經營，眼下已經是一間門庭開闊的樓院，樓中竹屏典雅，內設方燈長案，不像商鋪，反倒像專供品茗鑒畫的雅閣，鄭掌櫃正在收拾畫軸，一見謝容與幾人，連忙迎上來，「貴客裡邊請，貴客是看畫還是有畫寄賣？」

德榮道：「我家公子想要挑幾幅珍品。」

「不知是什麼樣的珍品？」鄭掌櫃問道：「山水寫意，人物工筆，閒情逸趣，亦或出自哪位名家之手？」

德榮道：「是這樣，我家公子是中州人士，到陵川來拜祭故友，這位故友生前喜好收藏字畫，聽說曾數次光顧順安閣，我家公子不拘著買什麼樣的畫，只要是故友喜歡的即可。」

鄭掌櫃只道是眼前幾人非富即貴，結交的必定是大人物，「敢問閣下的故友姓甚名誰，閣下如果方便告知，在下可以查一查往年的帳簿。」

謝容與道：「他姓岑，叫做岑雪明。」

鄭掌櫃愕然道：「原來是致仕的通判大人，大人竟過世了？」

洗襟臺坍塌以後，陵川太亂了，外間不知岑雪明失蹤，朝廷亦不會對外說，所以常人以為他只是卸任了。

鄭掌櫃想了想，喚來一名夥計，吩咐他去取昭化十三年的帳簿，隨後把謝容與幾人引至雅閣，為他們斟上茶。不一會兒，夥計就把帳簿取來了，鄭掌櫃翻了翻，「客官說得不假，岑大人致仕前，的確到敝閣來買過幾幅畫。」

青唯問：「他什麼時候來的？還記得是什麼畫嗎？」

「是年九月。至於是什麼樣的畫，在下實在記不清了。他買的畫都不貴，畫師也名不見經傳，叫『漱石』。」鄭掌櫃指著帳簿上的「漱石」二字給青唯與謝容與看，「這位畫師後來不曾送畫到順安閣寄賣，否則在下不會對他沒印象。閣下如果想知道通判大人生前買過哪些畫，不如到他的故居去看看。」

青唯問：「掌櫃的能否把岑大人的買畫紀錄抄一份給我們？」

「這個自然。」鄭掌櫃說著，吩咐夥計過來抄錄，抄完相送謝容與幾人去樓閣外，取出一份請柬，「敝閣這個月末有詩畫會，到時會展出不少奇畫名畫，閣下若有興趣，儘管來看。」

德榮將請柬收了，「多謝掌櫃的。」

甭管順安閣布置得如何風雅，說到底還是做錢財生意，詩畫會說白了就是放出珍品價高者得，鄭掌櫃畢竟是買賣人，見了謝容與這樣的出塵風華，只當是遇到了金主，熱忱道：「幾位既是從中州遠道而來，不如去嘗一嘗陵川特色，錦東里那一帶的食館名頭是響，多少有點唬人，味道其實一般，在下知道一家，離留章街不遠，叫『月上食』，順著前面街口出去，穿兩個巷子就到。這家的菜餚樣樣好，尤其是芋子燒，做得尤其正宗。」

青唯一愣：「芋子燒？」

「正是呢，這道菜其實出自陵川山匪。早年陵川窮，山匪沒肉吃，便把芋頭拿烈火一烤，灑上鹽，權當魚肉，火候尤難把控，能做正宗的不多，『月上食』這家做得最好，再佐上一壺燒刀子，人間美味。」

一方一俗，匪多了不是好事，但久而久之，也成了新俗。

青唯記得當年在辰陽，岳魚七也常烤了芋子來吃，配的就是燒刀子。他說他小時候沒吃的，在陵川山間扒樹皮，後來被岳翀撿回去，塞給他一個烈火烤出來的芋子，他覺得天人吃的珍饈也不外如是了。

青唯很想再嘗一嘗芋子燒的滋味，但她知道謝容與辦事一刻不拖，他今日既是為了查岑雪明而來，得了岑雪明的買畫紀錄，眼下自該去衙門。

外間暮色繚繞，白日的熱浪被這暮色澆退，四下起了風，有些涼。

德榮套了馬車過來，到了近前，從車室裡取了兩身遮風的斗篷，遞給謝容與，問，「公子，眼下去衙門麼？」

謝容與接過斗篷，看青唯一眼，正要開口，忽見青唯眉心微微一蹙。

她似覺察到什麼，驀地回頭看去。

正值掌燈時分，長街中的鋪面上燈的上燈，招呼客人的招呼客人，往來行人不算多，一眼就能望到頭，什麼異樣都沒有。

可是她適才明明覺察到不對勁。

似乎那一瞬間，有什麼人正盯著她。

謝容與順著她的目光看去，也是什麼都沒瞧見，但他知道小野的感官一向靈敏，吩咐道：「朝天，你過去看看。」

朝天應了一聲，提著新刀就要往長街的另一頭去，青唯攔住他，「算了，你的傷剛好，可能是我瞧錯了。」

她感官敏銳，目力也好，只要被她覺察，幾乎沒有人能逃脫她的視野，她反應都這麼快了，可街巷中一點異樣都沒有，可能是風起時的錯覺吧。

青唯說著就要上馬車，「去衙門吧。」

謝容與卻拉住她，她身上青裳單薄，他將手裡的斗篷抖開，罩在她的肩頭，溫聲問：「去衙門麼？」

青唯問：「不去麼？」

謝容與幫她繫斗篷的繫帶，「小野姑娘不是想去月上食吃芋子燒麼？」

青唯一愣：「你怎麼知道？」

謝容與淡淡笑了笑，卻反問：「是啊，我是怎麼知道的？」

溫小野有時候實在好猜。

芋子燒是要佐燒刀子的。

去年她剛嫁給他，身上永遠揣著一囊燒刀子。她那時與人疏離，一心只想找岳魚七，她自己又不嗜酒，這一囊燒刀子是孝敬誰的，不用想都知道。

青唯有點惱，她都把這個念頭壓下去了，他不提也就罷了，他這麼一提，她就更想去了。

她小心翼翼地問：「可以嗎？」

謝容與看她一眼，「妳說呢？」

但凡她有要求，他什麼時候不答應了。

月上食說遠不遠，說近也不近。

謝容與朝她伸出手，「乘馬車過去，還是一起走著去？」

夜色正好，華燈初上，風是大了點，但是穿著斗篷呢，一點也不冷。

青唯將剛買的重劍往朝天手裡一塞，幾步追去謝容與身邊，「走著去！」

幾人的身影漸行漸遠，適才長街一間鋪子後繞出來一人。

這人也罩著斗篷，身形修長挺拔，手裡還拿著一支竹笛，兜帽遮住大半張臉，只露出稜角分明的下頜。

他盯著遠處青唯的背影。

她跟在謝容與身邊，雀躍無比，夜風拂開她的斗篷，露出兩人相牽的手。

長街裡的人再忍不住，非常嫌棄地「嘖」了一聲。

翌日。

眼前的宅子看上去毫不起眼，像是哪戶農耕人家的瓦舍，宋長吏摸出銅匙，將宅門推開，「岑通判收藏的書畫不多，下官幾年前整理過一回，餘後只是定期派人打理，以防蟻蟲啃噬。」

這間宅舍不是別人的，正是岑雪明的故居。

岑雪明雖奸猾，做官的幾年，名聲倒是不錯，他髮妻早逝，不曾續弦，失蹤前一直獨居於此。

謝容與讓祁銘帶著玄鷹衛進去整理書畫，問宋長吏，「當年岑通判失蹤，怎麼是你幫忙收拾故居？」

失蹤案是掛在東安府衙的，宋長吏是陵川州衙的官，照理這案子歸不到他頭上。

宋長吏陪笑道：「那會兒陵川不是亂麼，魏升被斬，許多官員被連帶問責，還有不少卸任的，州衙的案子，府衙的案子，全都混在一起一鍋亂燉，下官當時一個跑腿的知事，辦的就是常人不管的雜差。」他將謝容與和青唯往宅子裡引，又嘆一聲，「照說通判大人失蹤，這案子合該細查，但一來，衙門勻不出這麼多人手，二來，誰能料他是失蹤呢？只當是與魏升有染，連夜捲舖蓋跑路了——那會兒跑的官員可不少。後來齊大人到任，倒是派人找過一陣，沒下文，也就不了了之了。」

謝容與「嗯」一聲。

此前衛玦已帶人搜過這宅子，他的習慣非常好，物件分門別類地規整，還羅列出了一張清單。是以祁銘今日帶人來搜畫，絲毫不費工夫，很快整理好畫軸。

畫軸一共六個，謝容與在廳中一一展開，當中除了兩幅無名氏的畫，餘下四幅都是漱石所作。

謝容與還當這畫有何稀奇之處，眼下看來，除了濃淡相宜，暈染得當，技法不過平平，謝容與道：「把另外兩幅無名氏的畫拿給我看。」

無名氏的畫是仿畫，照著前朝名作依葫蘆畫瓢。

謝容與不由蹙眉，照這麼看，岑雪明並不是愛畫人，否則他不可能只收藏兩幅仿畫。他既不愛畫，為何在失蹤前，買下四幅漱石的畫作呢？

看來癥結不在畫上，而在漱石這個畫師。

謝容與問宋長吏：「張二公子今日可在衙門？」

宋長吏道：「在的，張大人與小章大人近日都在衙門。」

謝容與頷首，讓祁銘把畫收起來，一面往外走，一面吩咐，「給張遠岫遞帖子，請他午過到莊子上見本王。」

章庭和張遠岫數日前就到東安了，他們是辦事大員，都住在官邸，兼之途中又去了趟上溪，還未曾拜會過謝容與。

帖子是早上發出去的，張遠岫不到正午就回了帖，稱是午後會準時到。

青唯在上溪與謝容與重逢，把自己當初是如何逃離左驍衛追捕，又是如何離開京師告訴了他。謝容與自然知道張遠岫救了青唯，以至青唯後來能平安離開京師，也多虧張二公子籌謀。年初張遠岫到中州辦案，還與青唯見過一面，青唯能到陵川，離不開他的幫忙。可惜彼時青唯辭別匆匆，待張遠岫隔日尋去驛舍，早已人去樓空。

今日張遠岫要來，青唯稱是願當面謝過張二公子的相助之恩，謝容與自然應下。

午時剛過，祁銘就來通稟：「虞侯，張大人到了。」

書齋外夏光正好，張遠岫穿著一身青衫，眉眼清雅如溫玉，被玄鷹衛引了過來。到了近前，他跟謝容與見禮，隨後目光移向一旁穿著青裳的女子，似乎有些意外：「溫姑娘？」

青唯道：「年初中州一會，我走得太急，沒來得及與張二公子道謝，張二公子勿怪。」

張遠岫淡淡含笑：「舉手之勞罷了，溫姑娘何必放在心上。」

隨後與謝容與道：「聽說殿下傳下官過來，是有畫要鑒？」

謝容與頷首，把張遠岫引入書齋，將上午搜到的畫作展開，「這些畫是本王從一名故人的舊舍裡尋來的，此人眼下失蹤了，本王想尋他，不知張二公子能否從畫上看出端倪？」

張遠岫目光落在畫上：「殿下稍候。」

說起來謝容與和張遠岫頗有淵源。

他們的父親同是滄浪江投河的士人，張遇初早謝楨幾年考中進士，謝楨入仕時，文章備受張遇初推崇，說謝家公子筆墨風流曠達，深藏濟世胸懷。是故後來滄浪水洗白襟，朝廷最可惜的也是這二人。

投江之後，年僅五歲的謝容與被接進宮，而當初執掌翰林的老太傅則收養了張正清、張遠岫兩兄弟。

昭化帝教養嚴苛，謝容與雖為王，直至十六歲考中進士，幾無閒暇，除了趙疏幾乎不與人深交，是故他與張遠岫的交情很淡，只在宮宴上說過幾回話。

老太傅則是把希望都傾注在張正清身上，對待張遠岫開明許多。尤其洗襟臺坍塌之後，張正清喪生洗襟臺下，老太傅心灰意冷，醉心於書畫，他本來就是畫藝大師，對張遠岫更是把一身技藝傾囊相授，正因為此，謝容與今日鑒畫，才會請來張二公子。

張遠岫一一看過畫作，請教謝容與：「殿下可知道這些畫作的收藏順序？」

「無名氏的畫作他一直有，另外四幅漱石的畫作，是他失蹤前忽然買下的。」

「這就有些奇怪了。」張遠岫的看法與謝容與一般無二，「無名氏的畫作是仿畫，技法平平，可見殿下的這位故友不是愛畫人。至於這位漱石，畫藝稀鬆尋常，暈染寫意倒是出眾，但是比他好的有許多，無論如何不至於買下四幅。照在下看——」

張遠岫深思片刻，得出與謝容與一樣的結論，「畫作或許不重要，重要的是人。」

換言之，岑雪明最後買畫不是為畫，而是衝著漱石這個人去的。

張遠岫拿起漱石的畫又看片刻，忽地道：「不知殿下可聽說過東齋先生？」

「前朝隱居山野的大畫師呂東齋？」謝容與問。

「正是。」張遠岫道：「東齋先生的畫便是輕技藝，重寫意，最初並不受時人認可，稱他作畫只注重意境，卻連基本的筆法都掌握不透，一直到〈四景圖〉問世，東齋先生才備受推崇，成為一代名家。」

青唯問：「〈四景圖〉是什麼？」

謝容與溫聲道：「東齋先生的名作，簡言之一幅可以變幻出四幅景的畫。」

青唯錯愕不已，什麼樣的畫竟然可以變幻？

張遠岫看了他二人一眼，收回目光，「如果下官所觀不錯，這位喚作漱石的畫師，仿的就是東齋先生的技法。走筆之姿，墨色暈染，都很像。」

謝容與頓了頓，「確定？」

張遠岫合袖向他一揖，「下官受教於太傅恩師，於鑒畫上多少還是有些把握的。」

呂東齋傳世的畫作不多，最出名的〈四景圖〉多年前現世過一回，後又遺失。時有畫師願效仿他的畫風，但最後的畫作被人嘲弄東施效顰，彼時就有大畫師說「效東齋之風，非本人教習，非得其畫苦練十年不可初成」，就是說，想要學呂東齋的畫風，如果不是本人教，必須照著真跡仿練十年，這樣才能初窺門道。

張遠岫這話倒是指明一條線索。

漱石的畫技平平，濃淡暈染上卻出眾，不正是當年呂東齋初窺門道的樣子？看來這個漱石不簡單，手上也許有呂東齋的真跡。

謝容與鑒畫是為了查案，張遠岫知道，他十分得體，大凡關於案子，半句也不多問，專心看畫，點到為止。

謝容與到底是請張遠岫來幫忙的，鑒完畫，親自送他出去。

時候尚早，暑氣剛退，迴廊清風繚繞，到了前莊，謝容與頓住步子，看跟在身旁的青唯一眼，說道：「聽小野說，當初在上京，多虧張二公子相救，謝某還未親自與公子謝過。」

張遠岫聽得「小野」這個稱呼，也看青唯一眼，淡淡道：「殿下客氣了。」

兩人正說著話，祁銘疾步過來拜道：「殿下，小章大人與曲校尉在莊外起了爭執，還請殿下過去看看。」

謝容與詫異道：「他們怎麼過來了？」

「聽說在留章街遇上的。章大人讓曲校尉去衙門，曲校尉不肯，轉頭卻來了歸寧莊，章大人是跟過來的，莊子上的尹四姑娘似乎跟曲校尉一路。」

他說的是那位因身子不好，僻居在歸寧莊一隅的尹家四姑娘尹婉。

歸寧莊到底是尹家人的莊子，玄鷹司只是暫住於此，章庭與曲茂爭執倒也罷了，把尹婉捲進來，謝容與只能出去看看。

青唯頓住步子，「張二公子，我不方便見外人，今日便送你到這。」

張遠岫溫聲道：「溫姑娘留步。」

「小章大人處理完上溪事宜，打算給官家交劄子，上溪暴亂當日，衙門只有曲校尉一個校尉在，小章大人讓他附一份呈文，曲校尉推三阻四，這麼些日子過去，恐怕連筆都沒提過。」

「昨晚曲校尉到臨水河，在河畔聽了一宿的戲，小章大人今早聽聞，震怒不已，直接帶上衙差去河邊堵人。兩撥人是在留章街撞上的，曲校尉身邊當時跟著尹四姑娘，曲校尉稱是要送尹四姑娘回莊，根本不跟小章大人去衙門，眼下二人在莊外吵得厲害。」

祁銘一面跟著謝容與往莊外走，一面說道。

謝容與聽了這話，目中掠過一絲冷肅，章蘭若幾日前就從上溪回來了，劄子怎麼到現在都沒交上去。

到了莊外，果見章庭與曲茂相爭不休，尹婉手上抱著字畫，瑟瑟縮縮地躲在曲茂身後，似乎被嚇得不輕。

老遠見謝容與和張遠岫過來，章庭先一步收了聲，與兩人見過禮，忍下怒氣問張遠岫：「忘塵今日怎麼到歸寧莊來了？」

張遠岫沒提鑒畫的事，只道：「到東安數日，還未拜會過昭王殿下，今日得閒，特地前來。」

章庭聽他這麼說，再次跟謝容與一揖，「下官到東安後事務繁雜，早就想到莊上來拜見殿下，無奈一推再推，殿下莫要怪罪。」

謝容與還沒應聲，曲茂卻陰陽怪氣道：「哦，沒見到人時不見你殷勤，眼下杵到小昭王跟前了，你倒『萬望莫怪』起來了。你到東安這麼久了，拜會個王爺推三阻四，為了給你曲爺爺添堵，你倒是煞費苦心。怎麼著？陵川的衙差眼下都聽你章蘭若使喚了？想把你曲爺爺帶回衙門，告訴你，沒門兒！你曲爺爺是軍衙的人，跟州府衙署八竿子打不著，那勞什子的呈文合該你自己寫，想勞動你曲爺爺動筆桿子，做夢去吧！」

「曲停嵐！」章庭慣來不喜與人相爭，何況眼下小昭王與忘塵就在跟前，無奈遇上曲茂，實在忍不住，他二人可說是從小吵到大的，「你少在這混淆視聽，上溪暴亂當日，只有你一個校尉在衙門，莫要說一份附在劄子後的呈文，整個奏表都該由你來寫！本官待你已是客氣，你再這麼推三阻四，莫要怪本官呈報朝廷時告你怠忽職守，革了你這巡檢司校尉的職！」

曲茂滿不在乎：「怎麼著？拿革職來威脅你曲爺爺了？我多在乎這校尉似的。告訴你，你曲爺爺當官早就當得膩煩了，趁早革了這官職，我繼續做我的紈褲公子，還落得耳根清淨！」

他二人又吵起來，謝容與的目光落在尹婉身上，「尹四姑娘怎會在此？」

尹婉本就怯生，謝容與又是王爺，乍然被他問話，她雙肩一顫，支吾了半晌才道：「民女……民女早上去留章街，在那裡遇到了曲公子，公子讓民女引路，問哪裡有好的字畫賣。」

謝容與的目光掃過她懷裡抱著的畫軸，一旁的祁銘立刻會意，跟尹婉討來，將畫一一展開來看過，是尋常的山水畫，畫技嫻熟但並不出眾。

謝容與示意祁銘把畫還給尹婉，「這畫誰的？」

「回、回王爺……是民女的二哥的。」尹婉怯聲道：「民女的二哥是秀才，自小喜歡書畫，常常……私下畫了畫，拿去留章街寄賣，他不敢讓父親母親知道，所以但凡有畫賣不出去，便讓民女幫忙取回，今早民女去留章街，就是幫二哥取畫的。」

寫字作畫雖風雅，對大多數人家卻是是念書之外的享樂。尹家富庶，錢財攢夠了，希望族中子弟入仕，自然要防著他們耽於山水字畫，誤了正業。尹家二少爺背著家裡人，偷偷寄賣畫作，這一點不稀奇。

跟在曲茂身邊的巡衛道：「稟殿下，侯爺大壽將近，曲校尉想買幅字畫孝敬侯爺，今早在留章街撞上尹姑娘，想著她是當地人，請她指路，隨後便遇上了小章大人。」

謝容與聽了這話，吩咐人將尹婉送回莊上，問章庭：「章侍郎要的呈文可有什麼規制？」

章庭不跟曲茂吵了，回謝容與的話，「沒什麼必要的規制，只需把上溪暴亂的情形敘述闡明即可。」

他解釋道：「下官知道這份呈文不是必需的，但是遞交御前的劄子關係到上溪後續官職的任免、人事的去留，不能有絲毫馬虎，所以下官想做得盡善盡美。」

謝容與頷首，他細緻謹慎，這是好事。

謝容與道：「祁銘，你讓章祿之跟停嵐一起去衙署，上溪暴亂當日，他也在衙門。」

曲茂抹不開臉，吵了這麼久，還是要去衙門，他不是敗陣了麼，但他知道謝容與在幫自己，不好逆著他，「章祿之一個粗人，跟我合在一起，三天湊不出一個字來。」

張遠岫道：「有玄鷹司和曲校尉相互佐證，曲校尉口訴事由即可，呈文可由衙門的錄事來寫，餘後二位只需署名。」

曲茂看張遠岫一眼，「果真？」

張遠岫道：「蘭若也是想把差事辦好，章程如此，還望五公子多體諒，到時呈文寫好，五公子若不放心，忘塵可幫忙再過一遍。」

張遠岫這話說完，曲茂心裡頭的憋悶散了大半，他還不忘譏諷章庭，「但凡你有忘塵一半知禮，那呈文你曲爺爺早八百年寫好了。」

章庭根本懶得理他，與謝容與辭行，掉頭就走，曲茂等來章祿之，也一併打馬而去，張遠岫看著他們的背影，與謝容與道：「殿下，那下官也告辭了，殿下來日若需鑒畫，著人知會忘塵一聲即可，不必再遞帖子。」

謝容與頷首：「有勞張二公子。」

白泉驅著馬車等在街口，見張遠岫過來，撩了車簾將他請入車室，奉上清茶。

暮色四合，馬車在闊街上不疾不徐地行了一段，繞進一處僻靜巷子。

白泉這才問：「公子在莊上見到溫姑娘了？」

張遠岫撩開車簾朝外看去，霞色被巷邊高牆遮去大半，他極薄的眼瞼幾乎不勝暮光，眼底霧氣繚繞。

許久，他才「嗯」一聲，「見到了。」

白泉是自小跟在張遠岫身邊的書僮，僕隨主，說起話來也溫煦如風，「見到了便好，溫姑娘如今有小昭王照拂，公子也不必為尋她而費心。」

青唯是張遠岫親自送離京城的。

及至今年開春，張遠岫任御史一職，赴中州辦案，青唯也剛好漂泊至中州。她想明白徐述白之死有異，想改道去陵川查一查徐途，無奈洗襟臺重建伊始，出入陵川查得極嚴。

離開上京前，張遠岫曾交給青唯一份名錄，上頭有一名中州衙署的辦事大員。

青唯依著張遠岫教她的法子，給辦事大員留了信，沒承想當晚來見她的不是辦事大員，而是張遠岫。

闊別三月，冬去春來，張遠岫也沒想到會這樣與她再見。

她看上去很不好，奔波輾轉路途辛勞，以至於早該養好的傷遲遲不曾痊癒。

張遠岫於是想，似乎他每回見到她，她總這樣狼狽，易碎而堅定，倉皇又匆匆。但她絲毫沒提及自己的傷勢，只請他幫忙，助她去陵川。

張遠岫道：「舉手之勞罷了，溫姑娘暫候兩日，待在下為姑娘備好文牒，派馬車親自送姑娘一程。姑娘可還有別的所需？」

青唯想了許久，只說：「我想在客舍好好睡一夜。」

奔波千里枕戈待旦，她已許久不曾好生歇過，遑論夜裡入夢，夢中總是不斷地回到江府，驚醒時分發現自己已流落荒郊，不得不睜眼天明。

青唯說這話的語氣分明很平淡，可張遠岫竟聽明白了其中寂寥，心間不知怎麼生出一絲空茫，頷首道：「好，在下為姑娘安排。」

可惜到了隔日清早，張遠岫尋去客舍，舍間早已人去樓空。

他為她備好的行囊被她寄放在櫃上，錢財分文未取，只拿走了那張文牒。

他又尋去房中，除了一張留著「多謝」二字的字條，房中收拾得一塵不染，連被褥也整整齊齊，就像她從未來過。

到了官邸，張遠岫問：「恩師的信到了麼？」

老太傅的信半月一至，信上除了閒話家常，偶爾也指點詩文，張遠岫通常隔日就回，然而眼下已五月下旬了，老太傅這個月的信遲遲未到。

白泉道：「不曾，小的今日還去郵驛問過。」

官邸很安靜，張遠岫在暮色裡頓住步子，折身去了書齋。

張遠岫在桌案前坐下，撫平一張白箋，白泉順勢就從檀香匣裡取出一塊墨錠。墨錠是簇新的，張遠岫看了一眼，認出這是辰陽絳墨，十分珍貴，白泉道：「府尹大人早上派人送來的，小的是僕，不好推卻。」

大周重士重文，而今洗襟臺重建，朝廷文士地位再度崛起，儼然有當年昭化朝之風。兼之何氏一倒，朝堂格局重整，影響的除了世族，還有老一輩的大員，人才新舊更迭，張遠岫便在這場大浪淘沙中如明珠一般浮現，到了地方上，自然有人向他示好。

張遠岫沒說什麼，這樣的諂媚他近一年遇到得多了，實在沒工夫在模稜兩可的小事上矯情。左右他們住的是官邸，待改日離開，墨錠留下就是。

白泉往硯臺裡添了點水，換了塊墨，「中州的俞大人倒是來信了，稱公子要的宅子已經找好了，在中州錦屏縣，那裡的縣令是他的故人，宅子記在縣令名下，等閒不會被人發現，地契也寄來了。」

白泉頓了頓，「只是，眼下溫姑娘有昭王殿下庇護，未必願意避居中州，公子可要託俞大人將宅子轉手賣了？」

張遠岫沒應這話，墨磨好了，他提起筆在右首寫下一行，「恩師夏安。」

「近日不見恩師來信，不知安否。洗襟臺重建逾兩月，諸事漸定，上溪暴亂之案業已審結，不日將遞奏報於御前，忘塵近日留駐東安，又見故人，欣然自勝……」

俞大人就是青唯流落中州時，找到的那位辦事大員。後來青唯不辭而別，張遠岫便託此人在錦屏縣祕密置辦一間宅邸。

宅邸的確是為青唯置的，倒不是張遠岫有多麼殷勤，當年洗襟臺出事，老太傅不只一次跟他提過溫氏冤屈。年邁的師長喟然嘆息，說溫阡一代築造巨匠，卻這樣葬送了自己。何氏偷梁換柱、瞞天過海是溫阡的錯嗎？然而溫阡作為總督工，無論洗襟臺因何坍塌，他都要承擔責任。

不過溫阡並非被朝廷處死，他與許多士子一樣，喪生在了洗襟臺下，是故老太傅每回提及溫氏之冤，張遠岫覺得他只是悲天憫人罷了。

直到遇見青唯，張遠岫才明白了冤屈二字背後的意義。

那一回相見，是在翰林詩會上，明明貌美如花的女子，不得不在左眼畫上醜陋的斑紋。後來她為取何氏罪證，不惜犯險去囚牢見崔弘義，她身受重傷不敢昏迷在街頭，悶不吭聲地跟他走進避身之所時，張遠岫都在心中想，她究竟有什麼錯呢？她只是一個十九歲的姑娘罷了，甚至比他還小了兩歲，洗襟臺坍塌時，她都還沒長大。

年少不經世事便要飄零天涯，青唯獨自離京那天，張遠岫不放心，到底還是調回車頭，遠遠地看了一眼。

紛飛的大雪天裡，她牽著馬的身影孤零零的，以至於這半年張遠岫每回想起來，都覺得自己做得不夠好，後來在中州再見，便起了要給她一處安身之所的念頭。

生了情根談不上，對溫小野，多少還是憐惜的。

不過眼下看來，原來是多此一舉了。

一封信轉眼已寫到末句，張遠岫提筆蘸墨，「昔先帝提出修築洗襟祠，士人中異聲擾攘，然兄長心志彌堅，力持先帝之見。兄長日夜期盼洗襟之臺高築，奈何天意弄人，柱臺坍塌。而今故人已逝，前人之志今人承之。兄長曾曰『白襟無垢，志亦彌堅』，忘塵亦然，或待來年春草青青，柏楊山間將有高臺入雲間。行筆至此，夜色已深，敬叩恩師金安。」

第七章　竊賊

「王爺金安——」

「這是小兒尹弛，字月章，在家中行二。」

「小兒自幼是個殺才，腦子靈光，心思卻不在念書上，一心鑽研字畫，秀才早就考了，鄉試一直不中。聽聞小兒小女日前唐突了王爺，草民帶他二人來跟王爺致歉。」

日前曲茂和章庭在歸寧莊鬧了一場，尹家老爺聽說這事，沒兩日便帶著尹二公子和尹四姑娘上門來了。

說道歉其實不必，當天尹婉撞見曲茂純屬倒楣，尹弛更是連面都沒露過，尹家老爺大約是想藉著這個機會，跟昭王殿下結個善緣罷了。

一旁的宋長吏道：「殿下一到東安，尹老爺就想前來拜訪，無奈殿下公務繁忙，尹老爺唯恐打擾，今日才登門，殿下莫要怪罪。」

謝容與道：「尹老爺慷慨出借宅邸，本王尚未謝過，如何怪罪。再說日前莊外紛爭乃政務所致，尹四姑娘是被無端捲入的，希望沒有唐突姑娘。」

尹老爺早就打聽清楚了，小昭王是中州名門謝氏之後，先昭化帝親自教養長大的，十六歲就考中進士。尹老爺一向仰慕讀書人，渴盼家中也能出一個這樣的英才，當即就讓尹弛將自己的文章念上一篇，請求謝容與指點一二。尹弛念書不行，考中秀才全賴父親的棍棒、先生的戒尺，念起文章來磕磕巴巴，半晌道不出個意思，尹老爺在一旁看得著急，恨不能替他上陣，謝容與看著尹弛，待他不知所云地念完一段，問道：「尹二公子喜歡字畫？」

尹弛一聽字畫二字，立刻來了精神，舌頭也不打結了，「回殿下，草民自幼喜歡字畫，陵川風光宜人，草民恨不能活上百年，將此間山水盡收於白宣之上。」

他頓了頓，想到父親就在一旁，又文縐縐地唱起大道理，「不過草民只是想想罷了，讀書人當以匡扶天下救濟蒼生為己任，字畫不過消遣爾。」

謝容與笑了笑，「醉心字畫沒什麼錯，本王也喜歡。」

「殿下也喜歡？」尹弛看著謝容與，這位傳聞中的昭王殿下十分年輕，看上去甚至比自己還小幾歲，不由生了同輩之間的親近之意，「不知殿下喜歡哪位畫師的畫？」

謝容與道：「本王喜歡呂東齋，實不相瞞，今次到了陵川，本王託人尋過東齋先生的真跡，無奈未果。」

尹弛道：「東齋先生傳世的畫作極少，最出名的〈四景圖〉上一回現世還是十餘年前，眼下不知被哪戶人家收了去。」

他笑著道：「東齋先生這個人也傳奇得很，他曠達不羈，樂於山水，一生沒有成家，稱是『結交三兩知己，此生足矣』，人生在世數十載，踏遍山河，最後回到陵川，背著墨寶消失於山水之間。草民每每讀他的生平小傳，只當他最後是在深山踩了一片雲，歸於九霄上，做他的畫仙去了。」

尹弛愛畫成癡，提起字畫話匣子便關不住，說話間看了尹老爺一眼，見他並沒有攔著自己的意思，與謝容與道：「昭王殿下喜歡東齋先生的畫，不如今晚去順安閣的詩畫會看看。」

詩畫會謝容與知道，日前順安閣的鄭掌櫃給了他帖子。

他問：「怎麼，詩畫會上有東齋先生的畫作？」

「那倒不是。」尹弛道：「東齋先生是陵川人，陵川有不少他的仰慕者，多的是模仿他畫風的。不過東齋先生的畫風不好仿，大都是東施效顰，偶爾有那麼一兩幅好的，殿下可以買來收藏。」

其實謝容與提起呂東齋，並非單單想聊字畫，日前張遠岫說過，漱石仿的就是呂東齋的畫風。岑雪明失蹤前，唯一的異樣便是買了幾幅漱石的畫，看來今夜這詩畫會有必要去一趟了。

兩人轉而又說起其他，話頭總繞不開字畫。尹弛稱自己少年習畫，技法成熟後，便將畫作拿去順安閣寄賣。如此幾年，有賣出去的，也有賣不出去的，因不敢讓家裡人知道，所以每每都讓僻居歸寧莊的小妹尹婉幫自己寄畫取畫。

他是畫癡，提起畫來什麼都忘了，直至日暮將近，才回過神來，他自覺與謝容與相談甚歡，臨別相約下回再見。

德榮送走尹家人，匆匆回來，「公子，這就去留章街嗎？」

謝容與看了眼天色，「我娘子呢？」

「少夫人在內院等了一陣，這會兒大概去依山院了，小的這就去喚少夫人。」

朝天傷勢痊癒，每日練武一個時辰，青唯是去指點他的。

謝容與道：「讓祁銘喚他們，你把馬車套好，去膳房備些荷花酥。」

詩畫會不知要開到幾時，那荷花酥小野近來最是愛吃。

德榮忙稱是，到膳房將荷花酥裝進食盒，想了想，又回拂崖閣取了少夫人愛穿的斗篷，少夫人喜歡的香片，少夫人用慣的瓷杯，總之只要是少夫人獨一份的，一樣也不能落下。哪怕捨了公子的便利，也不能讓少夫人有一丁點不舒坦。

夜裡華燈初上，一行人到了留章街，鄭掌櫃已在順安閣門口等著了。

因被尹弛耽擱了一時，他們算來得晚的，所幸詩畫會尚未開始，鄭掌櫃親自將他們請入閣內，穿過樓間窄徑、花木庭院，便來到了順安閣的內樓。

內樓樓高三層，呈回字形，中間設平臺，四面設雅閣座次。內樓並不大，是以無論坐在哪一間雅閣，都能看清平臺上展出的字畫。

鄭掌櫃將謝容與幾人引入一間名喚「臥雨」的雅閣，說道：「順安閣的詩畫會不同於別處，所到貴客各自有一間雅閣，若想看畫，貴客請看這個——」

鄭掌櫃從桌案上拿起一本簡冊遞給謝容與。

謝容與接過來一看，冊子上依次羅列出閣內所藏畫品的名稱，又附上風格技法的介紹，最下方還有畫品的評級，畫師的名字，如果藏品是字，書者在冊子上寫上幾筆也是有的。

「順安閣之所以有今天，憑的就是照規矩辦事。貴客到詩畫會來，都在自己的雅閣中，彼此並不相見，如果想看哪幅畫，從冊子上點了，夥計待會兒自會呈來。這樣一是為了避免衝突，其二是防止貴客簇擁看畫，傷了畫師的心血之作。如果貴客看過畫，覺得心儀，想要與畫師相見清談，又或聘回府上教習畫藝，當問過順安閣。順安閣遵從畫師的意願，畫師願見便見，時有畫師不願露面，順安閣絕不會透露他的身分。再有——」

鄭掌櫃見謝容與放下冊子，提壺為他斟上茶，「簡冊上的字畫雖是上品，離珍品尚有一定距離。待會兒戌正一到，順安閣會將近一月收來的珍品放在臺上依次展出。貴客見了若喜歡，以舉牌的形式出價，說白了就是拍賣，價高者得。如果有人出價，夥計會喚雅閣的名稱，譬如貴客這間雅閣叫『臥雨』，貴客有心儀的畫，願出一百兩，夥計待會兒就會喊『臥雨閣，一百兩』，貴客記好自己的雅閣，稍待片刻，詩畫會就要開始了。」

雅閣面向平臺的那一面設了軒窗，透窗望去，每一間雅閣都掌著燈，星星點點，煞是好看。青唯站在窗前看了一會兒，辨不出每間雅閣裡都坐著什麼人，悻悻地回到謝容與身邊。

謝容與見她一副興致不高的樣子，溫聲問：「怎麼了？」

青唯搖了搖頭。

她不是對這詩畫會不感興趣，不知怎麼，她總覺得有人盯著她。

適才剛到順安閣，那一道伴著風從街口送來的視線如芒針輕刺，然而當她回頭循去，居然什麼異樣都瞧不出來。

這已是她近日第三回有這樣的感覺了，青唯不確定是不是錯覺。

戌時一到，四角的掛燈暗了下去，臺上點了一排高燈，將那一片照得如白晝一般，鄭掌櫃上了臺，不說冗言，很快讓夥計去請今夜要展出的珍品。

第一幅是前朝水松畫師所作，鄭掌櫃道：「水松以花鳥見長，將一隅一景展現得淋漓盡致，這幅〈山崖杜鵑〉乃他致仕之年的名作……」

青唯坐在軒窗前，撐著下頷看了一會兒，沒看出個所以然。

說起來溫阡也擅書畫，奈何青唯在這一點上絲毫不隨他，一幅丹青擺在她跟前，她至多能辨出好次，哪裡好哪裡次，她卻說不出來。

謝容與今夜是為漱石來的，臺上展出的只要不是呂東齋的畫風，他便垂下眼看冊子，一連點了幾幅，無奈仿得都不像。

正是意興闌珊，只聽臺上，鄭掌櫃道：「近來本閣得了一幅畫，珍品談不上，畫師也濟濟無名，之所以放在畫臺上展出，乃是因為這幅畫很特殊，它是一幅〈四景圖〉。」

〈四景圖〉？

這三個字一出，莫要說青唯與謝容與了，雅閣之間頓時一片譁然。

呂東齋的〈四景圖〉聞名遐邇，但凡愛畫人，沒有不曾聽說的。可〈四景圖〉失傳已久，上一回現世還是十餘年前，順安閣的〈四景圖〉又是哪來的？鄭掌櫃說是無名氏畫的，這又是怎麼回事？

鄭掌櫃並不廢話，拍拍手，兩名夥計逕自將一幅畫在臺上展開。

畫作潑墨揮毫，乃山雨欲來的山野之景。

謝容與仔細看去，只見這畫果真與呂東齋的畫風很像，光影暈染得當，濃淡轉換適宜，無論是天上的雲霾還是山風裡的樹影，都有雷動之勢，畫技可見一斑。

可是單是這樣一幅圖，還不足以稱之為珍品。

青唯想起來，謝容與說過的，〈四景圖〉是一幅可以變幻的畫。

這時，另一名夥計捧來一支畫軸，將其展開，丹青所繪乃山野亭臺一隅，從技法風格上看，與前一幅出自同一人之手。

夥計將畫舉了盞茶工夫，待眾人看清，與前一幅重合貼放。

兩幅畫合為一幅畫，墨淺之處沉下去，墨濃之處浮上來，濃淡光影交織，形成新的線條，倏忽之間，漭漭山雨中，出現一座亭子，山徑上正有行人疾步趕往亭子避雨。

這還沒完，又有夥計展開新的畫作，新畫與底畫再度相合，又現新的光景，有雨過天青，人們在山巔賞虹的，有月朗星稀，人們向著暮裡炊煙歸家的，最後一幅沒有人，畫的是雨絲細了些，一隻躲在葉下探頭的貓兒。

在坐都是惜畫人，都聽說過〈四景圖〉，然而親眼見到，到底還是與耳聞不一樣，雅閣裡不斷地傳出讚賞之聲，連青唯也被這畫作深深吸引，她問謝容與，「東齋先生的〈四景圖〉也是這樣五幅？」

謝容與頷首：「用來做底的那幅畫叫做底畫，覆上去的叫做覆畫。不過東齋先生的〈四景圖〉較之我們眼下看到的更加巧奪天工，他的底畫是陵川鬧市晚照，覆上覆畫，就成了陵川最出名的盛景，越山古剎鐘鳴，白水浣衣女滌足，曲江江流入海，郢山百丈飛瀑。」

〈四景圖〉現世前，常有人指責東齋畫作只講究寫意用墨，忽略走筆技法，直到〈四景圖〉問世，影中埋線，光中藏筆，質疑聲才徹底消弭。

謝容與道：「呂東齋於丹青是天才，但〈四景圖〉的問世證明了一點。」

「什麼？」

「哪怕是天才，想要成為真正的大家，也沒有捷徑可走，唯有苦練功法，得其要領，才能突破要領。故而繼他之後的畫師，一改前人浮躁之風，及至本朝，多是功底凝練的踏實之作。」

謝容與的目光重新落在臺上展出的畫上。

這幅無名氏畫的〈四景圖〉讓他想起漱石，只是隔得遠，實在無法確定。

鄭掌櫃讓夥計把新四景圖收起來，說道：「諸位看過畫，想必對〈四景圖〉有所了解，本閣雖無法尋到東齋先生的真跡，但能習得其畫風要領者，萬中無一，這幅畫的價值諸位當知，三百兩起，諸位請出價吧。」

「三百兩！」

很快有人舉牌。

「三百五十兩。」

「四百兩。」

「五百兩！」

出價聲此起彼伏，不過片刻，這幅無名氏所畫的〈四景圖〉已叫到了八百兩。

「無香閣，八百兩，還有沒有更高的？」

謝容與看德榮一眼，德榮會意，頭一次舉了牌。

「臥雨閣，一千兩！」

這話出，滿場譁然，到底是一幅仿作，畫師也濟濟無名，賣到一千兩，實在是有些高了。

誰知譁然聲未歇，居然又有人出了價，夥計高呼：「聽濤閣，一千五百兩。」

德榮回頭請示謝容與，見他沒什麼表情，再次舉牌。

「臥雨閣，一千八百兩。」

「聽濤閣，兩千兩！」

「臥雨，兩千三百兩。」

「聽濤，兩千五百兩！」

到了這時，在雅閣觀畫的眾人已不是譁然了，間或傳來詫異不已的唏噓，甚至有人直言不諱，「到底是一幅仿作，再好也不值這個價！」

謝容與也蹙了眉，他買畫是為了查案，所以不惜重金，但尋常愛畫人肯出高價買畫，多少都是衝著畫師的名頭去的，這幅〈四景圖〉的畫師乃無名氏，什麼人竟會跟他搶？

德榮問：「公子，我們還出價嗎？」

謝容與淡淡道：「出，試試他的底線。」

不待片刻，臥雨閣又舉了牌。

「臥雨，兩千七百兩。」

聽濤緊跟不止，「聽濤，三千兩！」

「臥雨，三千一百兩。」

「聽濤，三千五百兩。」

「臥雨，三千六百兩。」

內樓中一片靜謐，眾人屏住呼吸，只待看這幅名不見經傳的新四景圖會賣到何等高價，然而這時，聽濤那邊卻靜了下來。

鄭掌櫃只當是聽濤放棄了，正欲敲定買家，這時，卻見聽濤又舉了牌。

「聽濤，五……千兩！」

德榮再次回頭請示：「公子？」

謝容與不疾不徐道：「不舉了，查查這個買畫的人。」

想看畫多的是法子，這個出高價買畫的人，才是著實有意思。

有了〈四景圖〉明珠在前，餘後的畫作多少有些索然無味。鄭掌櫃也知道這一點，〈四景圖〉壓軸後，只放出了幾幅風格別致的丹青，很快散了詩畫會。

來時薄暝初至，到了散場時分，夜色已深。

謝容與從內樓出來並不走，吩咐衛玦等人去順安閣門口守著，帶青唯坐在外樓二層的雅閣裡，盯著從內樓出來的人。

不多時，祁銘竟在一眾人中辨出一個熟悉的藍袍身影，不由訝然道：「虞侯？」

不待謝容與吩咐，他很快下樓，對曲茂行了個禮，「曲校尉怎會在此？」又說，「虞侯正在樓上閣間吃茶。」

曲茂一臉鬱色地到了隔間，四仰八叉地攤在圈椅上，吞了口茶，「你怎麼在這？剛才這樓裡有詩畫會，你去了嗎？」

謝容與道：「來遲了，沒去。」

曲茂伸手往桌上一拍，破口大罵，「剛才也不知道是哪個王八羔子，窮得只剩下銀子了，拚命跟我搶畫。一幅名不見經傳的無名氏畫作，他給我抬到五千兩！五千兩！我曲散財是吃素的麼？」曲茂大手一揮，咬牙切齒，「跟我比敗家？曲爺爺今天就讓你知道散財居士這個名號是不是白來的！」

謝容與：「……」

這時，衛玦幾人也從前門過來了，一見曲茂，衛玦稍一怔，鷹目中掠過一抹疑色，「〈四景圖〉是曲校尉買的？」

曲茂猶自憤然，「要讓曲爺爺知道了是誰抬價，小爺我非扒下他一層皮不可。」

漱石的畫效仿的是東齋畫風，今日詩畫會拍賣的〈四景圖〉恰好落在曲茂手裡，這也太巧了。

謝容與不動聲色地問：「你怎麼想著買這幅仿作？」

曲茂「啊」一聲，「我爹壽辰不是快到了麼，我之前在上溪辦砸差事，他寫信來，將我好一頓痛批，我琢磨著備份壽禮哄哄他。本來也不是一定要買畫，前一陣我在這附近轉悠，遇到尹家那個四姑娘，這地兒我是跟著她來的，順安閣的掌櫃一聽我想挑壽禮，就說他家的畫好，給了我一張詩畫會的帖子，我這不就來了麼。」

五千兩對食邑千戶的侯府來說不算什麼，曲茂跟謝容與說了一會兒話，也不氣了，他將頭往椅背上一仰，揉著眉心，「叫我說，這詩畫會真是無趣透頂，掌櫃的跟那些文人雅士學的一口文縐縐，險些沒把爺爺我唱睡著了，我就挑貴的買，哪幅搶手我買哪幅……」

外間有人叩門，是鄭掌櫃把〈四景圖〉送來了。

為防有人覬覦畫作，找買主麻煩，詩畫會結束後，通常由買主身邊的小廝跟特定的夥計結帳，隨後由掌櫃的親自把畫作請出。

鄭掌櫃見曲茂與謝容與在一處，並不意外，這二人說話都是標準的京中官腔，相互認識不奇怪。他在長案上將〈四景圖〉依序展開，說道：「一幅底畫四幅覆畫全在這裡了，還請貴客驗過。適才為了引人關注，在下故意稱這畫為〈四景圖〉，實際上畫師寄賣畫時，稱是不敢冒犯東齋先生，為其命名為〈山雨四景圖〉，貴客看這裡——」

他端手往底畫的左下角指去，果真寫著「山雨四景圖」一行小字。

眼下離近了看，這幅丹青的用墨技法與漱石的確很像，然而是否真的是漱石所作，謝容與不能確定，〈山雨四景圖〉畫藝十分成熟，短短五年精進至斯，難道淑石真是天生丹青大家不成？

曲茂收了畫，鄭掌櫃親自送他們離開，對謝容與道：「今夜後堂還有許多畫師留候，貴客看過冊子，若有瞧得上眼的畫師，在下可為閣下引見。」

今夜跟曲茂競價的人是誰，別人不知道，鄭掌櫃可是一清二楚。眼下見這二人是好友，打個商量一千多兩都可以買到的畫，生生讓順安閣白賺了幾千兩，故而鄭掌櫃這麼問，也有補償的意思在裡頭。

謝容與道不必了，「在下只喜歡呂東齋的畫，倘若有類似畫風，還請掌櫃的幫忙留意。」

謝容與一個金尊玉貴的王爺，難得見他喜歡什麼，曲茂聽他這麼說，不由好奇：「呂東齋是誰？」

謝容與：「……」

鄭掌櫃：「……」

敢情你這畫是閉著眼買的，臺上掌櫃的說了什麼你壓根沒聽？

說話間到了順安閣外，鄭掌櫃在門口頓住步子，「貴客買了畫，付了銀子，在下把貴客送出樓，這筆買賣就算銀貨兩訖了，這是本閣的規矩，打這一刻起，〈山雨四景圖〉就和本閣沒關係了。貴客們好走。」

曲茂把他的話當耳旁風，見廝役套來馬車，也不上，跟謝容與往街口走，「上回我不是說想搬去你莊子麼，這事怎麼樣了啊……」

青唯跟在他們身後，中夜的風拂過，她覺得有些涼，攏了攏斗篷。她的斗篷是玄色的，紗帷也用的黑紗，不知道的還當她是玄鷹司下一名暗衛。

就在這時，左旁又拂來一陣輕風。

青唯覺得不對，移目看去，只見一名竊賊鬼魅一般出現在曲茂身側，在眾人反應過來前，勾手一撈，逕自取走廝役手中的畫軸。

這畫軸正是〈山雨四景圖〉的底畫，沒了它，餘下四幅再好也失了價值。

見此人要逃，青唯疾步跟上，舉掌直劈他的後肩。這竊賊背後像是長了眼，掌風襲來的剎那，他回過頭，從容地接下青唯的一掌，足尖在牆面借力，幾乎是飄上了樓簷。

青唯立刻飛身追去，與此同時，玄鷹衛中衛玦、祁銘等人也反應過來，與青唯一齊追捕竊賊。

已至夜深，留章街一帶燈火不歇，這竊賊穿著夜行衣，罩著寬大的斗篷，別說臉了，連身形也辨認不清，他身法快且從容，足底像是踩著風，除了青唯，只有衛玦和祁銘跟得上。

青唯不知怎麼，直覺這竊賊就是近日總盯著自己的那個人，軟玉劍她不敢用，謝容與倒是給她買了柄重劍，可惜沒帶在身上——帶了也沒用，一旦負重，她更追不上。一看街邊鋪面有曬畫的繩索，她勾手取來，繩子一到她手上，頃刻猶如活物，只見丈長的繩身如蛇一般向前探去，直襲竊賊的背心。

這竊賊的反應真是快得很，身後蛇信襲來，他側身避開，隨後面對著青唯，足尖在簷角一點，被風鼓起的斗篷如同翼翅，朝更高的屋簷掠去。

幾乎是轉瞬之間，竊賊與青唯幾人在屋脊簷頭幾個縱躍，消失在眾人的視野之中。

曲茂這才反應過來，對跟著自己的巡衛道：「你們還愣著做什麼，快去追啊！」

曲茂倒不是心疼銀子，他曲五爺好不容易撥冗來一趟詩畫會，買來的畫竟被一個竊賊偷了，這口氣他怎麼嚥得下去？

他負手在街口來回踱了一陣，青唯幾人很快回來了。

謝容與見他們兩手空空，有些意外：「沒追到？」

青唯罩著紗帷，沒吭聲。

祁銘道：「這竊賊身法太快了，且他似乎知道我們不想傷畫，但凡我們出手，一定舉畫來擋，他對這一帶的街巷很熟悉，我們合三人之力，還是……沒跟上。」

衛玦道：「我們回來時遇到了齊州尹與宋長吏，他二位聽說了此事，已經連夜調齊衙差，在附近搜尋了。」

曲茂身邊的扈從尤紹問道：「五公子，我們剛買了畫就被人竊走了，這也太巧了，能讓店家賠嗎？」

祁銘道：「適才我們離開順安閣，那掌櫃的說了，出了樓門，便算銀貨兩訖，〈山雨四景圖〉和他們沒關係了。」

祁銘說這話只是為提個醒，沒有旁的意思，奈何曲茂今夜諸事不順，十分氣恨，聞言反倒起了逆反之心，當即道：「怎麼不讓他們賠？就該他們賠！」

說著掉頭便往順安閣去。

順安閣還有客人，並沒有關張，鄭掌櫃正在為人引見畫師，見曲茂一行人回來，以為是謝容與要買畫，迎上來殷勤道：「貴客們怎麼折回來了？」

「怎麼折回來了？掌櫃的倒是有臉問。」尤紹冷哼一聲，「我家公子剛在你這買了畫，轉頭就被人竊走了，掌櫃的做的怕不是黑心買賣，一面賣畫一面安插竊賊在外頭守著，只怕不能盜回來再賣一回。怪說不讓任何人知道買主身分呢，原來打的竟是二手買賣的主意。」

鄭掌櫃聽了半晌，才聽明白尤紹的意思，愕然道：「〈山雨四景圖〉被竊了？」

曲茂道：「適才我們在外頭追了半晌竊賊你聽不見啊，出了你的樓那畫就被盜，還不是你做的？小爺告訴你，要麼賠小爺的畫，要麼賠小爺銀子，你自己挑吧！」

鄭掌櫃得知〈山雨四景圖〉被盜，本來十分惋惜，然而見曲茂一副認定自己是竊賊同夥的態勢，不由動了怒，冷聲道：「貴客此言差矣，閣中繁忙，在下適才在內樓結帳，確實不知四景圖被竊。貴客丟了畫，在下自然覺得遺憾，但在下送貴客離開時已經說了，出了這樓，銀貨兩訖，那〈山雨四景圖〉跟順安閣再無任何瓜葛了。順安閣開了這麼些年，實話實說，賣出五千兩的丹青不是沒有，去年在下收了一幅前朝裕德皇帝的真跡，更是拍出了逾萬兩，這麼多次詩畫會，從來沒出過事，閣下如果單單憑著在順安閣附近遭竊，就把髒水潑在順安閣身上，恕在下不認。」

他這一番話振振有詞，一時間引來許多人，連樓裡的畫師也出來了。

想想也是，哪怕順安閣與那竊賊是同夥，哪有在自家門口竊畫的。再者說，留章街一條街都是賣字畫的，順安閣為何獨占鰲頭？歸根究柢還是靠誠信。

謝容與覺得今夜之事蹊蹺，正思索，忽聽有人擠來他的身邊，輕聲喚了句：「殿下。」

謝容與別過臉看去，竟是尹弛尹婉兩兄妹，「二位也來詩畫會了。」

尹弛道：「草民是順安閣的畫師，今夜——」他掏出詩畫會的冊子，越過祁銘，把自己的畫作指給謝容與看，「今夜草民運氣好，有幅畫被貴客瞧上了，正在樓裡等著結帳呢。」

謝容與看了冊子一眼，尹弛用的署名乃月章二字，畫的是一幅仕女圖，今夜他還點來看過。

其實尹弛從內樓過來，一眼就看到謝容與了，那副青衫廣袖的冷清樣子，謫仙一般，讓人想不注意都難。他白日裡和謝容與相談甚歡，覺得天底下沒有比小昭王更風流倜儻的貴公子了，老遠就想打招呼，好不容易擠來邊上，忙不迭地攀談，「今夜月章能來詩畫會，該謝過殿下才是。」

「殿下知道的，父親不喜月章沉溺丹青，莫說詩畫會，平日哪怕來留章街一趟，父親都會不悅。今日與殿下一番閒談，父親得知殿下也喜歡丹青，道是詩畫不分家，這才默許了月章赴會。」

他說著，看曲茂一眼，「怎麼，買下仿四景圖的這位公子是殿下的朋友？」

曲茂與鄭掌櫃仍在爭執——

尤紹道：「你去京中流水巷打聽打聽，從來只有我們五爺讓人吃癟的，想在五爺這撿肥丟瘦，這人只怕還沒生出來呢。我們今夜就把話放這了，這〈山雨四景圖〉你們順安閣勢必得賠，不賠就請官府來斷，總之沒個結果不算完！」

請官府來斷？眼前這幾人一看就和官府有瓜葛，官差來了，那還不是斷家務事麼？

鄭掌櫃雖然氣悶，到底還是讓了步，「順安閣規矩如此，畫一旦賣出去，出了順安閣的門，銀貨兩訖。既然閣下的畫是在附近丟的，也罷，你我各退一步，〈山雨四景圖〉一共是五千兩，刨去與畫師的分成，順安閣拿兩千兩，這兩千兩順安閣原數不動奉還。但畫師將畫拿到順安閣寄賣，是信任我們，丟畫之事與畫師無關，順安閣做不到讓畫師把收回的銀子吐出來，倘失了誠信，順安閣的買賣就不必做了！」

兩千兩銀子對曲茂來說跟打發叫花子似的，他回來理論純屬嚥不下這口氣，哪是真的討銀子呢？

尹弛在一旁看著，見兩邊說不攏又吵起來，不由替鄭掌櫃著急。

鄭掌櫃不知謝容與和曲茂的身分，尹弛卻是知道的，為了一筆數千兩的買賣，得罪公侯皇親之家不值當。

其實鄭掌櫃爭了這麼久，無非是為了閣裡的「規矩」，尹弛上前勸道：「依在下看，這事不如算了吧，權當順安閣今夜沒賣出去〈四景圖〉，將五千兩銀子盡數退還就是。左右覆畫在，失的只是底畫，那無名氏畫藝這樣高超，比著覆畫補一幅底畫想必不難。況且經此一事，無名氏也不算虧，東齋先生的畫風這樣難仿，他的名聲算是打出去了，今後他的畫作還愁賣麼？把賣畫的銀子退回，客人滿意，也顯得順安閣與畫師仁義。」

這番話雖然有點慷他人之慨，已是最好的解決法子了。鄭掌櫃看尹弛一眼，沉思不語。

他似乎終於得了臺階下，半晌終於嘆道：「行吧，僅此一次，下不為例。」

說著讓夥計取了銀票來，遞給曲茂身旁的尤紹，「客官接好了，五千兩，一分不少。不過在下也多說一句，今夜奉還銀錢，是順安閣的決定，畫師若不願，權當這畫已賣了出去，三千兩籌銀便算我順安閣虧給畫師，儘管來取就是。」

這時，只聽樓外閽人高喝一聲：「齊大人到了——」

齊大人正是陵川州尹齊文柏，身形中等，白面長鬚，年四十上下，一副文質彬彬的模樣。適才青唯幾人去追那竊賊，剛巧遇到了齊文柏與宋長吏，他二人立刻調集附近衙差，分去各街巷搜尋了，衛玦見齊文柏到了，先一步問：「齊大人，可是尋到竊賊了？」

齊文柏道：「尚未尋到。」

他看謝容與一眼，擔心暴露他的身分，不敢行禮，說道：「今夜詩畫會的事端本官已聽說了，適才本官著人查了查，初步看來，丹青失竊似乎與順安閣無關。既然曲……公子要的是畫不是銀子，這五千兩的銀票掌櫃的先收起來，待來日官府追到竊賊，倘畫有損傷，再商量賠償不遲。」

當年洗襟臺塌，昭化帝震怒之下斬了魏升，齊文柏是繼魏升之後的陵川州尹，他在任五年，風評極好，在民間素有青天之稱。不過官民之間很少往來，鄭掌櫃聽過齊州尹的名聲，不以為意，而今見他斷案不偏不倚，絲毫不向著顯貴，大為感動，忙道：「一切由齊大人做主，草民絕無二話。」

曲茂鬧這一場就是為了〈山雨四景圖〉，齊文柏願意插手，他也不是不講理的人，姑且等上幾日，看看這州尹能否將畫尋回。

有了官府做主，看熱鬧的便散了，齊州尹一路將謝容與送到街口，這才躬身道：「聽說殿下來了詩畫會，下官本打算過來作陪，沒想到撞上竊賊竊畫，還請殿下放心，那畫下官一定幫曲校尉尋回。」

謝容與頷首：「辛苦齊大人。」

曲茂累得很，跟著道一聲「辛苦」，連搬去歸寧莊這茬兒都忘了提，打著呵欠便要上馬車，謝容與看他一眼，喚了聲：「停嵐。」

曲茂回過頭來。

謝容與立在夜色裡，「那幾幅覆畫，能否借我一看？」

曲茂想也不想，「行啊。」隨即跟尤紹招招手，「把畫給他們。」

一旁的祁銘沒想到借畫這麼容易，接過畫，「多謝曲校尉，虞侯賞幾日，定然完璧歸還。」

曲茂「哎」一聲，跟謝容與說：「沒事兒，這畫你要喜歡，送給你也成啊。」再說那底畫能不能找回來還兩說呢。

他睏意上頭，連打呵欠，就著尤紹的手上馬車，一邊嘀咕道：「陵川名氣大的除了字畫還有什麼？根雕？行吧，曲爺爺改明兒瞧瞧根雕去吧……」

曲茂一走，謝容與也帶著青唯打道回府。

齊文柏連聲恭請，和宋長吏讓去一旁，直到玄鷹衛的身影徹底消失在街巷，齊文柏才上了自己的馬車，與車夫道：「快！」

子時過半，留章街一帶雖熱鬧，越往西走越冷清。州衙就在城西，馬車在衙門口停駐，齊文柏一刻不停地下了車，帶著宋長吏往內衙走，來到一間點著燈的值房前，齊文柏停下步子，叩門喚道：「岳小將軍？」

裡頭沒人應。

齊文柏把屋門推開，不大不小的值房中擱放著一張竹榻，那竊賊一身夜行衣未褪，以手為枕靠在榻上，正對著牛皮水囊醉飲，而他手邊隨意攤放著的，不是那幅〈山雨四景圖〉的底畫又是什麼。

齊文柏當即急道：「岳小將軍，您真是……您沒事竊這幅畫做什麼？」曲茂倒也罷了，這〈四景圖〉明擺著是小昭王想要。

岳魚七不以為意，「私事，你們別管。」

「這……」齊文柏與宋長吏面面相覷，「究竟什麼私事，岳小將軍要拚著得罪小昭王？」

岳魚七聽得「小昭王」三個字，翻身坐起，手臂搭在膝頭，漫不經心地說：「約莫二十年前吧，我在辰陽的山裡養了一隻鳥兒。這鳥兒不聽話，野得很，我這個人吧，一向沒什麼耐心，唯獨對這鳥兒，我一點一點教養，半輩子的好脾氣全給她了。」

「可是有一天，我不得已，跟她分開了。」岳魚七坐在背光處，連語氣都浸在暗色裡，他笑了一聲，「等我再見到她，小青鳥已經長大了，她飛離了辰陽山間的竹林，歇在了富貴人家的簷頭上，居然沒問過我的意思。你們說，小青鳥和裹了金的簷頭哪個更珍稀？」

齊文柏與宋長吏不知他想聽什麼，一時間說不出話來。

所幸岳魚七也並不等他們回答，自行說道：「自然是青鳥。勛閥權貴代代有，皇帝老兒也朝朝更迭，可一隻野逸自在的青鳥，百世難求。所以不管他是什麼人，想要得我這隻青鳥，過了我這一關再說。」

他說完，再度往竹榻上一躺，雙手為枕，懶洋洋地道：「不就是找幅畫麼？有人想做我的外甥女婿，我自然得試試他的本事。」

第八章　漱石

「過來！躲什麼躲？」

山林裡傳來一聲痛斥。

「泅痛快了？怎麼不多泅幾里，直接泅到海裡去？」

時近正午，日色燦亮，岳魚七逆光立在一片茂林前，盯著眼前尚不及自己腰身的小姑娘，她光著腳，身上的衣裳剛曬乾，皺巴巴的，矮岩下的草堆應該是她昨晚棲身的地方，不遠處的火堆顯然剛被她撲滅，因她手裡還拿著一條烤得焦糊的魚，他老遠就聞著味兒了。

「找了妳一晚上，妳倒是逍遙，幕天席地睡了個飽覺，天亮了還知道給自己開小灶。妳膽子挺大啊，是不是打算在這修個土寨子，甭管野兔子野狼，都得管妳叫山大王？」

青唯沉溺在夢中，清楚地記得這是她七歲那年，跟魚比泅水，大半日游走二十多里，迷了路，只好在深山裡睡了一夜。

奇怪她明明知道這是夢，就是醒不過來，瑟瑟縮縮地立在岳魚七跟前，不敢看他。她的鞋早不知道落哪兒去了，早上去小溪捉魚，又把火石弄丟了，還好昨晚的火堆沒滅，足夠她把魚串起來烤熟，不知怎麼烤焦了，仍是香的。她餓極了，昨天幾乎一天沒吃東西，眼下聽岳魚七一頓訓完，沒回話，小心翼翼地拿起烤魚吃了一口。

岳魚七簡直氣笑了，轉身就走。

青唯知道是自己錯了，連忙跟上去，小聲辯解：「我想學你那套上天入海的本事，你不肯教，我還不能自己悟麼？」

「阿爹都說了，只要我肯把《論語》、《孟子》背下來，就可以跟著阿舅學功夫。阿娘也應了，阿舅卻不教。」

「阿舅這樣小氣！」

岳魚七驀地回過身來，氣勢如風，直將溫小野嚇退半步。

他冷笑道：「妳要自己悟？妳當練功夫是傳奇本子上的修仙，吸日月之精華大周天小周天運轉個百八回就功德圓滿了？那可是淬骨流血的苦差事。」

「小野不怕吃苦！」溫小野立刻道。

岳魚七的目光落在她的雙足上，褲腳高高挽起，腿上盡是泥點子。

「上來。」他道。

還不待溫小野反應，下一刻後襟被拎起，她就到了阿舅背上。

「想做我的徒弟，不是不行。」

翌日，岳魚七把溫小野領到小河邊，淡淡道。

他足邊擱著一個木桶，桶裡有十條魚，「看到河對岸那株白楊了嗎？妳跟這十條魚比泅水，游到對岸，摘下一片白楊葉，妳如果比這十條魚先回來，我就收妳為徒。聽明白了嗎？」

溫小野點點頭。

「那麼就——」

岳魚七拎起木桶，就要往河裡倒，然而正是這時，溫小野也動了，她從懷裡摸出早就備好的米團，盡數灑進河裡，隨後一個扎猛子入了水，飛也似地游到對岸，將葉片叼在嘴裡，等她游回來，魚兒剛在原處搶完食。

她將葉片遞給岳魚七，抹了一把臉上的水，志得意滿，「我贏了。」

岳魚七不言不語地注視著她，驀地笑了。

他負手立在一片碧水青山中，淡聲道：「跪下拜師吧。」

「阿舅願意教我了？！」

「我什麼時候說過不教妳？」

她以為學武就是花拳繡腿地比劃一番，半點功底都不要？若不是他指點她，她小小年紀，這一身野天野地吃不了半點虧的本事哪裡來的？

溫小野依言跪地，像模像樣地行了個敬師禮。

岳魚七道：「妳既然入了我的師門，有幾句話我說在前頭。學武一道，跟習文弄畫沒什麼兩樣，看著有趣，過程多枯燥，切忌功底不扎實。妳昨日提起要跟我學武，說到一個『悟』字，這個悟沒有錯，等妳功夫底子打牢了，想要百尺竿頭更進一步，就是得靠悟，悟不拘泥於一格，譬如妳適才以魚食惑魚，先行取得楊葉，這也是功夫的一種。迂迴百轉，方便為上，這就是我岳魚七的武道。」

溫小野認真地點點頭：「記住了。」

岳魚七看著她：「還有，妳眼下拜我為師，今後便不再叫我阿舅，改叫師父吧。」

「一日為師，終生為父。」

「妳是我師門第一個弟子，極可能也是最後一個，以後行事的規矩，姑且按照我的習慣來，妳聽好了——」

「被人欺負了不能欺負回去的，為師打斷妳的狗腿。」

「被人占了便宜卻不能占回去的，為師打斷妳的狗腿。」

「被人騙了而不自知，辱了而不怒，反倒顧影自憐傷春悲秋，為師非但要打斷妳的狗腿，還要掀開妳的天靈蓋看看妳腦子是不是進水了。記好了嗎？」

溫小野點頭，「記好了。」

「再有……」岳魚七盯著溫小野，半晌道：「以後凡大事，尤其是終身大事，必來問過為師的意思，讓為師為妳把好關，否則……」

不待岳魚七說完，溫小野仰起頭，十分不解，「師父，什麼樣的事才算終身大事呢？」

「跪下！」

記憶中的青山綠水驟然褪去，倏忽間，青唯來到辰陽山林間的竹舍。這是師父的故居，她十四歲那年離開後，再也沒有回來過。她眼下已經長大了，但師父還是記憶中的樣子，他的身軀挺拔修長，背對她立著，手上握著一支竹笛，聲音格外冷厲，「長大了膽子也練肥了是不是？竟然背著妳父親母親，背著為師私定終身，還不跪下？！」

青唯聽到這一聲呵斥，雙膝驀地落地。

她想解釋的，她跟謝容與就是假成親，一開始誰都沒當真，後來不知怎麼，就成了眼下這般說不清道不明的關係。

她低垂著眸，心中也覺得內疚，本想好好跟岳魚七認錯，可話到了嘴邊，不知怎麼變成一句，「我……我就是想跟他在一起。」

岳魚七道：「妳想跟他在一起，他也想與妳一起麼？哪怕他想，妳能保證他日後真正娶妳麼？你們身分天差地別，今後妳隨他去王府做王妃，還是他離開上京跟妳做一對平凡夫妻？」

「他出身謝氏名門，自幼封王，由先帝親自教養長大，他在京中還有家人，他甘心捨下這一切同妳歸於江野共度此生嗎？」

岳魚七頓了頓，「溫小野，妳喜歡他，他也這麼喜歡妳嗎？」

青唯一聽這問，腦子嗡一聲亂了。

喜歡他？誰說她就喜歡他了，她不也正在考慮麼？

然而不待青唯思量下去，岳魚七道：「拜師那天，為師告誡過妳什麼？」

青唯支吾著：「……光吃虧不能占便宜，師父要打斷我的狗腿。」

「還有呢？」

「騙了不自知，辱了不生氣，反倒自憐自艾，師父要打斷我的狗腿。」

「還有呢？」

青唯停了停，「凡……凡大事，尤其是終身大事，要問過師父的意思，否則……」

「否則什麼？」

否則什麼青唯忘了，師父當年好像也沒說，她順勢往下猜，「否則師父要打斷我的狗腿？」

岳魚七冷笑一聲，「為師是傻子，打斷妳的狗腿豈不便宜了那人？為師非但要打斷妳的狗腿，還要送那人去見閻王，管他天王老子，誰攔都不好使！」

「閻王」二字一出，青唯驚出一身冷汗，她陡然睜開眼，迎面對上一雙清淺的眸子，才驚覺方才原來在夢中。

謝容與溫聲道：「醒了？」

他其實也剛起不久，洗漱完穿好外衫，剛俯下身來看她，就見她長睫微顫，倏忽睜了眼。

青唯四下看了看，還好，她尚在歸寧莊的廂房中，晨間日色鮮亮，師父還沒有找上門來。

她尚未完全轉醒，看了謝容與一會兒，忽然心有餘悸地道：「我跟你說樁事。」

「要是我師父找上門來……你就跑吧。」

她這雙狗腿斷就斷了，朝天摔斷腿，養了月餘不也好了麼，師父刀子嘴豆腐心，對她這個逆徒想必不會下狠手。

謝容與愣了一下，不由失笑，「妳師父如果來了，不該是我跟他求娶妳嗎？」

他們昨夜回得很晚，眼下已快辰時了，謝容與將青唯拉起身，為她罩上外衫，親自端了清茶與木盆來讓她洗漱。

青唯的目色猶自茫然，她鬧不清自己是怎麼了。

不知為何，昨晚那個她怎麼也追不上的竊賊總讓她想起師父，她知道天外有天人外有人，江湖之大多的是功夫比她厲害的，不能單憑追不上就妄自揣度那人的身分。

再說如果真是師父，師父怎麼可能不來見她。

青唯神色複雜地看著謝容與，「你如果跟師父求娶我，我師父問話很刁鑽，你答得上來嗎？」

謝容與為她繫披風，唇邊的笑容很淡，語氣不疾也不徐：「那小野姑娘能不能跟我漏個底，岳前輩都會問我什麼刁鑽的問題？」

青唯很認真地點點頭。

她把夢裡岳魚七的質問一一拎出來想了一遍——

「妳能保證他日後真正娶妳麼？」

這個官人早就說過了，她就是他的王妃。

「他自幼封王，在京中還有家人，他甘心捨下這一切同妳歸於江野共度此生嗎？」

這一問有點強人所難了，難道跟他在一起，就一定要讓他捨下家人？她問不出口。

「溫小野，妳喜歡他，他也這麼喜歡妳嗎？」

青唯抿了抿唇，就這個吧。

她看向謝容與，「你——是不是喜歡我？」

謝容與剛把屋門推開，晨間的風一下子灌進來，他在風中頓住步子，回過頭來，幾乎是覺得好笑，「溫小野，我以為妳應該知道？」

她知道嗎？懵懵懂懂間，她好像是知道的。因為從很久之前開始，他就對她很好了。

那是一種獨一無二的好，無可比擬的放肆寵溺與十足的安寧，以至於她每每和他一起，總是不由自主地信賴。

然而這問一出，她心上某個地方像是被開了閘，那份被她小心存放不曾觸碰的好奇如泉水般汩汩湧出，她忍不住又問，「你是從什麼時候開始喜歡上我的？第一眼？」

溫小野就是溫小野，太直白了，一點也不會拐彎抹角。

謝容與看著她，「這也是妳師父要問的刁鑽問題？」

青唯抿唇不語。

謝容與笑了笑，「不是第一眼。不過很快，妳嫁過來不久後吧。」

青唯道：「這也太快了。」

其實眼下回想起來，確實有些快了。大概是從第一眼起就覺得她很特別，那個山間孤零零的青影在他心間烙下的印象太深，就跟命中注定似的，後來再相見，自然而然就動了心，更何況姻緣使然。

他們尚未用早膳，走在通往外院的迴廊上，謝容與仔細想了想，溫言道：「因為小野姑娘就是這樣討人喜歡，跟妳認真相處幾天，都會很喜歡妳。」

青唯望著他：「真的？」

謝容與長睫微壓，垂眼看她，冷清的眸光裡染著日色，「怎麼，我的小野姑娘不相信自己有這樣的魅力？」

他傾身過來，抬手輕輕勾起她的下頷，微啞的聲音裡帶著一絲蠱惑，「那我證明給妳看。」

倏忽間，唇上被一片柔軟傾壓，伴著一絲帶著侵略意味的韻致，碾磨間輾轉深入。

她被他圈著，倚在迴廊的長柱上，長風襲來鼓動衣衫。

可她耳邊除了她的心跳，他微喘的呼吸，已經聽不到任何聲音了。

像蝴蝶停歇在花蕊，春陽當頭靜謐無聲，鳥不叫了，風也很小心，只有鮮亮奪目的日光，與他的氣息溫度融在一起，化作無聲潛入的雨，將萬般滋味融匯相交。

青唯幾乎能感受到他的情難自禁，直到迴廊那邊傳來腳步聲，他才慢慢放緩攻勢，將春雨散成淺霧，小荷塘上蜻蜓點水幾番，然後稍離寸許，眼裡帶著沉醉的微醺，注視著她，「相信了嗎？」

青唯的腦子一片空白，已經忘了他要讓她相信什麼，不明所以地點點頭。

謝容與笑了笑，重新牽了她的手往廊外走。德榮就等在迴廊盡頭，見主子與主子夫人過來，根本不敢抬頭，他落後二位主子半步，目光黏在地上，「早膳在花廳，已經備好了，適才祁護衛來了，正在書齋等公子。」

漱石的畫風與〈山雨四景圖〉的無名氏很像，謝容與懷疑這二人是同一人，不過他在丹青一道上鑽研不深，為了證實自己的猜測，昨晚一回來，便吩咐祁銘把漱石的畫作與〈四景圖〉的覆畫拿給張遠岫驗看，祁銘一早就去辦了，眼下想必剛到。

謝容與也不耽擱，與青唯匆匆用完早膳，到了書齋，祁銘上前拜道：「虞侯，屬下早上把畫作送去官邸，張大人看過後，也稱漱石與無名氏應當是同一個人。他的猜測與虞侯一樣，這二人的走筆技法十分相似，不過，此人五年之內畫技精進至斯，必是天生的丹青大家無疑，張大人稱是還需細驗，請虞侯允他一日，一日後，他自會遣人來稟。」

販賣洗襟臺登臺名額的人是曲不惟，玄鷹司苦於無直接證據，只能從中間人岑雪明入手。岑雪明失蹤前，唯一的異樣就是買了幾幅漱石的畫作，漱石無疑是突破口。

倘若能證明漱石與無名氏是同一個人，那麼非但說明漱石就在陵川，他近一月間還在順安閣出現過，甚至出售了自己的畫作，這樣便大大縮減了玄鷹司的搜查範圍。

找到漱石，找到岑雪明就有望了。

雙管齊下，謝容與這邊請張遠岫驗畫，那邊自然要派人去順安閣查無名氏。

午過，謝容與在玄鷹司裡挑了一張生面孔，扮作富家公子去順安閣賣畫。

不到傍晚，這名玄鷹衛就回來了。玄鷹衛叫做韋懷，年紀與祁銘一般大，剛剛及冠，個頭卻比祁銘矮半截，模樣斯斯文文的，穿上襴衫，不知道的還當他是個文弱書生。

韋懷向謝容與稟道：「虞侯，屬下今早領命去順安閣賣畫……」

昨晚曲茂在閣裡鬧了一場，順安閣一上午生意蕭條，鄭掌櫃見是有貴客臨門，喜出望外：「貴客是買畫還是賣畫？」

韋懷是中州人，說話也是中州口音，他似乎躊躇，好一陣才說：「賣畫。」

他將手裡的畫軸在桌上攤開，鄭掌櫃看過去，一眼認出這幅畫正是前朝月扉大師的〈日暮涉溪過山舍〉，十分珍貴。

不過鄭掌櫃名畫司空見慣，他含笑點點頭，算是認可了這畫，不動聲色地等韋懷發話。

韋懷道：「這、這是我家中藏畫，聽說貴閣每月有詩畫會，童叟無欺，是以想拿過來估個價。」

鄭掌櫃道：「貴客說得不錯，順安閣收畫賣畫向來童叟無欺，絕不讓買主賣主做折本買賣。貴客讓在下估價，在下便給您一個實在價，月扉雖是前朝有名的畫師，說是丹青大家還談不上，名聲也在水松之下，遠不及東齋，不過這幅〈過山舍〉倒是有名得很，足以拿到詩畫會上賣了，這樣，在下標五百兩起，價高者得，所賣價錢四六分成，順安閣四，閣下六。」

這個鄭掌櫃果真識貨，謝容與把畫交給玄鷹司時，就說這幅畫作大概五百兩起價。

韋懷聽是五百兩，似乎對價錢並無異議，他低垂著頭，聲音細若蚊吶，「價格好說，只是……只是這幅畫作，是我從家中偷拿出來的，也就是來了陵川，我才敢偷偷拿出來賣，不知貴閣能否為我保密？」

「這個好說。」鄭掌櫃聽他這麼說，心中有了數，這樣的敗家公子他見得多了。

「順安閣一向注重保護私隱，詩畫會上，莫要說是賣主與買主之間，即便買主與買主之間都不會相見，誰也不知道彼此買了什麼畫。一樁買賣敲定後，當場結銀子，只要出了順安閣的大門，銀貨兩訖，自此與順安閣和賣主再無關係。」他說著，從櫃閣裡取出一張現成的契約，指著其中一條，「貴客請看，買家只要帶著畫出了順安閣的大門，這筆買賣三方之間都算成了，順安閣需得盡早跟賣主結銀子，從此一帳三清，貴客不必有後顧之憂。」

韋懷看了契約，若有所思。

這麼說，昨晚曲校尉想讓順安閣賠償畫作，鄭掌櫃之所以不情願，不僅僅因為樓裡規矩，還因為曲茂踏出樓閣的那一刻，順安閣與無名氏之間買賣即成，之後無論發生什麼，順安閣都得付給無名氏三千兩。

韋懷心中漸明，面上卻顯猶豫之色，「可是……我聽說貴閣昨晚黃了一樁買賣，畫師本該到手的三千兩紋銀，最後退還給買主了……」

「昨晚之事，在下不好透露太多。」鄭掌櫃聽了這話，神色肅穆起來，到底關乎今後的生意，他還是解釋了一句，「在下只能告訴您，順安閣能有今日，全靠畫師與賣主的信賴。買畫人常有，稀世名品卻不多見，順安閣在留章街為何獨占鰲頭，不正是有像您這樣的賣主願意把畫拿過來寄賣嗎？實不相瞞，順安閣賣家至上，無論是畫作的價格，還是詩畫會的拍賣，我們對於賣主，都是公開透明的。譬如貴客您這幅畫，我們是要拿到詩畫會寄賣的，那麼詩畫會當日，我們必會邀您前來。您不願透露身分，這個好說，一來，您可以扮作畫師，在後堂等候，詩畫會一結束，會有夥計前來跟您結帳；二來，您甚至可以扮成買主，順安閣會單獨為您分一間雅閣，您可以親眼見到您這幅畫是如何拍賣，又賣出了怎樣的價格。至於昨晚那幅〈山雨四景圖〉，在下只能告訴您，順安閣絕沒有犧牲賣家的利益，無論是之前順安閣決定將買賣撤回，還是後來決定讓官府來做主，我們都是徵求過畫師無名氏同意的……」

「……屬下擔心引他起疑，沒有再追問，將〈過山舍〉寄在順安閣就離開了。」韋懷道。

謝容與思量半刻，拎出一個重點，「他說，如果賣主有畫在詩畫會拍賣，詩畫會當日，順安閣必會請賣主前來？」

韋懷稱是，「不過屬下想，那無名氏身分這樣隱祕，哪怕順安閣請了，他未必前來。」

「不，他來了。」謝容與淡淡道。

「為何？」書齋中，祁銘與韋懷齊聲問道。

「還記得昨晚，鄭掌櫃是何時決定將〈山雨四景圖〉的買賣撤回的嗎？」謝容與問道。

他是在和曲茂爭執時，當場撤回的。

祁銘恍然大悟：「虞侯的意思是，從〈山雨四景圖〉賣出，到後來起爭執，鄭掌櫃一步都沒有離開過順安閣，他既然說『撤回〈山雨四景圖〉買賣，我們是徵求過畫師無名氏同意的』，他到哪兒徵得那無名氏同意？只能在順安閣。」

謝容與心中漸漸生出一個揣測，他問：「章祿之呢？」

章祿之近日十分鬱悶。

他月前在上溪，跟著虞侯破迷障鬥智鬥勇十分過癮，而今到了東安，虞侯竟不讓他跟在身邊了，先讓他去打聽漱石的身分，後來又讓他去查尹家。

那漱石只幾年前出現過一回，在順安閣留下幾幅畫便飄然無蹤，莫要說鄭掌櫃了，連樓裡的夥計都對他全無印象，章祿之用盡千方百計，輾轉得知當年為漱石送畫的，好像是一名小書僮。

尹家就更沒什麼可查的了，清清白白一戶商家，想要知道什麼，去州府一問便知。

章祿之把這些林林總總的差事辦完，近日都在歸寧莊待命，他不敢打擾謝容與，閒來無事只好去跟朝天切磋武藝，幾日下來，武藝竟精進不少。

不一會兒，章祿之就被傳來了，謝容與問：「尹家的根底都查清楚了？」

「回虞侯，查清楚了。」章祿之早把尹家的老底背得滾瓜爛熟。「尹家祖上是做綢緞生意發的家，咸和年間蕭條過一時，到了昭化年，可能因為日子好了，買賣也做得順風順水。這尹家老爺是個正經商販，自小跟父輩學管帳，長大後繼承家業，娶了東安紡織大戶的獨女林氏為妻，後來又納了兩個妾，都是良妾。這一妻二妾這些年為尹老爺生了三位少爺四個姑娘。大少爺是嫡出，早早就娶了妻，他跟尹老爺一樣，自小是個生意經，尹老爺盼著他以後接手家中的買賣，已經把城東的鋪面交給他打理了。三少爺還小，是個玩泥巴的娃娃。至於二少爺，就是虞侯見過的尹弛，他和他大哥哥一樣，都是林氏生的，因他自小念書過目不忘，家中三位少爺中，尹老爺最看重的就是他，希望他以後能考取功名，為尹家爭光。故而到了尹二少爺進學的年紀，尹老爺不惜請了一位舉人老爺來為他開蒙。」

所謂萬般皆下品，唯有讀書高。商人不缺錢財，可惜地位不高，想要百尺竿頭更進一步，無不盼望著族中能出一個士人。徐途、蔣萬謙皆是如此，尹家這樣的巨賈，自然不能免俗。

章祿之咂咂嘴，「像屬下這樣的粗人都知道，教一個小娃娃開蒙，用得了多大學問？請個秀才頂天了，尹老爺當年請來舉人，固然是望子成才，沒想到正是請這個舉人，請出了事。」

眾人一聽這話，不由目露疑色。

請個舉人先生能出什麼事？難不成一個秀才都能教的小娃娃，一個舉人卻教不了？

「倒不是什麼大事。」章祿之道：「就是這個尹二少爺，自幼是個畫癡。兩三歲還不認字，就喜歡拿竹枝在地上亂畫，見魚畫魚，見貓畫貓，小娃娃畫畫是好事，顯機靈不是麼，是故尹老爺就沒攔著。不過丹青到底是閒情雅趣，太沉迷影響考功名，是故到了開蒙的年紀，尹老爺就叮囑尹二少爺，讓他收起他的愛畫之心，先把書念好。尹二少爺本來答應得好好的，千算萬算沒算到父親為他請的這個先生，居然也是丹青癡。」

那年間，一個舉人在陵川有多金貴呢？

打個比方，及至昭化十三年，朝廷從各地遴選的洗襟臺登臺士子中，大多是進士，只有零星幾個舉人，而在陵川，進士只有三人，舉人幾乎占了半數，餘下都是秀才。

陵川本來就窮，咸和年間匪亂四起，能識字的百裡未必挑得出一，考秀才的自然便少，鄉試更是好幾年辦不了一回。這種情況到了昭化年間雖然有改善，可士人稀缺是沉痾，想要祛瘀生新，少則花上數十載。

尹弛六歲開蒙時，昭化帝才登極幾年，正值陵川舉人最金貴的時候，是故尹老爺自請來這位舉人先生，對他萬般信任，把尹弛學業盡皆交給他，自己便當起甩手掌櫃，自此不聞不問了。

「舉人先生癡迷丹青，尹弛也癡迷丹青，兩人一拍即合，從此以後，舉人先生每每授完課，便指點尹弛畫藝，更將自己平生所習得的技法悉數教給他。」

小娃娃喜歡什麼，那就跟野地裡一簇小火苗似的，倘是沒人理會，可能一場雨，一陣風，倏地就滅了，正是這位舉人先生，把尹弛引入丹青世界的大門，自此野火燎原，一發不可收拾。

「就這麼過了四五年吧，有一回，舉人先生領著尹弛去白水邊畫……畫什麼來著，屬下忘了……總之，那日他們去白水邊畫畫，尹四姑娘也跟在一旁，後來一個沒留神，尹四姑娘落了水，雖然舉人先生很快就把四姑娘救了起來，當時正值深秋，把人送回尹家，到底還是病了一場。」

「尹家於是對舉人起了疑，想著他沒事帶兩個娃娃去水邊做什麼？再者，他們家這個尹四姑娘，自小膽子就小，唯一的喜好就是看她二哥哥畫畫。她若跟著尹二，必是尹二又去畫畫了。尹老爺於是另招了一位先生，請他來考尹二學問，結果果然大失所望，尹二非但沒有像他希望的那般竿頭日上，幾年下來，天資聰穎的尹弛在學問上只是平平，大半工夫都用在丹青上了。」

「尹老爺痛心疾首，很快遣走舉人，另請了教書先生，而林氏擔心有尹四跟著，尹二心思不在念書上，等到尹四大了些，就把她送來歸寧莊單獨住了，說是要等到尹二考中舉人才把她接回去哩。」

青唯聽到這裡，隨即了然。她說尹婉一個姑娘，怎麼會僻居莊上，原來前頭有這樣的故事，上回尹老爺來莊上，父女二人顯見得生疏了。

這尹老爺看著是個善人，對待兒女，多少偏心了些。

章祿之道：「虞侯讓屬下查尹家，吩咐過多查書畫文墨相關的。尹家跟書畫相關的就這麼多，後來的事虞侯都知道了，尹老爺雖然給尹二換了教書先生，無奈尹二已然愛畫成癡，考中秀才全靠先生的戒尺，眼下尹老爺心灰意冷，已經不太想管他了。」

謝容與聽到這裡，「嗯」一聲，「就查到這些？」

章祿之道：「就這些，這尹家明明白白一家子，底子乾淨得很，他們的事去州府一問就知道。」

這時，衛玦道：「虞侯，屬下懷疑畫〈山雨四景圖〉的無名氏，正是尹弛。」

謝容與淡淡道：「何以見得？」

「依照虞侯所說，昨晚無名氏就在順安閣，而鄭掌櫃是在徵得無名氏同意後，才決定撤回買賣的，那麼鄭掌櫃彼時無暇分身，這個無名氏，只能是在爭執途中，上前勸說他的人。昨晚勸說鄭掌櫃的人很多，但是顯而易見，鄭掌櫃是聽完尹弛提議後，才決定退還銀子。」

「既然能夠讓鄭掌櫃改主意的人只能是無名氏，那麼〈山雨四景圖〉的畫師，極可能正是尹弛。」

衛玦頓了頓，「本來屬下還在想，憑尹弛年紀輕輕，究竟有無可能畫出〈山雨四景圖〉這樣的畫作，聽了祿之所言，眼下已有七八分確定。」

祁銘道：「衛掌使這麼一說，屬下也想起來了，鄭掌櫃退還銀票時還放話說，如果無名氏想拿回三千兩，盡可以來討，就算順安閣虧給他的。當時屬下還覺得這話多餘，買賣的事麼，到底不好擺在明面上來提，眼下看來，他是故意說給尹二公子聽的。」

這時，屋外傳來叩門聲，一名玄鷹衛在外道：「虞侯，張大人那邊回話了。」

章祿之是個急性子，聞言立刻把門推開，「怎麼說？」

玄鷹衛躬身呈上數幅漱石的畫作，「張大人稱，雖然畫藝精進之快令人難以置信，但是幾年前的漱石，與今日〈山雨四景圖〉無名氏，確係同一個人不假。」

換言之，如果無名氏就是尹弛，那麼無論是幾年前岑雪明所購的漱石之畫，還是今日曲茂以五千兩拍得的〈四景圖〉，皆出自尹弛一人之手！

這也太巧了！

眾人心中無不生出這樣的感慨。

他們借住在歸寧莊，歸寧莊的尹二少爺恰好就是他們要找的漱石。

謝容與問章祿之：「那個教尹弛丹青的舉人先生你可查了？」

「查了。陵川那幾年的舉人就那麼些個，這位舉人姓沈，他離開尹家後，自己謀了份差事，眼下舉家老小已遷去了慶明府，齊州尹與他是舊識，這些都是齊州尹親口告訴屬下的。」章祿之道。

祁銘暗忖一番，說：「虞侯，順安閣稱，五年前幫漱石送賣畫作的人是一個小書僮，既然尹四姑娘常幫尹二少爺送畫，當年那個小書僮，會不會是尹四姑娘扮的？」

謝容與聞言，看了一旁的玄鷹衛一眼，玄鷹衛會意，拱了拱手，很快退出書齋，不一會兒便從後莊將尹婉請了過來。

雖然身邊跟著嬤嬤，尹婉仍是怕得很。她絞著帕子立在書齋外，行完禮，連眼更不敢抬。

衛玦問道：「昨晚順安閣詩畫會，妳怎麼也去了？」

「回、回官爺的話，二哥哥喜歡丹青，不敢讓父親曉得，每每有畫拿去順安閣寄賣，都是民女幫忙跑腿打點，昨晚乃二哥哥第一次去詩畫會，民女……自然作陪。」尹婉輕聲道。

衛玦的第一問不過是引子，見她如實作答，便進入正題，「聽說尹弛如此喜歡丹青，乃是被一位教他學問的舉人先生領進門的，妳可記得那位舉人先生叫做什麼？」

尹婉搖了搖頭，「叫做什麼民女不記得了，只記得他姓沈，二哥哥喚他沈先生。」

她一語說完，那頭衛玦卻沒有應聲，是等著她往下說的意思。尹婉只好接著道：「二哥哥很喜歡沈先生，丹青的技法、用墨、走筆，他都是跟著沈先生學的，後來沈先生離開了，他傷心了好一場，逢年過節還給先生寫信，試著把自己的畫作寄給他看，可惜……一直沒有寄成。」

「為何沒有寄成？」

尹婉沉默片刻，「聽說沈先生離開陵川了，不知去了哪裡。」

她微抿了抿唇，「所以在那之後，二哥哥苦練畫藝，等到技法成熟了些，他便將自己的畫作送去順安閣寄賣，倒不是為了銀子，他希望有朝一日，他的畫能夠流傳出去，被沈先生看到。」

衛玦道：「照妳這麼說，尹弛必然不是從今年才開始賣畫的，想必好幾年前，他就讓妳把他的畫拿去順安閣出售了吧？」

尹婉聽了這一問，猶豫了半晌，點點頭：「是。不過幾年前，二哥哥的畫作十分少，父親不滿他沉迷丹青，他終歸……終歸是要避著父親的，直到前年考中秀才，二哥哥的畫才多起來。」

這倒也解釋了為何五年前，漱石的畫只是曇花一現。

衛玦道：「那麼妳仔細回憶回憶，五年前，即昭化十三年，妳二哥哥可曾讓妳往順安閣送過畫？」

五年前？

這個日子似乎引起尹婉的戒心，她絞著手帕的指尖一下收緊。她生得纖細嬌小，單是立在那兒不動，已然像一隻受驚的鳥兒，聽了這一問，忍不住抬頭，看了衛玦一眼。

「怎麼，不好說？」

對上衛玦銳利的目光，尹婉倏地垂下眼，她慌張得雙肩發顫，低聲喃喃：「是、是送過幾幅，二哥哥讓民女扮成小書僮，這事誰也不知道……」她咬著唇，似乎鼓起了好大的勇氣才問，「官爺，二哥哥只是喜歡丹青罷了，官爺這樣逼問，二哥哥他……可是惹上了什麼事？」

衛玦並不回答，回頭跟謝容與請示，見謝容與點了點頭，他道：「你們回吧，今日之事切記不要向任何人提起。」

待尹婉離開，祁銘拱手對謝容與道：「虞侯，眼下看來，當年在順安閣遺下畫作的漱石正是尹弛。」

謝容與看向衛玦，「你怎麼看？」

衛玦道：「雖然巧了些，不過丹青這樣的嗜好，不是普通人家消遣得起的，何況那漱石仿的是東齋先生畫風，東齋畫風難仿，也只有像尹家這樣巨賈，才有機會得瞻東齋畫作。屬下入玄鷹司時，聽老指揮使說過一句話，排除所有的可能，最後餘下的一種便是不可能也是可能了，照我們手上的線索來看，當初岑雪明找的漱石，只能是這位尹家二少爺。」

章祿之立刻道：「虞侯，既然岑雪明失蹤前找了尹弛，我們不如立刻捉拿尹弛，審問岑雪明的下落。」

「不可。」祁銘道：「章校尉真是急昏頭了，這尹弛沒犯任何過錯，只不過是畫作被岑雪明買去了而已，我等師出無名，如何捉拿他？」

謝容與道：「德榮，我日前讓你從家中取一幅呂東齋的畫作，那畫作送到了嗎？」

謝容與口中的家中並非上京天家，而是中州名門謝氏。

東齋先生的畫作雖然少，但像謝氏這樣的大族，想要在坊間收一幅真跡卻是不難。

德榮道：「回公子，族中人回話說，畫作已在送來陵川的路上了。」

謝容與道：「等畫作一到，把它送去張忘塵處，請他照著臨摹一幅，隨後把仿作拿去留章街寄賣，不要找順安閣，隨意尋一個畫鋪子，稱是東齋先生的真跡，送畫人，」謝容與稍一頓，「漱石。」

第九章 相識

三日後。

「來來來，都往裡搬——」

「一、二、三，使勁兒——」

日暮剛至，官邸前來了數名壯漢，依次從牛車抬下七座人長人寬的根雕。

官邸是朝廷命官的下榻之所，哪容得如斯喧嘩？裡頭的管事聽到動靜，當即湧來前門，正欲申斥，一眼瞧見巷中立著的曲茂，當即息了聲，上前道：「曲校尉，您這是——」

曲茂是昨日搬來的。

他在兵營睡得不踏實，本想搬去歸寧莊與謝容與同住，奈何謝容與忙得席不暇暖，未必有時間陪他玩樂，正好他日前在府衙寫呈文，聽宋長吏提起朝廷命官下榻的官邸。宋長吏說，京裡來的欽差，慣來在官邸落榻，眼下官邸幾個院子，一個住著張遠岫，另一個被章庭占了去，餘下都還空著。曲茂回頭一琢磨，他雖然只是個七品校尉，可不正是從京裡來的麼？勉強算是欽差了，既是欽差，搬去官邸不為過吧。曲茂把這個想法與宋長吏一提，宋長吏大概是看在他老子的面子，很快應下了。

曲茂身邊的尤紹道：「我們侯爺下個月大壽，校尉買了些根雕回來，打算過陣子送去京裡給侯爺祝壽，擾到管事了，還請管事海涵。」

他把曲不惟抬出來，那管事還能說什麼，當即讓去一旁，任他們抬根雕去了。

巷子前遠遠立著一名廝役，聽了尤紹的話，回到巷子口，對停駐在此的馬車一揖，「少爺，是曲五爺買了根雕回來，打算給曲侯祝壽。」

馬車上坐著的人正是章庭，他剛散值回來，見官邸外的巷子圍得水泄不通，打發身邊廝役去問。

得知是曲停嵐幹的好事，章庭倒也見怪不怪了。他跟曲停嵐從小一起長大，這廝除了惹是生非，就沒辦過一樁正事。聽說他前陣子在順安閣一擲千金買了幅畫，前腳剛出樓門，後腳畫就被人盜走了。眼下州衙的齊大人還張羅著給他找畫呢，他卻把這事拋諸九霄雲外，轉頭就置辦起根雕了。

陵川山多，乃前朝文人逸士嚮往的歸隱之所，出名的除了畫師畫作，再有就是根雕。根雕最初是做家居擺設之用，因造型各異，後來漸漸變成賞玩之物，有刻人的，有雕物的，還有仿景的，丈尺之間能將盛世樓閣、海闊山川都涵蓋在內。曲茂近日在坊間搜尋一番，竟讓他湊齊了一組「七仙賀壽」，七個人長人寬的根雕仙人栩栩如生，當中托著蟠桃的正是慈眉善眼的老壽星。

章庭冷笑一聲，拂袖下了馬車，目不斜視地入了官邸，看也不看曲茂一眼。

官邸的管事見狀，心中直呼不好，跟著章庭入院，一面喚人沏茶，一面解釋道：「下官想著曲校尉一片孝心，不好相阻，本打算等他搬完根雕就喚人清道，沒承想阻了章大人的路，章大人莫怪。」

章庭沒怎麼往心裡去，只「嗯」一聲。

離入夜還有一時，官邸的暮食尚沒備好，章庭隨即入了書齋，在書案前坐下，撫平一張白宣。管事的得了茶，也跟著進書齋，將茶奉在案頭，一見章庭在白宣右首寫下一行「安國取仕之道」，不由咋舌，「這、這不是昭化十年恩科，殿試的策論考題麼？章大人竟這樣刻苦。」

官邸的管事並不算下人，他從前中過舉，領著衙門錄事的差，今日來官邸，不過是在此輪值。

章庭見他居然一眼認出策論的考題，不由多了幾分看重，淡聲應道：「本官是個沒什麼天資的人，苦讀百日未必能得寸進，而今承蒙官家恩德，忝居高位，閒暇時更不敢有絲毫懈怠，況乎家風如此，談不上刻苦。」

章庭說家風如此，此言不虛。

章鶴書出身章氏名門，奈何卻是旁支，蔭官落不到他頭上，他當年走上仕途狠經了一番坎坷，聽說單是鄉試就考了七八次，是故後來做了官，章鶴書亦不敢懈怠，上下值往來衙門的車程他皆用來苦讀，閒時亦寫策論，四書隨便說上一篇閉目能頌。而章庭身為章鶴書之子，自然承襲乃父之風，格外勤勉刻苦。

章庭說自己天資不好，其實不然，只是看跟誰比罷了。

他們這一輩，或許是受當年滄浪水洗白襟的影響，佼佼者眾，謝容與、張遠岫這樣的便不提了，就連早已伏誅的何鴻雲也比章庭多了幾分機敏，所以章庭只好夙興夜寐，他盼著自己能像父親一樣，有朝一日能憑自己的本事考上進士，只是三十老明經，五十少進士，年紀輕輕就能折桂的人又有幾何呢？

書房裡散發著墨香，燈色映照下，章庭的神情愈發冷傲專注，管事見狀，再不敢打擾，無聲退出去了。

一篇策論寫完，屋外天已經暗透了。章庭寫策論時，廝役們不敢打擾，直待他擱了筆，一名扈從才推門道：「公子，晚膳已經備好了。」

章庭難得寫上一篇滿意的策論，待墨跡晾乾，他將策論仔細收入匣子裡，遞給扈從，「明早幫我拿給忘塵，請他指點一二。」

他出了屋，這才發覺夜色已深，剛在偏廳坐下，還沒動筷子，只聽隔壁院中隱隱約約傳來一陣琵琶聲，須臾伴著女子的淺唱，低揚悠婉，如泣如訴。

不用問都知道這琵琶女是誰請的。

曲茂適才指使人搬根雕，在外頭好一通吵嚷，好在章庭寫策論時專注忘我，沒有受他打擾，眼下這都幾時了，他竟然還不消停，再說他們的住所是官邸，這是能請琵琶女的地方嗎？

章庭當即將竹箸一扔，闊步出屋，到了隔壁院中，只見正屋門窗緊閉，窗上影影綽綽映出琵琶女的影。

章庭大步上前，把屋門猛地推開，「曲停嵐，你是一日不惹事渾身不痛快是嗎？！你也不看看你腳下是什麼地方，琵琶女都請到這來了？」

曲茂見是章庭，愣了一下。他今夜聊賴，本打算去白水邊聽曲兒的，奈何挑了一整日的根雕，實在累了，便命人偷偷請了琵琶女來。

他想著等琵琶女唱上兩首就打發她走的，沒想到這個章蘭若，頂著一張誰見誰不痛快的冷臉，居然長了一對兔子耳朵，他都緊閉門窗了，居然還是被他揪住了尾巴。

曲茂不想惹事，「我這不是無聊了聽聽曲兒麼，絲竹雅樂，又壞不了大規矩，這點小事，也值得你一通申斥。」

「小事？」章庭眼底浮上怒氣，「你管這叫小事？曲停嵐，你是軍衙的人，搬來官邸已是逾矩，你卻不守禮制，招了琵琶女來，陵川大小官員礙於你爹的面子自不會說什麼，傳出去丟的卻是我們京官的顏面！」

曲茂最看不慣章庭這副凡事一板一眼的樣子，他冷笑一聲，「你再大點兒聲，叫那些沒聽見曲兒的都知道你曲爺爺今晚請了琵琶女。我看你才是一日不找你曲爺爺麻煩一日不痛快，我都緊閉門窗了，你卻豎著耳朵聽我院中的動靜，張忘塵也住在我隔壁，怎麼不見他來與我說道？」

「曲停嵐，我看你這個人就是等著被參，我——」

他二人你一言我一語，眼看著又要吵起來，這時，章庭的扈從匆匆過來，「公子，老爺來了急信，請您速回。」

章庭一聽這話，臉上的怒容稍褪，章鶴書遇事從容，甚少會寫急信，他看了曲茂一眼，心道是懶得管了，回京他就參他，折身往院外走，低聲問：「父親信上說什麼？」

「說是朝廷派了封原將軍來陵川，要視察一處礦上，讓公子暫留東安，幫著封原將軍查一個幾年前失蹤的大人，好像姓……哦，姓岑……」

曲茂盯著章庭的身影遠去，優哉游哉地回了自己屋中，不過經此一番折騰，他再沒了聽曲兒的心思，打發走琵琶女，自斟自酌幾杯，一時間睏意上頭，挪去寢屋，攤手往榻上一躺，正待墮入夢鄉，只聽一旁尤紹道：「五爺，那小的明早卯時來喚您？」

曲茂眉頭一皺，「這麼早喊我起身做什麼？」

尤紹為曲茂脫靴，「五爺您忘了？你日前在順安閣丟了畫，陵川的齊大人說了要幫您找，請了您幾回去錄供詞，您在外尋根雕，都辭了，明兒可不能再拖了。」

曲茂勉強睜開眼，想了想，又煩躁地閉上，「哎，卯時太早了，起不來。左右那四什麼的圖，我爹已經有了，再來一幅他未必喜歡。我看清執好像挺喜歡這畫的，你明兒去跟齊州尹說，等底畫找到了，都給小昭王，算曲爺爺買給他的。」

尤紹道：「這話可不能小的去說，得五爺您親自去州府打招呼才成。」

然而話音落，那頭再沒了音信兒，尤紹轉頭看去，只這麼一會兒工夫，他的曲爺爺已經睡著了。

曲茂一直睡到翌日午時才起，午過溜達到白水邊吃了小點，一直到暮色四合才乘馬車緩緩來到州衙。

州衙的官員似乎沒想到曲茂今日會來，一名吏胥上前來道：「曲校尉怎麼過來了？真是不巧，眼下齊大人與宋大人都不在。」

那陵川州尹齊文柏是個格外勤勉的大員，通常是不到天黑絕不離開衙署的，今天太陽是打西邊出來了，霞光剛覆上雲端，他居然不在。

吏胥知道曲茂和謝容與的關係，解釋道：「齊大人與宋大人去了留章街，那邊似乎鬧了一樁假畫案子，玄鷹司破獲的，聽說昭王殿下也在留章街。」

曲茂聽說謝容與也在留章街，只道是近日正愁沒樂子尋呢，利索地回到馬車，吩咐，「去湊湊熱鬧。」

留章街並沒有想像中的繁亂，湊熱鬧的百姓都被官差攔在周邊，根本瞧不清裡頭發生了什麼，往裡走，只見一間叫做「點墨齋」的鋪子前立了數名玄鷹衛，除了齊州尹與宋長吏，尹弛與尹婉居然也是在的。

順安閣的鄭掌櫃是一刻前被請來的，此刻他手中拿著一幅畫作，正在仔細驗看。片刻他將畫作收起，呈給謝容與，「回官爺，這幅畫作的確是東齋先生〈西山棲霞留景〉的仿作不假，仿畫人畫技高超，然形似神不似，只要認真查驗，不難辨出真偽。」

謝容與點點頭，將畫作接過。

點墨齋的馬掌櫃雙膝一軟，當即跪在地上，「官爺，求官爺明查，小的實在是冤枉啊——」

說來他也真是倒楣透頂，昨日他接到一筆買賣，賣畫人自稱手上有東齋先生的真跡〈西山棲霞留景〉，想請他估個價。

點墨齋的馬掌櫃不比順安閣的鄭掌櫃眼光毒，並不能一眼辨出畫作真偽，又不想錯過這筆買賣——幾日前詩畫會上，一幅仿四景圖賣出了怎樣的高價，留章街一帶傳得沸沸揚揚。

馬掌櫃於是請賣畫人暫將畫作留下，待他請人來驗看後，再估價不遲，沒想到驗畫的人還沒來，玄鷹司就來了，稱他販賣假畫，要立案徹查，又命人去請了尹弛尹婉兄妹。

馬掌櫃聲淚俱下，「那賣畫的自稱漱石，把畫留在這裡，再也沒來過，想來是聽到風聲，早也逃之夭夭了，官爺若不信，可查小鋪的帳簿。」

謝容與卻是不答，問一旁的鄭掌櫃，「幾年前，一名名叫漱石的畫師也曾到貴閣寄賣過畫作，可有此事？」

這事謝容與才跟順安閣打聽過，鄭掌櫃印象深得很，連忙點頭，「有、有。」說著喚來身邊跟著的夥計，回樓閣取來當年的帳簿。

謝容與比對過帳簿，對衛玦道：「拿人吧。」

衛玦拱手稱是，兩名玄鷹衛應聲而出，到了尹弛身邊，當即就把他扣押在地。

尹弛似乎根本不解自己為何會被請來，眼下忽然被人扣押，更是莫名，他看著謝容與，「王爺您……您這是何意？」

衛玦道：「玄鷹司已有證據，尹二少爺正是幾年前出售東齋仿畫的畫師漱石。證據為何玄鷹司不便透露，不過眼下你既然以贗品牟利，只能請尹二少爺跟我們走一趟了。」

尹弛聽了這話，似乎鬆了一口氣，他說：「那王爺真是誤會了，月章學畫時，仿的不是東齋畫風，月章的開蒙恩師沈先生說過，東齋畫風莫測，非天生丹青大材難以精深，月章畫風踏實，學的乃水松、停梅居士一派，王爺只要看過月章的畫，一眼便知。」

衛玦道：「這些話，只能留待尹二少爺跟我們回衙門再說了。」他頓了頓，補了一句，「不瞞尹二少爺，你曾經以漱石之名出售畫作，玄鷹司是親自跟人證實過的。」

尹弛似乎十分信任謝容與，聽了這話，點點頭：「也好，那月章姑且跟隨王爺回衙門，有的誤會一人解釋不清，若有人對峙，想必不消三言兩語就能辯說分明。」

他說著，回頭見尹婉望著自己，一臉焦急之色，不由安慰道：「妳放心，我無事的，妳回家與爹娘說一聲，就稱我有事要去衙門，今日晚些時候回家，讓他們不必等我。」

他既配合，衛玦便沒給他上刑枷，吩咐人將他扣上馬車，與點墨齋的掌櫃一起，一併押解去州衙了。

尹婉立在長街，揪著帕子在原地躊躇許久，這才轉身離去。

尹府在留章街以東，然而尹婉出了留章街，想也不想便往西走，她的步子越來越快，幾乎要跑起來，嬌嫩的臉漲得通紅，清眸裡流露出楚楚焦慌之色。

她抄小路到了州衙，卻並不走正門，而是來到西牆的側門前，將荷包裡一個深色的令牌取出來，交給門前的守衛一看，央求道：「官爺，我得進去見個人。」

兩名守衛一看令牌，對視一眼，放了行，「去吧。」

尹婉點點頭，進了側門，逕自穿過一條窄道，到了一處點著燈的值房前，拍門道：「岳前輩，岳前輩，您在裡頭嗎？出事了。」

須臾，只聽屋內傳來悠閒一聲，「出什麼事了？」

尹婉把門推開，急聲道：「岳前輩，我二哥哥被人誤會是漱石，眼下已被官府的人擒回衙門，正待審問。」她說著，咬著下唇，眼眶漸漸紅了，「是我害了二哥哥。」

岳魚七「嘖」一聲，「我道是什麼事呢。」他從竹榻上翻身坐起，邁出屋，「走，看看去。」又問，「妳二哥哥是怎麼被人拿住的？齊文柏不管嗎？」

「是玄鷹司親自拿的人，齊大人管不了。」尹婉道：「好像是坊間出現了東齋先生的仿畫，玄鷹司誤會是……是漱石畫的，懷疑到二哥哥身上去了。」

「仿畫？」岳魚七步子一頓。

他心思急轉，忽道：「不好，妳中計了。」

是暮色剛褪的初夏，朦朧的夜色在值房院中鋪了一地，不等岳魚七退回房中，只見前方院門口，忽然繞出一道修長如玉的身影。

謝容與的聲音淡淡傳來，「不知前輩是何方高人，何故要偷盜〈山雨四景圖〉？」

岳魚七負手立在院中，並不作答。

四下沒有點燈，他與謝容與均被夜色籠罩，彼此看不清對方。

謝容與繼而道：「又或者，前輩可否讓您身邊這位救兄急切的尹四小姐跟在下回一趟衙門，否則耽擱久了，玄鷹司冤枉了好人就不好了。」他一頓，移目看向尹婉，「漱石畫師，我說得對嗎？」

尹婉一聽「漱石」這個稱呼，臉色一下煞白。

中夜院中無風，四下靜得落針可聞，下一刻，岳魚七忽地動了，他的身形如鬼魅，幾乎是飄身前來，五指相併為刃，直劈謝容與的面門。

謝容與料著此人應當對自己沒有惡意，不解他為何出手，他疾步後撤，沒有還手，偏身躲過這一擊。

岳魚七豈肯放過他？逼到謝容與跟前，整個人忽地消失不見。緊接著，謝容與的身後忽地有勁風襲來，他反應極快，從旁掠去，不待在院牆邊站定，他方才立著的地方便扎滿葉片——岳魚七不知從哪兒攏來一叢樹葉，當作暗器偷襲。

岳魚七見謝容與退到牆邊，輕笑一聲，正欲出招再試，這時，牆頭忽然躍出一道青影。

青影凌空，如同翩躚的鳥兒，手中長鞭急出，帶著疾風直襲向岳魚七。要不是岳魚七反應快，只怕要被這鞭子劈折手臂。

長鞭「啪」一聲撲了個空，青唯收鞭落地，半句不廢話，屈指向岳魚七面門襲去。

來前謝容與跟她打過招呼，說這竊畫賊沒有惡意，如非必要，不必動手。她適才在牆頭貓了一時，原本還好好的，怎料竊畫賊居然跟說好的不一樣，一言不合就拳腳招呼，若不是她官人避得及時，那葉片做的暗器只怕會傷了他！

既然這樣，她也沒必要客氣了，管這竊畫賊好的壞的，終歸是個不講理的，先拿鞭子狠打一頓不為過。

岳魚七見青唯招招凌厲，忍不住「嘖」一聲，幾年過去，這野丫頭的脾氣是一點沒變。

岳小將軍何許人也，當年長渡河一役，他能帶著手下將卒在千軍萬馬中突圍，憑的都是真本事，莫要提謝容與了，便是他親手教出的溫青唯，離他的身手都差之遠矣。

天邊雲遮月，院中黑燈瞎火，岳魚七掠去院中一株柳樹旁，扯下一根柳條，見青唯的鞭勢來襲，不避不躲，手中柳條搶出，與鞭身相互纏繞，很快就卸去長鞭的力道。

青唯見了這一式，不由愣住，腦海中猝然閃過記憶中的某一刻——

「瞧見這石子兒了嗎？這是什麼？」

溪水邊，岳魚七從水中拾起一枚鵝卵石，問道。

尚且年幼的溫小野張頭望著他，「就是……石子兒啊。」

「不，這是妳的兵器。」

他又折下一根菖蒲，問：「瞧見這根草了嗎？這是什麼？」

這一回溫小野舉一反三，「兵、兵器？」

岳魚七滿意地點點頭，「是，也是兵器。」

他又從足邊草地裡摘下一朵指甲蓋大的小野花，「瞧見這枝花了麼？這是什麼？」

溫小野篤定道：「兵器！」

「兵器個鬼！妳的眼睛今兒擱家裡沒帶出來？」岳魚七斥道：「這野花嬌小，狀渾圓，打出去一點力道沒有，有這功夫還不如摘片葉，哪能做兵器？這是師父扯來給妳插小辮兒上的，戴好了，回家吃夜飯。」

溫小野「哦」一聲，迎著夕陽，跟著岳魚七往回走，「師父，我們有刀有劍，為什麼還要撿石子兒菖蒲做兵器呢？」

「大市鎮多禁兵刀，妳一個平頭百姓，身上最多藏一把匕首，真跟人打鬥起來，哪這麼巧有稱手的兵器，自然是手邊有什麼用什麼。記住了，萬事萬物相生相剋，以柔克剛，以剛破柔，花葉枝條、乃或是鍋碗瓢盆用好了，未必比不上刀劍……」

青唯怔忪一剎，口中喃喃溢出兩個字：「……師父？」

然而與人拚鬥時，最忌分心，青唯這麼一分神，岳魚七倒抽柳條，青唯的鞭子就落到了他手裡。長鞭易主，頃刻猶如活了一般，猶如吐信的毒蛇，逕自擊向青唯的面心。

「小野當心。」謝容與先一步反應過來，拽住青唯的手往後急退，手中扇子抵住鞭尖。

鞭子被擋了來勢，稍稍後撤，猶如吊在半空的蟒蛇，蛇頭凌空拐了個彎，隨後血口大張，再度襲來。

青唯得了這麼一刻喘息，也回過神來，她足尖在地上一踢，挑起一塊堅石，勾手凌空接過，砰一聲打偏蛇頭。

鞭身回縮，那頭傳來一聲輕笑，「丫頭，以柔克剛，以剛破柔，學得還不賴。」

值房中的燭燈適時燃起，尹婉端著燭臺出了屋，青唯藉著燈火望去，只見岳魚七隻身立在一根細枝上，如同世外劍仙，經年過去，他幾乎沒怎麼變，長眉星目，就連左眉上那道凹陷的疤痕都是老樣子。

謝容與立刻收了手，「岳前輩？」

「師父，當真是您？」青唯心中已有揣測，然而真正見到，多少還是不一樣。

青唯心中激悅難耐，她不管不顧，足尖在地上輕點，也要縱上枝頭。

岳魚七一驚，立刻從枝頭上躍下，退到值房前，斥她，「妳當自己是隻蛾子，見人就往身上撲？多大的人了都。」

他目光掠過院中的謝容與，「你們兩個跟我進來。」

值房的四角都有燈臺，燈火朗照，房中亮得如白晝一般。

岳魚七大馬金刀地在桌邊坐下，看向謝容與：「小子，你一個人來的？沒讓你那些鷹犬跟著？」

謝容與道：「是。我猜前輩對我並無惡意，加之您又認識漱石，所以獨身前來與前輩交涉……除了小野，她身分有異，晚輩一直讓她跟在身邊。」

他說著，對岳魚七是以一揖，「晚輩不知岳前輩來了東安，此前多有冒犯，還請前輩見諒。」

岳魚七本來還在計較他喊青唯「小野」，見他態度謙和有禮，反倒不好多說什麼了。

「師父，您怎麼會在東安？」這時，青唯道：「我找了你好幾年，我還……」

「快打住吧！」岳魚七冷笑一聲，「妳還有心思留在我身上？辰陽的燕子倒是記得年年春來廊下築巢，我養的鳥兒早不知道歇在哪家裏了金的簷頭上了。」

青唯聽了這話，眨了眨眼，似乎沒明白他冷言冷語地在說什麼。

「先不提這個。」岳魚七盯著謝容與，「說說吧，你是怎麼知道尹婉是漱石，又是怎麼知道跟著漱石，就能找到我的？」

謝容與頷首，「想要知道尹四姑娘是漱石，不難，一共三點。」

「第一，順安閣的鄭掌櫃親口透露的。」謝容與道：「當日曲停嵐買畫被盜，返回順安閣要求退畫。鄭掌櫃本來堅持買賣即成，概不退換，爾後尹弛上前相勸，他立刻答應退還銀子。鄭掌櫃事後言明，順安閣規矩嚴苛，若非經畫師本人同意，順安閣不會輕易撤回買賣，由此可見，漱石若非是尹二少爺本人，必是與尹二少爺相關。」

「第二，漱石仿的是東齋畫風，凡略懂丹青的人都知道，東齋畫風極難學成，除非有天生丹青之才，又得數年苦練不足以小成。尹月章的畫我其實看過，他畫風踏實穩健，擅長畫人物花鳥，並不以景見長，如他所說，他學畫伊始，仿的都是水松、停梅居士一派，試問一個人在短短二十年中，如何兼顧兩種艱深的畫風呢？這是不可能的，所以深得東齋精髓的漱石，既與尹二少爺有關，卻又不可能是他。」

謝容與這麼一說，青唯就想起來了，當夜詩畫會上，每間雅閣都配了一本書畫冊子，上頭記有順安閣收藏字畫名稱，謝容與見內裡有尹弛的畫作，跟夥計點來看過。

「至於第三點，其實是尹四姑娘親口告訴我的。」

立在一旁的尹婉愣了愣，怯聲問：「我、我親口告訴王爺的？」

謝容與頷首，「是。尹四姑娘可記得，當日我懷疑尹弛就是漱石，曾傳妳到書齋問過話？」

尹婉點了點頭：「記得的，王爺問我，五年多前，我可曾去順安閣幫二哥哥送過畫。」

她的聲音細若蚊吶，「可我當時跟王爺說的是，我送過……」

漱石五年前在順安閣留下過畫作，送畫人是一個小書僮。

如果尹婉承認自己就是這個小書僮，當年是幫尹弛送畫，等同於指認尹弛就是漱石。

「正是尹四姑娘這句『送過』，讓我知道了漱石不是尹弛，而是妳。」謝容與道：「漱石隱藏了這麼久，是不會輕易讓我猜到她是誰的。如果漱石是尹弛，那麼當我問起幾年前送畫的事，他會叮囑尹四姑娘怎麼答呢？」

尹婉輕聲道：「……沒送過。」

「是，沒送過。如果尹弛是漱石，他會撇清自己，說自己五年沒讓書僮去順安閣送過畫。除非漱石是尹四姑娘妳本人，妳才會說自己送過畫，從而把嫌疑推到妳的二哥哥身上。妳想的是，左右妳二哥哥的畫風與東齋先生不像，等玄鷹司看到妳二哥哥的畫，便會陷入一個死胡同裡出不來了。妳想的是，沒有人會猜到，一個女子會是天生丹青大家。」

尹婉咬著唇，半晌，點了點頭：「可是王爺您，又是怎麼猜到的呢？」

謝容與道：「常人提到丹青大家，第一個總會想到男子，殊不知才能其實是不分男女的。且女子不易為仕途與功名利祿分心，如果肯悉心鑽研，更容易精於一道。前朝的辛蕊夫人，詩詞縱橫豪闊；百年前中州首富淩娘子樂於生意買賣，走南闖北，一生未嫁；還有小野，她自小跟著岳前輩習武，冬練三九夏練三伏，論單打獨鬥，我身邊這些玄鷹衛，沒有一個是她的對手。尹四姑娘自小跟著沈先生，如果妳來學畫，無論是時間還是精力，都會比尹二少爺更多，漱石為什麼不能是妳呢？」

尹婉聽了謝容與的話，輕聲道：「王爺高智，民女……的確是漱石。」

「五年前在順安閣留下畫作的是民女，今次，也是民女把〈山雨四景圖〉和二哥哥的丹青一併送去了順安閣。那順安閣的鄭掌櫃不知情，以為這些畫作皆出自二哥哥之手，是故當日丟了畫，二哥哥上前勸說，鄭掌櫃才會聽他的勸。王爺，這一切我二哥哥都被蒙在鼓裡，還請王爺別把他牽連進此案。」

謝容與卻道：「如果我猜得不錯，尹四姑娘應該同那位教畫的沈先生關係匪淺吧？」否則當年那沈先生一個舉人老爺，怎麼肯教一個年僅四五歲的女童丹青呢？就算是伯樂與千里馬，難道那沈先生慧眼如神，能夠辨出這樣一個小小的女童會是丹青大材？

尹婉聽了這一問，不由看向岳魚七。

「此事容後再說。」岳魚七道：「你先回答我的問題，你是怎麼知道跟著她，就能找到我的？」

「因為太巧了。」

「太巧了？」

「是。」謝容與道：「我到東安暫住歸寧莊，而莊上的這位四姑娘，恰好就是漱石，這是巧合一。」

「我剛發現漱石的畫風類呂東齋，坊間就流出了〈山雨四景圖〉，這是巧合二。」

「曲茂買下〈山雨四景圖〉，此圖底畫被盜，這是巧合三。」

「齊州尹數日間忙得席不暇暖，〈山雨四景圖〉被盜當夜，他卻意外在留章街出現，這是巧合四。」

謝容與道：「其實齊州尹當夜出現在留章街也沒什麼，可能是他散值夜歸，恰好路過此處，令人生疑的是他之後的表現——他得知〈山雨四景圖〉底畫被盜，一方面稱是竊賊狡猾，難以追捕，一方面又將責任大包大攬，聲稱官府一定會尋回畫作。齊州尹這個人我知道，他是先帝親自提拔的陵川父母官，肯辦實事，是個少說多做的脾氣。當夜玄鷹衛幾大精銳追捕竊畫賊未果，他如何輕易做出承諾？除非他手上本來就有竊畫賊的線索，卻故意按下不表。加之我住去歸寧莊，也是經由齊州尹安排，我便猜測，或許齊州尹、竊畫賊還有漱石三人，原本就是相識的。」

如果巧合從始至終只有一個，是意外不為過，但是巧合接二連三發生，冥冥之中必有關聯。

「單憑這樣你就確定了齊文柏跟我是一夥的？」岳魚七問。

謝容與道：「不，真正讓我確定三位相識的是另一樁事。」

「什麼？」

「事後我讓玄鷹司的章校尉細查尹家。這位章校尉脾氣雖急躁，辦事一絲不苟，唯一的缺點，就是相信的人太過相信，疑心的人太過疑心，換言之，就是預設立場。」

「玄鷹司啟程來陵川前，官家曾叮囑過我們，說陵川的齊州尹與宋長吏可以信任，章祿之便將此話牢記心頭，等到了此地，但凡是從齊宋二人告知的線索，他從不會有半分質疑。他查尹家，多半消息都是從州府打聽，結果他查到了什麼呢？」

「所有關於漱石的線索，一概指向尹弛，尹弛自小學畫，尹弛是畫癡，教畫的沈先生走了，尹弛不得不苦讀，直到考中秀才才重拾畫筆，連學畫時日上的間隔，都與漱石畫作兩回出現的時間接近，而關於尹四姑娘，章祿之卻什麼也沒查到。不說別的，尹四姑娘當年一個女童，能跟著一名舉人學畫，此事便不簡單；她年紀尚輕，卻與家人疏遠獨自僻居於莊上，僅僅是因為耽擱了兄長課業？最重要的是，漱石是當年給岑雪明留下畫作的人，她一個小姑娘，卻跟一個失蹤的朝廷命官有關聯，這裡頭難道沒有文章？凡做過必留下蛛絲馬跡，我已說過了，章祿之辦案一絲不苟，這些蛛絲馬跡，他為何沒有查到呢？正是因為他太相信齊州尹了，以至於他每每觸碰到疑點、缺漏，這些缺漏便被齊州尹不動聲色地填補平整。所以到最後，他什麼都沒有查出來。」

也正因為此，謝容與才斷定岳魚七、齊文柏、與尹婉三人之間相識。而所謂的深夜竊畫，只是他們三人聯合起來布的一個局罷了。

岳魚七聽罷這話，了然道：「於是你將計就計，故意讓人仿了一幅呂東齋的畫？」

謝容與道：「是，晚輩請一位擅畫的大人仿了一幅東齋先生的〈西山棲霞留景〉，隨後把畫送去點墨齋寄賣。」

岳魚七道：「你讓那送畫人自稱是漱石，又說自己手上已有了尹弛就是漱石的證據，把賣假畫的黑鍋扣到尹弛頭上。隨後你招來齊州尹與宋長史，當著他二人的面，把尹弛擒去衙門。」

「你這麼做有兩個原因，其一，你知道齊宋二人未必會信你，讓他二人跟著，是為了絆住他們；其二，憑尹婉單純的性子，見尹弛被擒走，只會認為是自己害了他，無措之下定會與我報信。你於是讓你那些鷹犬明面上去衙門審案，暗地裡，你卻跟著尹婉找到我這裡。」

謝容與頷首，「是，只是晚輩沒想到會在這裡遇到岳前輩。」

他頓了頓，隨後揖下，「原來岳前輩一番辛苦，只是在試探晚輩。」

他沒說試探什麼，不過岳魚七聽得分明。

他的確給他設了難題不假，原本只想看看這小子能否找著畫，沒想到他一石三鳥，非但勘破尹婉是漱石，連他的目的也猜到了。

岳魚七瞇眼注視著謝容與，半晌，不由得吐出三個字，「小昭王？」

當年昭化帝將謝容與接進宮，正逢岳魚七受將軍銜不久，一名異姓大族的公子非但被封王，還被賜予一個「昭」字，朝中不是沒有異聲的，可是這樣的異聲，都在滿朝文武看到謝容與的一刻平息下來。

那是怎樣一個孩子呢？便是沉靜地立在宣室殿上，整個人已自染光華。

而經年過去，岳魚七看著謝容與，只覺昭之一字果然襯得起他。

外間傳來腳步聲，青唯側目看去，原來是衛玦與齊州尹幾人過來了，尹弛跟在他們身後，他見到謝容與，上前一拜，溫聲詢問：「王爺，這究竟是怎麼回事？月章一到衙門，衛大人便說案子是誤會……」他稍遲疑，看到值房裡的尹婉，詫異道：「婉婉，妳怎麼會在此？」

謝容與道：「仿畫的案子的確是誤會一場，至於這一切究竟是怎麼回事——」他一頓，看向岳魚七與齊文柏，最後落到尹婉身上，「既然漱石畫師在此，不知三位可否賜教？」

他這話問得十分有禮，齊文柏忙稱賜教不敢，「殿下的問，還是由下官來作答吧，其實這事……」

「其實這事說來話長。」不待齊文柏起頭，岳魚七便打斷道，他瞥了天色一眼，「太晚了，都回去睡吧，有什麼等明早再說。」

岳魚七發了話，餘下人等只好稱是，相繼辭去。

值房院中頃刻只剩岳魚七、青唯、謝容與三人。

岳魚七掃謝容與一眼，懶洋洋道：「太晚了，你也回吧。」

謝容與本來想跟岳魚七提一提他和小野的事的，見他沒有要聽的意思，應道：「是，那晚輩先告辭了。」

青唯好不容易找到師父，還沒跟師父敘上話，師父就打發自己走了，她悻悻地跟著謝容與辭去，只聽身後岳魚七「嘖」一聲，「回來。我讓他回，妳跟著一起走幹什麼？妳這丫頭，究竟跟誰是一家的？」

青唯愣了愣，這才反應過來岳魚七的意思。

她不由看向謝容與，謝容與很淡的笑了一下，青唯這才抿抿唇，挪回院中。

夜空濃雲退去，小院當中月華如練，待閒人都走遠了，岳魚七盯著青唯，語氣涼涼的，「說說吧，妳跟這位小昭王，究竟算怎麼回事？」

青唯不知道該怎麼答，她有點無措，一時間覺得那夜的惡夢成了真。

「就……那麼回事啊……」

「那麼回事是怎麼回事？」

青唯垂著眼，盯著靴頭，「就是……唉，說不清，我也不知道算怎麼回事……」

岳魚七有點明白了，「妳的意思是，妳跟這位小昭王，是那種說不清怎麼回事的怎麼回事？」

青唯愣了半晌，雖然她不清楚他們究竟在說什麼，但師父這麼說，好像也對？

青唯點點頭。

岳魚七無聲靜立良久，淡聲道：「行，我知道了。」他勾手拾起地上的柳條，還不待他動，青唯先一步反應過來，立刻躍上一旁的枝梢，急聲道：「師父你不能這樣！你總得等我解釋再打折我的腿不遲！」

岳魚七冷笑一聲，「妳倒是記得為師要打斷妳的狗腿。」他將柳條一扔，「說吧，我倒要聽聽看妳能解釋出個什麼花兒來。」

青唯想了半晌，支吾道：「我當初跟他就是假成親，一開始誰都沒當真，連夜裡睡在一起，我都在盤算該怎麼離開……可是後來，因為何鴻雲的案子，慢慢就耽擱了，加上我又受了傷，他照顧我，不知道怎麼就留了下來，習慣了……」

習慣了，漸漸生根，捨不得了。直到最後離開，竟是被迫的。

岳魚七聽完這一番話，卻揀出一個重點，「妳的意思是，你們明面上雖然是假成親，夜裡卻實實在在地睡在一起？」

青唯愣了一下。

她還沒來得及辯解，岳魚七又道：「妳還習慣了？那這意思是不是，你們直到現在，都是夜夜睡在一起的？」

中夜靜謐無聲，倏忽之間，彷彿連蛙蟲的鳴叫都歇止了。

青唯眼睜睜看著岳魚七目光變涼，長袍無風自動，下一刻，他的身形倏地消失在原地。

青唯的腦子「嗡」一聲，身體的反應比腦子更快，一下子躍離枝梢竄上簷頭，著急道：「師父，你聽我解釋——」

岳魚七立在梢頭，「都睡一起了，還解釋什麼？」

他在梢頭一踩，飄身凌空，手中柳條疾出，「啪」一聲清脆地拍上簷頭，青唯旋身堪堪避過，「我跟他雖然睡在一起，但是我們——」

她想說他們之間什麼都沒有發生。

可是，他們那叫沒發生過什麼嗎？

不說她跟他……親過幾回了。

多少次她窩在他懷中睡去，又在他懷中轉醒的。溫小野哪怕再大而化之，也知道這些不是正常男女間該做的事。

青唯支吾改口：「但是我們之間沒發生太多……」

岳魚七：「……」

柳鞭頃刻間像是活了，攜著疾風迅雷，朝青唯席捲而去，青唯見勢不好，倒身而下，除了足尖仍踏在簷頭，整個人幾乎與簷角平行。緊接著，她用力一蹬屋簷，疾步後掠，在院中落定，轉身就往院門跑，岳魚七用柳鞭撈起數顆石子兒，盡數打向院門，直接封了她的路。

青唯也不囉嗦，步子一折，奔去牆邊，乾脆往牆頭跳。

岳魚七「嘖」一聲，幾年不見，這個小丫頭，功夫精進了不說，真槍實戰裡磨練一番，逃命的本事簡直是一等一的。

青唯躍上牆頭，卻也不敢真的走人惹師父生氣，乾脆跟他商量：「要不師父您直接說，您要賞我幾鞭子，只要不多，我站院子裡不動，直接受了——」

岳魚七冷笑：「妳還有工夫跟我討價還價，等我打折了妳的腿，直接送那小子去見閻王。」

青唯一聽這話卻是急了，見岳魚七也躍上牆頭，她幾乎是抱頭亂竄，「可我不跟他在一塊兒，我該跟誰在一塊兒？洗襟臺塌了，阿爹過世了，辰陽的家回不了，曹昆德利用我，我不姓崔，崔家到底隔了一層親緣，在外行走也要小心翼翼，只有他在知道我是小野後——」

青唯閃身一躲，避過柳鞭的一擊，「只有他在知道我是小野後，信任我，認真待我，盡心保護我，我也喜歡跟他在一塊兒，在他身邊我才能吃好睡好，倘若這幾年師父在，我也不至於漂泊這麼久，可是我怎麼都找不到師父，師父你究竟去哪裡了？」

師父你究竟去哪裡了？

岳魚七聽了這一問，手間動作一頓。他看著丈尺之外的青唯，片刻，飄身下了牆頭，在院中竹椅坐下，不出聲了。

值房的燈色透窗滲出，摻著月華，將小院照得分外明亮。

青唯見岳魚七臉上怒容消褪，也小心翼翼地下了牆頭，喚道：「師父？」

岳魚七沒理她，她又湊近了些，在他身邊蹲下身，勾手微微扯了扯他的袖口，輕聲又喚：「阿舅……」

岳魚七乜她一眼，半晌，冷言道：「這小子太聰明了，我不喜歡。」

真的太聰明了，不單單因為他今夜一招將計就計，輕易就破了岳魚七設下的難題，還因為他自幼被賦予的昭昭之望。

當年滄浪江逝去的士子太多，滿朝文武在看到謝容與的一瞬，彷彿看到了那個驚才絕豔的謝楨。

青唯聽到這句「不喜歡」，眸中掠過一絲黯然。

岳魚七又道：「謝家的公子楨是怎麼長成的？他出身名門，年少踏遍山水，才養成了風流灑脫的脾氣，他給自家小子取名容與，便是盼著他能和自己一樣自在恣意，可是謝容與呢？」

謝楨過世後，謝容與被接入宮中，寄予厚望，從此夙興夜寐只爭朝夕，十七歲那年遠赴辰陽，居然是他第一回離開京城。

「如果謝容與本來的性情真的和他父親一樣，被拘在宮中長大的這些年，真的是他想過的日子嗎？」岳魚七吐出四個字，「慧極必傷。」

岳魚七看青唯一眼，見她神色愈發黯淡，淡淡道：「不是麼？我聽說洗襟臺塌了後，他足足病了五年，其中一年連門都出不去，後來幾年，也要靠戴著一張面具才能勉強支撐。眼下他看上去病是好了，面具也摘下了，可他的病究竟是怎麼好的妳知道麼？洗襟臺是他的心結，他這麼不怠不懈地尋找真相，有朝一日，真相真正被揭開，如何保證他的病不會再犯？」

岳魚七說到這裡，嘆一聲，「丫頭，妳和他不一樣。」

她是養在青天曠野裡自由自在的一隻鳥兒。

而他心上有過雲霾，不僅僅因為洗襟臺，還因為他是那樣負重長大。

青唯卻道：「我不在乎。」

岳魚七別過臉看她，見她目光裡的黯色已經散了，變得十分平靜，頓了頓，問道：「丫頭，妳喜歡他？」

青唯怔了一下。

她似乎從未仔細思考過這個問題，又或是在潛意識中想到過，卻避之不答。

可是這世間最美好的事物，並不是你不去理會，它就不會發生的，它總是在不知不覺中如雲蔓滋長，蓬勃而放，像春來破土的芽兒，冬來覆原的雪，秋日離梢的葉，夏日晨間，開滿一整個牆頭的花兒。

眼下師父既問起，青唯也不再迴避，她垂目細忖了一瞬，很快就確定了。

她點了點頭：「嗯，我喜歡他。」

岳魚七看著她，她的目光湊湊的，清泉一般。

青唯以為師父又會斥自己不矜持，沒想到他沉默片刻，卻道：「喜歡就喜歡吧，人無完人，這小子除了心病，別的都挺好，是招姑娘喜歡。」接著他收回目光，倚著椅背，長長地、悠遠地嘆了口氣，「小丫頭長大了，也有自己心儀的人了。」

青唯望著岳魚七，雖然乍一眼看去，師父沒怎麼變，可往細裡瞧，師父的眼尾已有了細紋，眼神也比從前更加深邃了，她不由得道：「師父，您這幾年究竟去了哪裡？」

她道：「我聽說，洗襟臺坍塌後，您是主動投案的，後來您跟著先帝的御輦回京，在途中被人劫了囚車，這是真的嗎？」

岳魚七看她一眼，「這些都是誰告訴妳的？曹昆德那個老太監？」

青唯點點頭，又道：「我在上溪，遇到了一個叫葛翁的山匪，他說洗襟臺坍塌一個月後，您在上溪出現過，還勸他在山中藏著，不要輕舉妄動。師父，您那時為何會出現在上溪，您也在查洗襟臺坍塌的真相麼？」

岳魚七聽了這一問，反是問，「妳呢？曹昆德那個老東西，沒怎麼為難妳吧？」

青唯搖了搖頭：「我那時聽聞洗襟臺噩耗，躲在崇陽等消息，可是等了快一個月，除了聽說朝廷要治阿爹的罪，其餘的一概不知。後來我等不及了，有天夜裡溜到柏楊山上，聽守衛的官差說，阿爹與許多士子一樣，被埋在碎石瓦礫下，連屍身都沒找到，我很傷心……」

她很傷心，待守衛離去，跪在洗襟臺的碎石瓦礫上，徒手挖了一整夜，直到隔日天色微明，忽然被人從背後捂住嘴。

「我就是那時遇到曹昆德。要說他待我不好，並不盡然，他算是救了我的命。送我去崔家，幫我掩藏身分的也是他。所以他讓我認他做義父，騙我上京，讓我嫁去江家，許多事只要不違背原則，我都願意幫他去辦，畢竟他有恩於我。但我也知道他是在利用我，否則不會在我失去利用價值的一刻，就把我的身分捅給刑部與左驍衛。我不清楚他的目的是什麼，不知道是不是錯覺，這幾年接觸下來，我覺得他格外在乎洗襟臺，近乎是……有點憎惡？」

岳魚七聽了這話，沉吟片刻問：「這些事，妳可曾跟謝容與那小子提過？」

青唯點了點頭，「在上溪就提過了。後來左驍衛的一個姓伍的校尉出了岔子，導致上溪暴亂時左驍衛群龍無首證人被殺，左驍衛的中郎將想要保這校尉，我官……小昭王寫信給官家，暗中做了筆交易，他可以不追責伍校尉，與之交換，左驍衛及相關衙門，也得暫停緝拿我，至於曹昆德那邊，他已經跟官家打過招呼了，所以曹昆德暫且威脅不到我，我眼下是安全的。」

「……這個小昭王，還挺有手腕。」岳魚七齒間輕聲碾出這一句話。

他從竹椅上起身，轉身要回值房，「行了，今夜就聊到這，妳走吧。」

青唯愣了愣，追著要進值房，「可是師父還沒告訴我您這些年去了哪兒呢，我今夜不能住在這裡嗎？」

岳魚七不耐煩地看她一眼，抬手就要關屋門，「妳都多大的姑娘了，在我這裡留宿，像什麼話？再說妳人留在這，心也能留在這麼？怕是早把那小昭王當成自己官人了吧。」

青唯愣了愣，「哦」一聲，正待轉身離開，身後岳魚七道：「回來。」

他思量半刻，「妳回去收拾收拾，就這兩天，跟我去中州一趟。」

「去中州做什麼？」青唯不由得問。

「明天妳就知道了，總之早去早回。」

青唯又「哦」一聲，正要走，岳魚七「哎」一聲又喚住她。

他看著青唯，神色複雜，半晌才道：「妳跟這小子的事，我還待思量，怎麼著都得尋個吉日告知了妳爹娘才行，妳……我知道妳大事上有分寸，切記，妳也是好人家養大的姑娘，待告知妳爹娘前，定不可讓他輕易……輕易……」

餘下的話難以說出口，岳魚七正在組織言辭，青唯很快明白了他的意思，篤定道：「師父放心，他不會的。」

岳魚七見她領悟得這麼快，不禁想起她那句「我跟他沒發生太多」，一時間怒火再度竄上心頭，「我是擔心他不規矩嗎？除非妳想，誰能占得了妳的便宜，我擔心的是妳！」他終於「砰」一聲把門闔上，眼不見心不煩，「趕緊滾回去。」

第十章　昭昭

翌日晨，謝容與和青唯在偏廳用早膳，聽她提及不日要去中州，有些意外。

「中州？」

青唯點了點頭：「師父說的，他說這兩日就動身，早去早回。」

昨夜她回得很晚，輕手輕腳到了房中，謝容與竟在等她，今早衙門還有事，兩人都沒有睡太久，德榮端了醒神的湯來，謝容與幫青唯盛了一碗，想了想道：「曲不惟在中州有一座宅邸。」

曲不惟出售洗襟臺登臺名額，標價十萬兩一個。哪怕賣出的名額很少，這麼多真金白銀，他藏哪兒去了呢？當年洗襟臺出事，陵川、上京一帶草木皆兵，這些銀子他斷不敢往上京運，思來想去，中州才是最穩妥的。中州與陵川離得近，又多有買賣往來，陵川近年日漸富裕，多半就是由中州帶動的，藉由生意的名頭，將銀子陸續存放去中州，最不易被人發現。

青唯問：「師父想讓我去盜曲不惟的贓銀？」隨即道：「這差事我辦得了。」

翻看卷宗查找線索她未必在行，但是暗中探訪擒賊拿贓，她最擅長不過了。

她一碗醒神湯吃完，謝容與吩咐德榮為她換乾淨碗碟，親自幫她舀什錦粥，「尚未可知，待今日問過岳前輩再說。」

他的聲音清越入耳，青唯不由得別過臉看他。

日暉透窗澆入，將半空裡的塵埃照得清晰可見，他的側顏在這樣明媚的晨光裡一點瑕疵也無，長睫微微下壓，眸色有點清冷，以至於他整個人看上去都是疏離冷淡的，他似乎覺察到她的目光，回望過來，「怎麼了？」

神情中冷淡未散，眼神與語氣卻很溫柔。

青唯的心倏然一跳，她搖了搖頭，收回目光，不說話了。

耳畔浮響起師父那句「丫頭，妳喜歡他」。

用罷早膳，一行人隨即去了州衙。

除了齊州尹與宋長吏，尹弛、尹婉，還有尹家老爺也在衙門等著了。

齊文柏將眾人引至衙門會客的偏廳，方落座，只見岳魚七姍姍來遲，謝容與起身對岳魚七施以一揖，「岳前輩上坐。」

岳魚七「嗯」一聲，一點都不客氣，直接在上首坐下。

當年長渡河一役，朝廷雖賜了岳魚七將軍銜，到底只是六品，且岳魚七當了幾日官，稱是拘得慌，很快辭官回辰陽了。眼下昭王殿下還在廳中呢，怎麼由岳魚七做到上首去了？

齊文柏左右為難，很想提醒岳魚七一句，奈何謝容與似乎沒覺得不妥，齊文柏只得閉了嘴。

謝容與開門見山：「岳前輩，小野說您近日要帶她去中州，不知所為何故？」

岳魚七道：「你們不是在查岑雪明，中州有姓岑的線索，我閒著沒事，跑一趟無妨。」

這話掐頭去尾，說得四六不著。

中州怎麼會有岑雪明的線索？

齊文柏見眾人困惑，道：「還是由在下來說吧。」

他朝謝容與、衛玦幾人一揖，「這事還當從頭說起。昭化十三年，洗襟臺坍塌後，岳小將軍得聞噩耗，第一時間就趕來了東安，稱是要尋自己的外甥女，即殿下身邊的這位溫姑娘……」

青唯是昭化十二年，謝容與來請溫阡出山時離家出走的。

她並沒有走太遠，在岳魚七的山居一直住到來年春天。

她心中有氣，氣父親沒有回來為母親守喪，為何趕不及見母親最後一面。可是父女之間，這樣的氣又能持續多久呢？

何況青唯知道，在溫阡心裡，這座洗襟臺，就是為了他的亡妻岳氏建的。

待樓臺建好了，他希望她能去看看。

昭化十三年，辰陽入夏的第一個清晨，岳魚七一覺醒來，沒有看到小野，只在桌上拾到了一張字條，「我走了，去洗襟臺看看。」

那年的溫小野已經十四歲了，她自小跟著岳魚七學武，論功夫早在常人之上，徒弟長大了，多少需要歷練，何況，岳魚七想，他都把軟玉劍送給她了，她能遇到什麼危險，溫阡也在陵川呢。

是故溫小野這一走，岳魚七沒有跟去。

岳魚七是個隨性的人，溫小野在他這住了大半年，他就拘了大半年，溫小野這一走，他也樂得自在，陵川的熱鬧他不愛去湊，轉頭往北走，過中州入泯江，乘船朝西，去慶明找自己的一位老友吃酒去了。

所以洗襟臺坍塌的噩耗傳到岳魚七耳中，已經是昭化十三年的七月下旬了。

岳魚七聽到這個消息，第一時間便往陵川趕，一路星夜兼程，然而等到了陵川，陵川整個州已被封禁，尤其是崇陽縣一帶，出入更需要朝廷特製的通行令。

所幸岳魚七在朝中認得幾個人，他找到當時陵川州府的辦事推官，請他幫自己弄一張通行令。這名推官姓齊，正是後來的陵川州尹，齊文柏。

齊文柏道：「在下與岳小將軍是早年在京中結下的情誼。長渡河一役後，岳小將軍回京領將軍封銜，正逢在下上京述職，我二人一見如故，成為知交。昭化十三年，岳小將軍輾轉找到我，稱是他的外甥女溫氏很可能陷在崇陽縣，託我給他辦一張通行令，他好把她救出來。岳小將軍之託，在下自然義不容辭，親自將岳小將軍帶到崇陽，沒想到……」

「沒想到我到了崇陽，非但沒有找到小野，見到的卻是人間地獄。」岳魚七接過齊文柏的話頭，說道。

說是人間地獄，其時已值七月末，比之洗襟臺剛坍塌時，已經好了許多。

聽說洗襟臺坍塌那日，滂滂大雨澆注下，不斷地有碎石瓦礫自山間滑落，人們連逼近都不能，談何救人？等到大雨終於歇止，每揭開一片巨岩梁木，下頭就能找到一具屍身，連小昭王被抬出來時，竟也一身是血，死生不知了。

是人都有惻隱之心，岳魚七找不到青唯，只能託齊文柏四處打聽，等消息的幾日，他念及自己在軍中學過一點包紮之術，便去醫帳中幫忙。

就是在那裡，他遇到了一名姓沈的舉人。

「沈舉人」三個字一出，尹婉眸色一黯，尹弛不禁道：「沈舉人？他可是……我先生？」

齊文柏道：「尹二少爺稍安，且待岳小將軍往下說。等他說完，您就都明白了。」

這位沈舉人姓沈名瀾，也是洗襟臺一名登臺士子。

被遴選登臺的士子中，別的地方都是以進士為多，只有陵川，舉人幾乎占了半數。

沈瀾運氣好，洗襟臺坍塌時，他扶住了山間的一株巨木，巨木雖折斷，卻在廢墟下給他撐起一片空間，他傷了腿，並沒有性命之憂。

岳魚七礙於與溫氏有牽連，去醫帳中幫忙的時候，都挑帳子裡沒人的時候。

彼時正是深夜，沈瀾卻醒著，他看了岳魚七一眼，說道：「義士，看您的樣子，不像是官府的人。」

岳魚七淡淡道：「我是過來幫忙的。」

沈瀾聽得「幫忙」二字，目光又在岳魚七身上梭巡片刻，「義士夤夜前來，又遮著臉，若不是有什麼苦衷，想必就是來害人的吧。」

岳魚七不解他一個讀書人，為何會有這樣惡毒的揣測，他沒理他，掀開沈瀾腿上的傷處一看，隨即吃了一驚。

不知為何，沈瀾的傷口竟一直無人上藥，早已流膿生瘡了。

岳魚七當即不遲疑，找出一瓶金瘡藥，轉頭出帳打水，沈瀾一下子握住他的手腕，「義士究竟是誰？真是來幫我的？」

岳魚七道：「我是誰你不必打聽，你需知道你這腿再不救治，就要廢了。」

沈瀾聽了這話，目光一瞬茫然，隨後灼灼生出光來，像是看到希望，他忍痛從病榻上坐起，「義士夤夜來帳，只為救人，想必定是義薄雲天之輩，在下有一不情之請，還望義士一定答應。」

他道：「在下姓沈，名瀾，字書辭，東安人，有人……」他朝四周看了看，急聲道：「有人要殺在下，在下恐怕活不過今夜了，如果可以，還望您能保住家中小女一命。」

岳魚七一聽這話，直覺事情不簡單，問道：「有人要殺你？誰？」

沈瀾搖了搖頭：「在下也不知，只曉得那人是朝中的一個大人物，實不相瞞，在下之所以能登上洗襟臺，就是……」

話未說完，帳外忽然傳來巡軍的腳步聲，是夤夜查帳的人回來了，沈瀾驀地甩開岳魚七的手，「義士快走，莫要被在下牽連，記得在下姓沈，還望義士一定保住小女一命。」

巡帳的是京中軍衛，岳魚七是故沒有多留，很快避了出去。

他沒有走遠，就在附近一株樹上守著，直到翌日天明，軍衛撤了出去，岳魚七再度進到帳中，沈瀾已經死了。

洗襟臺意外坍塌，倖存士人本該盡力救治，可是其中一名士子卻被毒害身亡，岳魚七心中浮起層層疑雲。他很快找到齊文柏，一方面徹查沈瀾之死，另一方面，為了完成沈瀾的心願，去尋沈瀾口中的小女。

出乎意料地，據戶籍所載，沈瀾並沒有女兒。

他早年喪妻，後來甚至沒有續弦，半生無所出，哪來什麼小女？

齊文柏道：「這事越是蹊蹺，越說明裡頭有文章。在下於是派人暗中查訪，終於在是年九月，查到了沈瀾之女的下落。」

沈瀾的確有一個女兒，名叫菀菀，是他的亡妻所生。

要說沈家，祖上做的是字畫買賣，也算東安大戶，只是到了沈瀾這一輩，家業日漸衰敗。沈瀾與亡妻白氏的親事，家中的祖輩本來是不同意的，說白氏福薄命苦，八字與沈家不合，但沈瀾與白氏青梅竹馬，相愛甚篤，在沈瀾的堅持之下，白氏到底還是過了門。

白氏當真命苦，生下小女菀菀的當夜，還沒來得及與女兒見上一面，就嚥了氣。再後來，也不知道是這個陰時陰刻出生的女兒菀菀易招災禍，還是沈家本來時運不濟，家中祖輩相繼過世，家業也一落千丈，三房老么出生不過一月，一場急病早夭了。家裡的長輩執意說這一切都是菀菀的錯，找算命的來給她批字，算命的也說，菀菀克親斷財，她的生母在生她當夜而亡，這就是最好的例證，沈家於是生了要把菀菀送走的念頭。

所幸陰時陰刻出生的孩童，也是有好人家收的。命理上有個說法，有的人家福運太旺也不是好事，所謂木秀於林風必摧之，得找陰時生人來壓一壓。

而當時在東安，恰好有一戶尹姓人家想收養一個陰時出生的孩童，沈家於是就把菀菀送去了尹家。自此菀菀就不叫菀菀了，她改姓尹，喚作尹婉。

尹弛聽到這裡，愣道：「這麼說，婉婉其實不是我的親妹妹，她姓沈，是沈先生的女兒菀菀。可是這一切，為何從沒有人跟我說起過？」

齊文柏嘆道：「要說起，該從何說起呢？這個沈瀾啊，他就是一個情癡……」

沈瀾是個情癡，一生只愛了白氏一人。

娶回白氏當夜，他就跪在祖宗祠堂裡立誓，說他這一輩子都不會納妾，要與白氏一生一世一雙人。白氏在世時，他二人同進同出，恩愛情篤。後來白氏過世，他的悲痛可想而知，聽說他為白氏守靈，幾乎不吃不睡，不到一月整個人瘦脫了形，若不是家人把尚不足月的菀菀抱到他跟前，他已欲隨白氏而去了。

此後，沈瀾便將一生之愛傾注到了小女菀菀身上，親自教她長大，從不因她是一個女子就束縛她，她喜歡畫畫，他便教她識丹青，教她念書認字。

若不是因為家中祖輩以死相逼，父母在祠堂跪了三天三夜，沈瀾說什麼都不肯將菀菀送走的。

時年沈瀾已有了舉人功名，正待朝廷分派試守，菀菀離開後，沈家的一切似乎都在好起來。

沒想到弄巧成拙，沈瀾打聽到菀菀被送去了尹家，而尹家彼時正在招教書先生，居然不肯做官了，轉頭去了尹家，稱是願做尹二少爺的開蒙先生，只求在授學時，能見到他的菀菀。

沈瀾與菀菀父女離分，尹老爺不是沒有惻隱之心的，再說沈瀾一個舉人，願作尹弛的教書先生，何樂而不為呢？

「想必殿下一定覺得奇怪，沈瀾一個舉人，何故不做官卻要去當先生，何故在授學時，願意捎上一個小姑娘，又何故會教這個小姑娘與尹二少爺一同學畫呢？緣由就在這裡。因為尹婉就是菀菀，她是沈先生的親生女兒。」齊文柏道。

說著，他又是一嘆，「也許是天意吧。尹二少爺與菀菀一樣，竟也是個天生的畫癡，沈瀾又是個不拘小節的人，認為常人不該死讀書，要按照自己的心願而活，一輩子做自己喜歡的事才夠痛快。是以反將課業拋去一邊，專心教尹弛與尹婉丹青。」

可惜好景不長，尹弛苦學丹青一事，到底被尹家發現。尹老爺雷霆大怒，認為是沈瀾耽誤了兒子，非但攆走了沈瀾，擔心有尹婉在，會影響尹弛考功名，就讓尹婉搬去了歸寧莊旁住。

尹老爺悔道：「說起來，這一切都是我的錯，賴我彼時太衝動，太過一意孤行，其實沈先生當時勸過我，他說人這一生，並不是只有考取功名這一條路可走的，若能在喜歡的事上有一番作為，至少自己心裡是滿足的。就譬如築匠溫阡，曾經也是進士之才，可他後來苦心鑽研營造修築之術，眼下不也成了人人敬之的大築匠？沈先生說，人這一輩子，最難的就是按照自己的心願而活，尹家有條件，弛兒也肯吃苦鑽研，何故不讓弛兒攻於丹青呢？」

「我當時聽了他這一番話，只覺得他說的都是歪理，覺得他……他是為了奪回自己的女兒才這麼說的。他為了教自己的女兒學畫，耽誤了弛兒的課業。」

尹弛聽了這話，急道：「爹，您真是誤會沈先生了。學畫乃月章自己所願，是月章知道沈先生家中做的是字畫生意，求了他半年，否則他豈肯教月章丹青？」

尹老爺哀聲道：「我當時是氣糊塗了，非但攆走了沈瀾，還跟他說，我知道他想要回自己的女兒，但菀菀早已入了我尹家之籍，是我尹家的人，他這一輩子，都別想把菀菀討回去了。眼下想想，我不該跟沈先生說這句話的，我若不說，他也不至於走到後來那一步……」

衛玦問：「走到哪一步？」

齊文柏道：「諸位還記得〈四景圖〉嗎？不是尹四姑娘後來所仿的〈山雨四景圖〉，而是東齋先生的真跡，傳世名作〈四景圖〉。這幅〈四景圖〉，當年就在沈家。」

沈家祖上就是做字畫買賣的，後來收到呂東齋的〈四景圖〉，一直把它當作鎮店之寶，概不出售了。

這也解釋了尹婉的畫風為何會類呂東齋，為何年紀輕輕，就能仿出〈山雨四景圖〉，拋開她是天生的丹青大材不提，她正是看著〈四景圖〉的真跡長大的。

尹婉輕聲道：「小時候，爹爹為了逗我開心，便偷偷將〈四景圖〉拿給我看。我那時太小了，不解這幅畫的玄妙所在，可爹爹有辦法，〈四景圖〉是由一幅底畫，四幅覆畫組成的，按照光影變幻，底畫與覆畫相結合，就形成陵川四景。爹爹常常……」尹婉說到這裡，想起沈瀾，聲音哽咽起來，「爹爹常常把覆畫去了，只留底畫，隨後自己畫了覆畫，罩在底畫上給我看。他畫的覆畫很簡單，只是一團光影，蓋在底畫上，就成了貓兒狗兒，成了喜鵲和知了。這是……」尹婉眼中滑下一滴淚來，「這是我兒時最喜歡的戲玩，爹爹於是樂此不疲，畫了許多許多，每一天都有新鮮的，都是不重樣的，我後來喜歡上丹青，喜歡上東齋的畫風，多半都是因為爹爹……」

沈瀾是昭化十年被攆出尹家的，尹家老爺最後放話說，菀菀早已入了尹家的籍，是尹家的人，他這一輩子，都別想把菀菀討回去了。

沈瀾已經沒了白氏，不能再沒了菀菀。

他還想親自為她送嫁，將她交給一個好人家的。

直到此時，沈瀾才開始悔，他後悔自己當初考中舉人，為何沒有及時做官，如果自己能青雲直上，成了一言九鼎的大官，是不是沒有人能從他身邊搶走女兒？是不是當他想討回菀菀，沒有人敢說一個不字？

沈瀾自此入了仕，但仕途並沒有他想像中的順利，可能是他的性情所致吧，他不擅鑽營，更談不上長袖善舞，其實一步一個腳印地辦實事，怎麼都有出頭之日，可是沈瀾等不起的，有朝一日菀菀長大了，他還沒有成為那個一言九鼎的大官怎麼辦？他需要一個機會，更或者說，一條捷徑。

而昭化十二年，這個機會來了。

朝廷決定修築洗襟臺，並在來年七月，從各地遴選士子登臺。

其實最開始，沈瀾並沒有覺得洗襟臺會是他的機會，他雖是舉人，但他政績全無，甚至還比不上一些早早入仕的秀才，直到有一天，陵川一個叫做岑雪明的通判找到了他。

岑雪明說，朝中有一個大員很喜歡呂東齋的〈四景圖〉，只要沈瀾願意把〈四景圖〉捨出，那位大員，願意給沈瀾一個洗襟臺的登臺名額。

〈四景圖〉是沈家的鎮家之寶，沈瀾聽說了此事，起初是猶豫的，可是畫作再珍貴，到底是死物，菀菀一天一天長大，父女在一起的時光又能有多久呢？

如果能成為被選中的士子，登上洗襟臺，是不是常人都會高看他許多，他想要回菀菀，也會容易許多了？

沈瀾於是一咬牙，將〈四景圖〉交給了岑雪明。

那是昭化十三年的初夏，沈瀾來到歸寧莊，見了尹婉最後一面，他說：「菀菀，爹爹近日要去柏楊山一趟，妳再等一等爹爹，或許今年入秋，爹爹就能把妳接回家中了。從此我們父女在一起，再也不分開了。」

尹婉自小喪母，寄人籬下，雖然年紀很輕，卻十分懂事，聽了父親的話，她沒問緣由更沒有催促，只說：「爹爹，我近來的畫技又進步了，仿東齋先生已仿得皮毛，我可以拿給您看嗎？您看了定然高興。」

因為尹弛的事，沈瀾與尹家有齟齬，菀菀往來歸寧莊內院取畫，耽擱豈止一時。沈瀾不便在此多留，想了想道：「菀菀是天生的丹青家，畫作已可售賣，妳若希望爹爹看畫，可以暫將妳的畫送去順安閣寄賣，等爹爹從柏楊山回來，自會買回來看。」

尹婉想起東齋先生〈四景圖〉中「越山古剎鐘鳴」裡枕流漱石之景，想起小時候爹爹畫了貓兒狗兒的覆畫，總會順道提上「枕流」二字，點點頭說：「好，那菀菀就把畫作送去順安閣，提字漱石，等爹爹回來，可記得一定要看。」

那個急雨綿延的初夏，幾幅稍顯稚嫩的、提著「漱石」二字的畫作陸續被送到了順安閣。可惜賣畫人等啊等，等到酷暑過去，秋涼遍生，都沒有等到那個說好會來的買畫人。

昭化十三年的陵川陷在了夏末一場山搖地動中，而沈瀾，再也沒能如他所願，從柏楊山回來，接女兒回家。

廳堂中一時寂靜無聲。

片刻，謝容與道：「所以尹四姑娘當年以漱石之名送去順安閣的畫作，最終是被岑雪明買了去？」

尹婉點點頭。

「父親一去杳無音訊，我不知道該怎麼找他，一直等到是年九月，岑雪明找到了我。他說他知道我是漱石，在順安閣買下我的畫作，就是為了等我去結銀子時見我一面。是他告訴我，爹爹用〈四景圖〉換了一個洗襟臺的登臺名額，他還說，他還說……」

尹婉一時哽澀難言，沉默許久才續道：「他還說，爹爹已經冤死在洗襟臺下了。他隨後交給我一幅畫，讓我把畫收好，說等有朝一日，朝廷來查爹爹的冤情，我就把這畫拿出來，它自會指明證據所在。」

尹婉說著，步去廳堂左側的櫃閣，取出一個扁長的木匣。

木匣裡有一個卷軸，卷軸徐徐展開，映入眼簾的是一幅山雨中的亭臺。

「這畫的走筆我一眼便認得出，確是我父親臨終所作不假。」尹婉道：「岑雪明交給我這幅畫後就失蹤了，這些年我再沒有見過他。」

眾人都朝尹婉手中的畫作望去。

可是這畫瞧著平平無奇，山雨朦朧得幾乎與亭臺連成一片，哪裡會暗藏什麼線索？

這時，謝容與眸光一動，「這是一幅覆畫？」

尹婉點點頭：「殿下所料不錯，這幅畫，正是可以罩在〈四景圖〉上的一幅覆畫。」

呂東齋的〈四景圖〉是由一幅底畫四幅覆畫組成的，底畫與每一幅覆畫相結合，便形成新的景。

尹婉小時候，沈瀾常常自己畫了覆畫，在〈四景圖〉上變出貓兒狗兒來逗她開心。可以說，〈四景圖〉的底畫是什麼樣的，沈瀾早就銘記在心。

衛玦道：「也就是說，岑雪明最後交給四姑娘的只是覆畫，想知道他留下的證據，一定要找到東齋先生的〈四景圖〉真跡不可？」

尹婉點點頭：「大人說的不錯。」

章祿之道：「可是，岑雪明想留下曲不惟的罪證，為什麼要這麼麻煩呢？還有沈先生，他明擺著死得蹊蹺，你們當年難道一點沒查？」

「自然查了。」齊文柏道：「此事還是由在下來說吧。諸位還記得沈先生怎麼遇難的嗎？」

青唯道：「師父去醫帳中幫忙，遇到了沈先生，後來軍衛巡帳，師父避去帳外，隔日再去，沈先生已經被毒害身亡了。」

齊文柏點頭道：「正是，所以沈瀾的死因，說古怪也古怪，說明顯也明顯。」

「當夜岳小將軍離開醫帳，並沒有走遠，他就藏在附近的一株樹上，可以說，一整夜，他都是盯著帳子的。而那帳子除了巡夜的軍衛，當夜再沒有任何人出入了。」

換言之，害死沈瀾的，只能是這幾個巡夜的軍衛。

齊文柏道：「洗襟臺坍塌後，先帝很快到了陵川，柏楊山一帶的巡防彼時已經全權由樞密院接管，所有醫帳、營帳的巡防，都得聽從樞密院統一調派，這說明了什麼？」

齊文柏說著，不等眾人回答，逕自道：「說明了真正想殺沈瀾的人，在樞密院中。」

想想也是，沈瀾一個清白士人，能跟巡夜的無名將卒有什麼仇？想殺他滅口的，是當夜調派那幾個將卒去醫帳的人。

齊文柏道：「眼下昭王殿下已經查到曲不惟，所有事端自是一目了然。當年曲不惟利慾薰心，委託岑雪明販售洗襟臺登臺名額。洗襟臺坍塌後，曲不惟唯恐事情敗露，欲殺岑雪明滅口。岑雪明料到曲不惟的心思很早就給自己想好了退路。他先暗中救下了沈瀾，請他畫下一幅〈四景圖〉覆畫，並以這幅覆畫為線索，指明曲不惟的罪證。」

「可是，」齊文柏說著一嘆，「對於當時的我和岳小將軍來說，幾乎是兩眼一抹黑，我們不知道始作俑者是曲不惟，不知道士子為何會死。我們知道的只是，樞密院中有人在行悖逆之事，諸位當知這意味著什麼。」

衛玦點頭：「樞密院既然負責柏楊山一切巡防調派，那麼所有人，包括先帝的安危，都要倚仗他們。一旦巡防出了岔子，先帝的性命受到威脅，亂的就不只是一個柏楊山，說不定會波及整個泯江以南，乃或是……天下。」

「是。」齊文柏道：「所以在當時，我和岳小將軍更不敢輕舉妄動了。那幾日我二人真是草木皆兵，每一次兵卒的調派、異常的輪值，都會引得我二人杯弓蛇影。而就在這時，上溪傳來了一個消息……」

青唯聽到這裡，眸色微黯：「竹固山山匪之死。」

「不錯，上溪竹固山的山匪一夜之間死傷殆盡。」齊文柏道。

「其實我們接到的消息很簡單，稱是上溪縣竹固山有山匪作亂殘害百姓，朝廷已派兵盡數剿殺。剿匪令朝廷一年前就下了，剿匪算是按規矩辦事，當時陵川因為洗襟臺坍塌亂得不成樣子，與之相比，這則消息幾乎是不值一提的。只是，我和岳小將軍知道樞密院有異，任何一次將卒調派，我二人都格外在意。我們直覺竹固山山匪之死不簡單，商量後，我們分頭行動，岳小將軍前往竹固山，而我回到東安，查訪沈瀾之女的下落。」

岳魚七接過齊文柏的話頭，說道：「我到了上溪，便如你們後來查到的，遇到了藏匿山中竹固山山匪遺餘，葛翁和葛娃。從葛翁口中，我們才知道了洗襟臺名額買賣的齷齪。葛翁彼時義憤填膺，一心想要為竹固山山匪伸冤，可我想到沈瀾的死，最終還是勸他留在山中，等待時機成熟的一日。」

能出售登臺名額的人必然不簡單，若此人跟殺害沈瀾的凶手是同一人，說明他出自樞密院，目下必有爪牙在柏楊山。葛翁手上沒有實證，他執意為竹固山山匪伸冤，只會火上澆油，給自己招來殺身之禍，更有甚者，那買賣名額的人掌軍事調派大權，倘他意識到自己的惡行暴露，就勢起兵反了，陵川只會淪為人間煉獄。

齊文柏道：「岳小將軍離開上溪，很快回到東安與我匯合。想是沈瀾死前，託付岑雪明保護蒬蒬，岑雪明用了一些法子，將尹家收養蒬蒬的紀錄抹去了，所以我尋到尹四姑娘費了一些工夫。也是從尹四姑娘這裡，我們再度確定了朝中有人買賣洗襟臺登臺名額。我們還想往下查，怎奈就是這時，朝廷定了溫阡的罪名，並下令追捕溫阡的所有親眷，然後岳小將軍……」

「然後我就被捕了。」岳魚七言簡意賅道。

「怎麼會？」青唯道：「憑師父的本事，要逃脫朝廷的追兵並不困難，哪怕是那時的我……」

哪怕是那時的她，只要真的想藏，絕不會輕易被官兵拿住。

「怎麼不會？」岳魚七不待青唯說完，淡聲道：「當時我為了查清買賣名額的真相，成日在外走動，還時常跟朝中官員打交道，我又不是神仙，夜路走多了，總會撞見鬼的，自然就被官兵抓了。」

「可是即便這樣，師父也不該……」青唯還是不信，她總覺得岳魚七刻意隱瞞了些什麼。

謝容與看她一眼，略過這一疑點，問道：「岳小將軍被擒，朝中應該無人敢隨意處置，岳小將軍可是藉此機會見到了先帝？」

「見到了，也把我們查到的一切告訴他了。不過，」岳魚七道：「他也無能為力。」

「為何？」青唯問。

先帝是皇帝，遇到這樣的大案，難道不該第一時間徹查揪出罪魁嗎？

也無怪青唯有此一問，她生於江野，是不明朝中局勢的。

謝容與眸色微黯，安靜地道：「先帝當時……身子已大不好了。」

先帝勤於政業，在位多年常常夙興夜寐，於龍體上本來就有所虧欠。洗襟臺坍塌的噩耗傳來，先帝一路勞苦奔波趕到陵川，見到那般慘象，更是一病不起。

帝王之軀事關國祚，每一回新舊皇權的更迭，都是朝政最敏感的時機，甚至會注定許多大員一生的沉浮。這個時候，任何一個決策都是牽一髮而動全身的，遑論彼時樞密院掌著沿途的巡防大權，哪怕是昭化帝，亦只能按下不表。

青唯道：「那先帝回到上京以後，不就可以徹查此案了嗎？他為何不查？」

岳魚七道：「先帝的確是打算一回到上京，立即徹查洗襟臺名額買賣案件的，離開陵川前，他欽定文柏為陵川新任州尹，就是為了方便日後辦事。可是在回京的路上，發生了三樁事，先帝不得不將計畫擱置。」

「哪三樁？」

「其一，朝中有將軍擅權，藉由洗襟臺事變，意圖扶植年幼皇子上位；其二，先帝病情加重，太醫私下斷言，餘下壽數已不足一載；其三，也是最重要的，」岳魚七說到這裡，看向眾人，「還記得沈瀾的死，是巡夜的軍衛做的嗎？我們雖然查不出來這個軍衛當夜是受誰調遣，先帝卻查得出來，調遣他的這個人……」岳魚七頓了頓，「正是章鶴書。」

齊文柏接著道：「彼時先帝已立了當今官家嘉寧帝為太子，而章鶴書之女，當今皇后，是早就挑好的太子妃，兩人親事已籌備了一年，只待先帝一回京就完婚的，如果要徹查洗襟臺名額買賣，勢必要從沈瀾入手，從沈瀾入手，很快就要查到章家，章家一旦在這個時候出了岔子，不管會不會波及太子，那些意圖扶小皇子上位的，都會利用此事做文章，把太子從東宮之位上拽下來，繼而扶上一個傀儡的年幼帝王，以掌大權。」

洗襟臺坍塌，朝堂人心浮動，民間四處惶惶，這個時候皇權大變，一旦見了兵戈，往最糟糕的情況想，危及的就是整個江山，所以，先帝能在這個時候徹查此案嗎？他不能，也不敢。

他甚至得利用章鶴書之力，讓太子坐穩東宮之位，甚至在知道何家不乾淨的情況下，仍是讓太子認何氏為母妃，借用何拾青這個中書令，為太子保駕護航，即便他知道將來太子登極，會成為一個空殼皇帝。

謝容與聽齊文柏說完，垂下眼來。

他是在深宮長大的，那些年若說與誰走得近一些，便只有趙疏了。

趙疏與章元嘉青梅竹馬，情意甚篤，可是這一切在洗襟臺坍塌後就變了，他二人日漸疏離，甚至連謝容與這個隔了一層的表兄都有所覺察，原來緣由竟是這樣。

想來趙疏在得知章鶴書可能犯下的罪行時，在昭化帝的病榻前接下遺詔時，已經身處兩難之境。

「再者，先帝雖然懷疑章鶴書，證據呢？我們查了那麼多，沒有一樣實證是指向章鶴書的。且憑章鶴書彼時之力，不可能調動得了軍隊，所以竹固山山匪之死，絕不可能是他一個人做的。」齊文柏道：「也是到了五年之後，昭王殿下才為我們解答了這個困惑。真正販賣名額的人是曲不惟，而章鶴書，是他的同謀。」

於是在那之後，所有人都不約而同地蟄伏起來，竹固山中倖存的山匪，東安府那名叫漱石的畫師，留守陵川等待還事實真相的州尹大人，曾經叱吒風雲爾後消失無蹤的岳小將軍，被雪藏的玄鷹司，以及那個處境艱難的，被架得空空如也的年輕皇帝。

所有人，都在暗無天日中靜待一個時機。

而嘉寧三年的春，這個時機終於來了。

朝中諸大員以章鶴書為首提出要重建洗襟臺，年輕的皇帝首肯後，作為交換，復用了被雪藏的玄鷹司，洗襟臺疑案重新得以徹查，岳州崔氏被緝捕，藏在崔家的溫氏女護送崔芝芸上京，並藉此做掩護，救下了洗襟臺的工匠薛長興。

而與之同時，陷在深宮的帝王，召見了那個終於自心疾中轉醒的小昭王，這個他認為，最有能力查清一切真相的天之驕子，並把先帝臨終的託付告訴他，唯願他能散去無盡雲霾，還過往以昭昭。

「那師父呢？」青唯問，「這些年，師父究竟去了哪裡？您跟著先帝的御輦回京，途中被人劫了囚車，這是真的嗎？」

岳魚七沒吭聲，齊文柏說道：「真的，且這一場劫囚，本身就是先帝策劃的。」

他解釋道：「岳小將軍如果正正經經地跟先帝回到京師，等待他的將是無窮的審問，朝廷嚴苛的定罪，往後豈有自由可言？還不如藉一場『劫囚』掩去行蹤，匿藏暗處靜待時機。」

青唯道：「可是劫囚之後呢？師父又到哪裡去了？」

「劫囚之後……」岳魚七淡淡道：「我自然就離開上京了。四處走了走，去了不少地方。」

「師父離開上京了？」青唯問道。不知怎麼，她竟覺得岳魚七在騙她。

這些年她為了尋找師父，費了許多周折，可岳魚七這個人，就像憑空消失了一般，一點消息也無，她不信岳魚七如果恢復自由，不會來找她，是故青唯接到曹昆德的信，得知岳魚七可能就在上京，她才會那麼相信。

青唯直覺曹昆德沒有騙她，岳魚七這幾年或許根本沒有離開過上京，只是不知為何，師父不肯對她說實話。

這時，衛玦道：「齊大人、岳前輩，在下有一事不解，既然官家與幾位早就懷疑章鶴書了，為何去年洗襟臺之案重啟，玄鷹司得以復用之時，官家對章家隻字不提？」

齊文柏道：「無怪衛大人有此一問，按道理，我等既然目標一致，我們的確應該把知道的一切提前告訴昭王殿下與玄鷹司。只是，在回答此問前，老夫也有一問，敢問昭王殿下、玄鷹司諸位，你們這一路查來，可曾查到了章鶴書半點蛛絲馬跡？」

這……

衛玦與章祿之、祁銘互看一眼，搖了搖頭：「不曾。」

從上溪的孫縣令、秦師爺，再到最後查到的岑雪明，這些人只是曲不惟的下線，與章鶴書沒有絲毫關係。

可以說，如果不是岳齊二人親口相告，單憑現有的證據，玄鷹司很難對章鶴書起疑。

「這就是了。」齊文柏道：「我們同樣沒有實證。而我們懷疑章鶴書的唯一憑據是，那幾名殺害沈瀾的軍衛是被章鶴書臨時調派去的，這一點並不能作為呈堂證供，它只是一個推論。後來風波過去，我們暗中審過那幾個軍衛，他們嘴硬得很，從他們口中，我們什麼都沒有問出來。」

齊文柏接著道：「再者，敢問諸位，章鶴書是一個怎樣的人？」

謝容與道：「章鶴書出身章氏大族旁支，他那一輩，章氏族中人才濟濟，單是進士就有三人，而章鶴書這一支太偏，幾乎與寒門無異，族中蔭官落不到他頭上，所以他年少苦讀，一心想要憑一己之力走上仕途。他年少中舉，無奈考中舉人後，會試屢試不第，受過族人不少嘲笑，好在他心性堅韌，終於在三十一歲之齡考中三甲進士，從此入仕。」

「章鶴書的仕途並不是一帆風順的，他在入仕之初，也曾遇到過坎坷。」謝容與回憶了片刻，「具體什麼案子，本王記不清了，大概是族中有嫡系子弟賄賂朝廷命官，東窗事發後，把他推出來背過，他因此被下放去一個偏遠縣城做典簿，直至幾年後才得以昭雪。正因為此，章鶴書十分憎惡貪汙受賄的官員，他為官近二十載中，清廉之名在外，加之他勤勉認真，聽說就連上下值的車程上，都會籍燈苦讀片刻，被傳為一時佳話。」

換言之，拋開偏見不提，章鶴書的的確確是個清廉勤勉的好官。

齊文柏道：「眼下我們已經知道，洗襟臺的名額十萬兩一個，如果沒有十萬兩，那麼便要用價值連城的瑰寶譬如〈四景圖〉換取，而章鶴書，恰恰是一個不屑於錢財的人，他參與到洗襟臺的名額買賣中，乃或是與曲不惟合謀，又是為了什麼呢？最重要的一點，不管是章鶴書還是曲不惟，他們手中的洗襟臺名額，究竟是從哪裡來的？」

齊文柏說到這裡，嘆了一聲，「說來慚愧，從昭化十三年洗襟臺坍塌的那一刻起，直到今日整整五年，我、岳小將軍，甚至是先帝、當今官家，並不是沒有追查洗襟臺坍塌真相的。可是我們每每順著當年的線索往下查，就會走進一個死胡同裡，一點蛛絲馬跡都尋不到。有時候，我們甚至會懷疑，我們當年的推論是不是錯了，章鶴書只是意外調換了軍衛，那幾個軍衛只是意外殺害了沈瀾，可我們又清楚地知道，世上不可能有這樣的巧合。所以，我們思來想去，最終決定不告訴昭王殿下與玄鷹司我們所知的一切，我們不希望因此干涉殿下的判斷，讓您走進與我們一樣的死胡同裡，也許只有從別的、新的角度切入這樁謎團，才能有所獲吧。」

好在到了最後，謝容與沒有讓他們失望。

衛玦道：「多謝齊大人解惑，在下明白了。」

齊文柏搖了搖頭，「衛大人客氣了。」

他說著，似想起什麼，朝謝容與揖下，「至於偷盜尹四姑娘所作的〈山雨四景圖〉底畫，還望殿下莫怪。」他略去岳魚七故意給謝容與設置難題不提，解釋道：「我等得知曲不惟是罪魁，思來想去，決定以一幅〈山雨四景圖〉為餌，試一試曲茂。」

至於為何要試曲茂，其一當然是想透過曲茂的反應，看看〈四景圖〉的真跡是否在曲不惟手上。

第二個原因不便宣之於口——齊文柏不夠信任謝容與。

倒不是因為謝容與和曲茂走得近，謝容與作為一個異姓王，卻掌著玄鷹司這樣一支天子近衛，這樣的官職任命，放在任何一朝都是極不合適的，也許趙疏足夠信任謝容與，齊文柏到底是天子之臣，初初接觸，對小昭王多少都是忌憚的。

所以他默許了岳魚七出手試探小昭王。

謝容與聽明白了齊文柏的言中之意，淡淡回了兩個字：「無礙。」

他問：「你們既然以〈山雨四景圖〉試過停嵐，是不是已經知道〈四景圖〉真跡的下落了？」

齊文柏對謝容與有愧，深覺自己以小人之心度君子之腹，聽他這麼問，立刻道：「正是。殿下查到了曲不惟，下官等自然不能閒著，我們已經查到曲不惟把販賣名額所獲的贓銀與贓物存在中州的一所宅邸中。」

青唯道：「師父昨晚說讓我隨您去中州，就是為了去取〈四景圖〉？」

岳魚七點了點頭，他隨即起身，對青唯道：「事不宜遲，妳準備準備，我們立刻動身。」

青唯一愣：「立刻？」

岳魚七看她一眼，「怎麼，妳不願意？」

青唯抿著唇，她不知道該怎麼說。

不是不願，就是覺得……太倉促了，她還以為怎麼都要明日才與官人辭別呢。

岳魚七將她這副不捨的樣子盡收眼底，又看向謝容與，「你呢？你也有異議嗎？」

謝容與看青唯一眼，默了一瞬，「眼下就走確實太倉促了，小野的行囊半點沒收拾，不知岳前輩可否容我們半日，今日暮裡再動身？」

岳魚七看看謝容與，又看看青唯。

不是說都成親一年了，怎麼還這麼膩乎，當年岳紅英嫁給溫阡，也沒見難捨難分成這樣。

他冷哼一聲，踱步往外而去，「那就酉時正刻，多一刻都不等。」

「少夫人的行囊只收了衣物，小的這一包除了銀票，還備了繩索、匕首、傷藥，解毒散，還有以防萬一的毒藥和易容粉，該是不缺什麼了。」

夕陽西下，馬匹已經套好了，德榮說完，幫青唯把兩包行囊繫在鞍韉後。

謝容與看著青唯，為她罩上新製的斗篷，斗篷薄如蟬翼，與盛夏相宜，「本來想找個好鐵匠為妳打把重劍的，沒來得及，我這把劍妳且拿著，軍器監的名品，多少比外頭買的要稱手些。」

青唯點點頭，從他手裡接過劍。

謝容與又道：「在外不比家中，雖然有岳前輩在，往來數日風餐露宿，一定照顧好自己。」

青唯道：「好。」

「如果取不來〈四景圖〉，」謝容與稍稍一停，「也不要勉強，我總有法子往下查，妳且記得，沒有什麼比妳的安危重要。」

青唯抬眼望向他。

暮風拂過，帶起霞色點點落進他的眼中，溫煦得像月下靜湖。

對上她的目光，謝容與溫聲道：「怎麼？」

青唯搖了搖頭，還沒來得及開口，遠處巷口的馬打了個響鼻。岳魚七一刻前就在巷子口等她了，青唯看了眼天色，說好的酉時正刻，容不得她耽擱。

青唯又看謝容與一眼，「那我走了。」

謝容與「嗯」一聲，「快去吧。」

青唯將長劍與行囊一併繫在鞍韉處，牽著馬往巷口走。

謝容與看著她的背影，默了片刻，喚了聲，「娘子。」他沒有說太多，頓了頓只道：「娘子，早去早回。」

青唯的身影一下頓住。

她忽然折返身來，還不待謝容與反應，一下便撞進他懷中。

她說不清自己是怎麼了，彷彿不這樣告別，她就走得不甘心似的。

謝容與愣了愣，片刻很溫和地笑了，伸手將她環住，「我送妳到城外吧。」

青唯從他懷裡仰起臉，「真的？」

「真的。」謝容與的目光靜得像水一樣，「只要娘子開心，怎麼都行。」

青唯正要開口，巷口岳魚七看到這一幕，忍不住「嘶」一聲倒吸一口涼氣，「你倆是被捆仙鎖鎖在一起，天上不劈個雷，分不開了是嗎？」

青唯聽得這一聲叱罵，終於從謝容與懷中退開，「別送了，我自己能走，要是惹師父不開心，以後……反倒多麻煩。」

她朝駿馬走去，俐落翻身而上，回身對他道：「你放心，我一定能把〈四景圖〉取回來。」

長巷中傳來清脆的打馬聲，青唯策馬朝巷口奔去，一襲青裳在夕陽下翻飛如浪，像翱空的翼翅。

謝容與凝目看著。

他在辰陽山間邂逅的青鳥終於長大了，化身為鸞，不再彷徨流浪，無枝可棲，她會振翅蒼空，亦會回到他的身邊。

上京，紫霄城。

「章大人，仔細檻兒。」

一場急雨剛過，上京就出了大太陽，曹昆德引著章鶴書往元德殿去，見地上水漬未乾，出聲提醒。

前日是皇后的生辰宴，章鶴書有事未至，趙疏於是特批給章鶴書兩日休沐，准他進宮探望皇后。

到了元德殿，章鶴書依規矩向章元嘉見禮，章元嘉忙道：「父親快快請起。」又吩咐，「芷薇，快賜座。」

她近來害喜的症狀減輕，臉上有了氣色，雖然尚未顯懷，身子已豐腴了起來。

芷薇為章鶴書端了一碗解暑的蓮子羹，章鶴書接了卻不吃，反是看了章元嘉一眼。章元嘉立刻明白了他的意思，屏退了侍婢，聲音微微壓低，「父親有什麼話，說來便是。」

章鶴書沉默片刻，「嗒」一聲將羹碗往手旁一擱，「妳是皇后，這事按說輪不到我一個臣子來教訓妳，可妳實在……實在太不像話了！有了身孕非但不第一時間告訴官家，還四下瞞著，若不是官家自己覺察，妳還打算把這事藏多久？往大了說，這就是欺君！我從前都是怎麼教妳的？皇后除了是帝王之妻，還是一國之母，既然享萬民供奉，肩上就要扛得住擔子，哪怕有委屈，嚥不下也得嚥，妳也不小了，怎麼還跟官家置小兒女脾氣？」

章元嘉垂目道：「爹爹教訓得是，此次是元嘉做錯了。」

「也就是官家大肚能容，沒計較妳的欺君之過，還設法幫妳遮掩過去，妳可記得要跟官家賠罪。」

章元嘉輕聲道：「日前官家過來用晚膳，女兒已經跟他賠過不是了。」

章鶴書念及她有孕在身，到底把怒火壓了下去，「官家近來常來元德殿看妳？」

「是，幾乎日日都來。後宮的瑣事他也為女兒免了，女兒眼下除了操持仁毓的親事，旁的一概不必管。」

章鶴書聽她提及趙永妍的親事，看她一眼，「仁毓郡主是裕親王的掌上明珠，裕親王去得早，臨終把女兒託付給先帝，而今先帝歸天，郡主的親事，自該妳這個皇后親自操持。」他稍一思量，嘆了一聲，「只是郡主凡事由著性子來，眼下她喜歡上忘塵，想必是非他不嫁。忘塵父兄早逝，是老太傅教養長大的，老太傅凡事不拘著他，便是官家親自登門說親，也要等忘塵回京，親自問過他的意思。妳若等不及，為父與忘塵有師徒之誼，可以幫妳去信打聽。」

章元嘉聽了這話，微微訝異。

她此前並未跟父親提過這門親事，父親怎麼會知道仁毓的心思？

一時又想到母親與裕親王妃走得近，許是母親從裕親王妃那裡打聽到，轉頭告訴父親的吧。

章元嘉道：「這倒不必，仁毓的親事不急於一時，官家也已跟老太傅提過了，老太傅稱是斟酌幾日，會跟張二公子去信的。」

章鶴書「唔」一聲，「這就好。」頓了頓，似是不經意，「就是不知忘塵至今不娶，究竟是忙於公務無暇分心，還是心上已有了什麼人……」

父女二人又說了一陣話，外間候著的小黃門進來通稟：「娘娘，官家到了。」

章鶴書連忙起身，跟章元嘉一起到宮門口相迎。趙疏今日來得早，眼下尚不到申時，四下裡亮敞敞的，見到章鶴書，他溫和一笑，「章大人也在。」

章鶴書道：「是，沒想到在這裡遇到官家。」

他是外臣，不好在內宮多留，隨即辭道：「老臣與娘娘已說了一籮筐話了，官家既來了，老臣這就告退了。」

言罷，跟趙疏與章元嘉各施一禮，退出宮去。

章鶴書從元德殿出來，由小黃門引著，很快出了玄明正華。又過兩重宮門，便到了辦差的地方。

天邊雲舒雲捲，還不到下值的時候，四下裡都很靜。六部的衙署在東側，樞密院還要更往裡走，章鶴書展眼一望，只見前方門樓處有人在等他。此人姓顏名盂，乃章鶴書手下的一名辦事大員。

章鶴書緩步走近，「有事？」

「是，衙門裡有些差務想請示大人。」顏盂道。

章鶴書於是點頭，「邊走邊說吧。」

門樓外是開闊地帶，此時風聲盛烈，人在這裡說話，話音落在風裡，很快消弭無蹤了。

「曲侯得知大人今日休沐，單這一早上，就去府上拜會過兩回。好在他很小心，坐在馬車裡讓下人敲門，沿途沒讓人發現。」

章鶴書冷哼一聲，「他眼下是狗急跳牆，燒紅的鐵鍋燙著了他的腳底板，自然想著來找我。」

「當初他利慾薰心，瞞著我擅自拿洗襟臺的名額做買賣，早該想到會有今日。而今被小昭王逼得陣腳大亂倒罷了，陵川的齊文柏藏得深，居然是先帝早年埋下的樁子，眼下東安防得跟鐵桶一般，曲不惟什麼消息都打探不到，恐怕已經幾宿沒睡好覺了。」

顏盂道：「封原將軍快到陵川了，有他在，形勢想必會有所緩和吧？」

「封原到陵川，至多只能抹去岑雪明留下的證據，曲不惟賣出去的名額是實打實的，只要有心查，謝容與遲早能揪住他的尾巴。」章鶴書說著，問，「玄鷹司那邊已經查到幾個名額了？」

「崇陽的徐述白，上溪的方留，東安的沈瀾他們似乎也有所覺察。」顏盂道：「好在當年曲侯賣出的名額不多，否則全部被小昭王挖出來，只怕……」

「不多？」章鶴書冷聲道：「單就眼下被找到的三個，已足夠讓他曲不惟人頭落地了。當年若不是我發現得早，及時阻止他，眼下上京城中有沒有曲氏一門還兩說。」

顏盂道：「大人說得是。只是，君子不立危牆之下，眼下我們與曲侯在同一條船上，如果能共度難關自然最好，倘若風浪太大，一個不慎船翻了，曲侯賣出的名額到底是從大人您這裡拿的，您還得……當斷則斷，獨善其身才是啊。」

顏盂這話算是說到點子上了，如果能保住曲不惟，大家相安無事當然最好，萬一曲不惟落網，還得想個法子不讓他把自己招出來才是。

章鶴書問：「曲停嵐眼下在東安？」

「在是在，這曲五公子就是個紈褲子弟，只怕派不上用場。」

「怎麼派不上用場？」章鶴書淡淡道：「曲家上下最寵的便是這個五公子。他既在陵川，等我到了，自有法子。」

顏盂聽出章鶴書這話的言外之意，「大人打算親自去陵川一趟？」

「陵川不方便，去中州吧。」章鶴書道：「你幫我給忘塵去信一封，讓他半個月後來中州見我。」

「大人打算找張二公子幫忙？」顏盂愣道：「可是張二公子與我們到底不是一路人，他自始至終只是想重建洗襟臺罷了。依下官看，左右大公子眼下在陵川，曲家的事，不如讓大公子來辦。」

「不行，蘭若那個脾氣，此事絕不能交給他。」章鶴書斬釘截鐵道。

章庭和章元嘉一樣，好日子過慣了，半輩子沒經歷過坎坷，骨子裡與他這個飽受摧折的父親到底是不同的。

章鶴書這麼一想，找張遠岫的心思也就定了，他步子一折，便要往翰林院去，問顏盂，

「老太傅是不是進宮了？」

「是，好像是張二公子來了急信，走的銀臺，直接送到了翰林院，老太傅進宮取信。」

章鶴書點了點頭，一面往翰林院走，一面說起張遠岫。

「洗襟臺是怎麼建的？當年長渡河一役後，士人中屢有異聲，後來先帝提出修建洗襟祠，朝中也有大臣反對，若不是以張正清為首的一幫文士力持先帝之見，洗襟之臺未必能夠高築。張遇初是投滄浪江死的，張正清死在了洗襟臺下，張遠岫看著是個讓人如沐春風的隨和脾氣，實際上他跟他父兄一樣，主意正得很，父兄喪命而餘願未盡，他這些年怎麼可能甘心，單看他多想讓洗襟臺重建就知道了。」

「人一旦有了必須要實現的願景，旁的一切都得為此讓路。你忘了當初何家的案子，寧州那些被瘟疫迫害的百姓，是他帶回上京的了？後來士人如何義憤鬧事，雖然是由藥商之死引起，究其源頭，不正是寧州這些上訪的百姓嗎？張忘塵穎悟絕倫，他會料不到這些？他料到了，但他還是這麼做了，因為他要的就是士人鬧事，只有滿腔義憤的士人，才能令朝廷迅速做出重建洗襟臺的決策。」

章鶴書說到這裡，微微一笑，「曲不惟販賣名額的事一旦被揭發，朝廷勢必會擱置重建洗襟臺，這是張遠岫願意看到的嗎？」

顏盂聽了章鶴書的話，思量一陣仍是遲疑，「大人說得雖有道理，可張二公子勢單力薄，單憑他，會不會……」

「他可不見得勢單力薄。」章鶴書道：「他是張遇初之子，張正清的胞弟，當今朝中炙手可熱的御史中丞，最重要的是，在不久的將來，他會成為仁毓公主的郡馬。當年謝楨高中狀元尚榮華公主被傳為一時佳話，豈知眼下的張遠岫，在士人心中，會否成為下一個謝楨呢？」

翰林院很快到了，一名年輕編修提袍迎出來，「章大人，顏大人，二位怎麼到翰林來了？」

顏盂道：「聽說老太傅進宮了，樞密院有事相詢，不知能否一見？」

編修愣了一下，樞密院一個軍政衙門，找老太傅做什麼？

他退後一步，拱手施以一禮，「真是不巧，太傅大人午過就離開了，讓二位大人白跑一趟。」

章鶴書與顏盂對視一眼，稱是無妨，轉首離去。

年輕的編修望著他們的身影，直待他二人消失在轉角，才回到衙署，穿過公堂，來到一所值房前，叩了叩門，喚道：「太傅大人。」

他並沒有推門而入，只在門口稟道：「太傅大人，適才樞密院的章大人與顏大人來找，學生已按您吩咐的，婉拒了所有來客。」

良久，值房裡才傳來蒼老的一聲，「去吧。」

編修低低應一聲「是」，轉首離去了。

值房裡再沒有別的聲音，門扉緊閉，只有頂上一扇高窗微敞著。透窗望去，一名鶴髮雞皮的老叟安靜地坐在書案前，書案上攤著的正是日前張遠岫寫來的信。

這封信他今日已反覆讀過數次，而信的內容平平無奇，不過是些問安的話語。

老太傅沉默許久，再度將信箋拿起，逐字逐行地默讀起來，「恩師夏好。近日不見恩師來信，不知安否……忘塵近日留駐東安，又見故人，欣然自勝……」及至最後一行——

老太傅看到這一行，握著信箋的手不禁顫抖起來，「……而今故人已逝，前人之志今人承之。兄長曾曰『白襟無垢，志亦彌堅』，忘塵亦然，或待來年春草青青，柏楊山間將見高臺入雲間……」

白襟無垢，志亦彌堅。

或待來年春生，柏楊山間，將見高臺入雲間。

——《青雲臺【第二部】不見青雲》未完待續——

高寶書版集團
gobooks.com.tw

YE 097

青雲臺【第二部】不見青雲（上卷）

作　　者　沉筱之
封面設計　張新御
責任編輯　楊宜臻
內頁排版　賴姵均
企　　劃　何嘉雯

發 行 人　朱凱蕾
出　　版　英屬維京群島商高寶國際有限公司台灣分公司
　　　　　Global Group Holdings, Ltd.
地　　址　台北市內湖區洲子街88號3樓
網　　址　gobooks.com.tw
電　　話　(02) 27992788
電　　郵　readers@gobooks.com.tw（讀者服務部）
傳　　真　出版部(02) 27990909　行銷部 (02) 27993088
郵政劃撥　19394552
戶　　名　英屬維京群島商高寶國際有限公司台灣分公司
發　　行　英屬維京群島商高寶國際有限公司台灣分公司
法律顧問　永然聯合法律事務所
初版日期　2024年10月

原著書名：《青雲台》由北京晉江原創網絡科技有限公司授權出版。

國家圖書館出版品預行編目(CIP)資料

青雲臺. 第二部, 不見青雲/沉筱之著. -- 初版. -- 臺北市：英屬維京群島商高寶國際有限公司臺灣分公司, 2024.10
　冊；　公分. --

ISBN 978-626-402-100-5(上卷：平裝). --
ISBN 978-626-402-101-2(中卷：平裝). --
ISBN 978-626-402-102-9(下卷：平裝). --
ISBN 978-626-402-103-6(全套：平裝)

857.7　　113014274